ÇELIK &
PELZER

Ulrich Noller | Gök Senin

ÇELIK & PELZER

Kriminalroman

eichborn

1. Auflage 2010

Umschlaggestaltung: Anja Hasenstein
Lektorat: Karsten Kredel
Ausstattung, Typografie: Susanne Reeh
Satz: Greiner & Reichel, Köln
Druck und Bindung: CPI – Clausen & Bosse, Leck
ISBN 978-3-8218-6134-0

Mix
Produktgruppe aus vorbildlich bewirtschafteten Wäldern und anderen kontrollierten Herkünften
www.fsc.org Zert.-Nr. GFA-COC-001223
© 1996 Forest Stewardship Council

Eichborn Verlag, Kaiserstraße 66, 60329 Frankfurt am Main
Mehr Informationen zu Büchern und Hörbüchern aus dem Eichborn Verlag finden Sie unter www.eichborn.de

»Das kann eine Finte sein, um uns ins Bockshorn zu jagen.«
»Na, Profis hätten ihr Maul gehalten, Politische sofort Farbe bekannt … Für eine solche Tat bleiben nur Verrückte …«
»Vergessen Sie nicht, dass es Tote gegeben hat.«

Jean-Bernard Pouy, Feuer für Jeanne

Wann kommt der Wind, der uns weiter treibt,
irgendwohin, wo keine Erinnerung bleibt.

Element Of Crime, »Wann kommt der Wind?«

Denn sie säen Wind und werden Sturm ernten.

Altes Testament, Hosea, Kapitel 8, Vers 7

Prolog

Ihre Blicke wanderten nach draußen. Über den Dächern der umliegenden Häuser hatte sich eine Staubwolke aufgetürmt wie zu einem überdimensionalen Pilz.
Sie schauten gleichzeitig hin, und für einen Moment schien es, als wären sie einander verbunden. Durch das gemeinsame Erleben, durch den Anblick der imposanten Masse, die fast geräuschlos vor dem Gebäude entlang pendelte. Durch den Moment.
Er hatte sie nicht gefesselt. Sie würde nicht fliehen, schließlich war sie es gewesen, die ihn gesucht und gefunden hatte. Sie wartete. Ihre Arme hingen an den Seiten ihres Oberkörpers herunter. Unbeweglich, gerade. Sie saß aufrecht, ihr Rücken war durchgedrückt. Sie sah ihm offen und direkt in die Augen.
Er bewegte seine Lippen, als wolle er etwas sagen, aber die Worte schienen an seinem Gaumen zu verklumpen. Er räusperte sich, schluckte, atmete durch.
Für einen Außenstehenden hätte es wie eine idyllische Szene aussehen können: Die Morgensonne schien durch das breite Fenster und tauchte das Zimmer in ein warmes Licht, auf einer Kommode stand eine Vase mit Blumen, daneben ein gerahmtes Foto.
Wäre nicht die Waffe in seiner Hand gewesen, die kaum zitterte, als er sich vom Fenster weg zu ihr hindrehte. Und der Blick, den er nun auf sie richtete. Ein starrer, fester Blick, der keinen Zweifel ließ: Er war am Ende seines Weges angelangt.
Für einen Moment erloschen die Geräusche draußen, er verharrte, sie wartete, nur die Wände vibrierten. Eine Stille entstand aus dem Vibrieren. Eine unheimliche, eine unheilvolle, eine letzte Stille; die Stille vor dem Schluss. Sie nahm das Zimmer und immer mehr Raum ein, steigerte sich zu einem alles einsaugenden Vakuum. Bis sie unerträglich wurde und der Mann anfing zu sprechen.

Eins

Jetzt wurde es richtig hell. Der Himmel erinnerte ihn an Glutasche, in der Phase, wenn sie gerade dabei ist abzukühlen. Er blickte aus dem Fenster nach oben. Zwischen den weiß und grau schimmernden Luftschichten konnte er Funken glühenden Rots ausmachen. Ein flüchtiges Glimmen; zu schwach noch, um durch die Wolkenmasse zu dringen.
Oben drüber war der Tag noch kaum zu ahnen, war die Dunkelheit fast schwarz gewesen. Über einem Wohngebiet, dessen Irrlichter sich bis zu den Rändern seines Blickfeldes hinzogen, waren sie aus den Wolken gesackt. Kleine Häuser mit roten Dächern zeigten sich im Morgengrauen, quadratische Parzellen; hier und da einsam blinkende Ampeln, wenige Autos bewegten sich auf den Straßen durch die Dämmerung, einzelne Fußgänger waren unterwegs. Eine Siedlung kurz vor dem Erwachen, im Angesicht eines neuen Tages.

Die Reise war eine Qual gewesen. Verspätung, Turbulenzen, eine Mutter mit Baby auf dem Nebensitz. Rauchverbot im Flugzeug und im Flughafengebäude. Fast eine Stunde, bis sein Gepäck auf dem Band gelegen hatte. Bei der Passkontrolle hatte der Beamte am Schalter ihn mürrisch studiert. Ein Polizist in Uniform, blutjung, frisch rasiert – und damit das genaue Gegenteil dessen, was er gerade an staatlicher Macht zu verkörpern versuchte. Immer wieder hatte der Uniformierte auf das Foto im Ausweis und dann in sein Gesicht gesehen; den Kopf leicht neigend, als würden Gesicht und Abbild nicht richtig zusammen passen. Erst, als sich am Schalter eine Schlange gebildet hatte, samt der zeternden Kinder aus der Maschine, hatte der Beamte seinen Pass auf dem Tresen platziert und ihn mit einem knappen Nicken entlassen.

Dann auch noch ein Nichtraucher-Taxi. Er wuchtete die Tasche in den Kofferraum des Wagens, nannte dem Fahrer sein Ziel, ließ sich in den Fond fallen, entspannte sich. Gemächlich kamen sie in Bewegung, verließen das Flughafenareal, erreichten eine Autobahn.

Deutschland. Jetzt war er tatsächlich angekommen. Nach all den Jahren. Staunend schüttelte er den Kopf, kaum wahrnehmbar für den Fahrer.

Der zog auf die Überholspur, reihte sich in den dichten, fast bedächtig dahin fließenden Verkehr ein. Beton, Blech, daneben dichtes Grün, so hatte er die deutschen Autobahnen in Erinnerung, aber derart voll war es auf den Fahrbahnen zu seiner Zeit nur selten gewesen. Was würde ihn in der Stadt erwarten? Endlich Antworten?

Seine Gedanken sackten weg. Wieder trug es ihn davon, auf die Hochebene zwischen Van und Hakkari, in die Weite der Landschaft seiner Ahnen im Osten der Türkei.

Schroffe Gebirgsketten hinter ausladenden Hochebenen, zu denen er als Kind hinaufgeschaut hatte. Sie umrahmten eiskalte Bergseen und tief abfallende Schluchten, eine Gegend – rau, zerklüftet und kantig. Unfassbar hoch waren ihm die gletscherbedeckten Gipfel damals erschienen. Seitdem er vierzig war, befielen ihn diese Wanderungen der Gedanken immer öfter.

Er sah sich als kleinen Jungen an der Hand seines Großvaters. Nebel zog durch das Tal. Sie trotteten nebeneinander her. Manchmal zeigte ihm der Alte einen Steinadler am Himmel. Oder murmelte ihm die Bedeutung einer Pflanze zu, die am Wegrand aus einem Felsspalt wuchs. Die meiste Zeit schwiegen sie.

In der Erinnerung haftete der Landschaft etwas Schwermütiges an. Aber sie hatte auch etwas Schützendes. Die Bergrücken um die Hochebene herum ein Gefäß, in dem untergebracht war, was da sein musste, das Dorf, die Wiesen, die Felder, die kleine Straße. Die auf ihrem Weg ins nächste Dorf einen Schienenstrang kreuzte: Die Gleise der Bagdadbahn, die Strecke von Istanbul in den Irak. *Friedrich Krupp AG* war auf dem Stahl eingraviert. »Deutscher Stahl, deutsche Arbeit, deutsche Schienen«,

hatte sein Großvater einmal erklärt, »die halten seit hundert Jahren. Gute Arbeit. Gute Leute.«
Leute, die noch heute hoch angesehen waren, zumindest bei den Alten. So wenig, dachte er, ändert sich im Tal, ein Jahrhundert lang. Das Tal, eine Ordnung.
Ein kreischender, knirschender Lärm riss ihn aus dem Grübeln. Er schreckte hoch, panisch. Zitterte. Sah eine Abrissbirne schwingen. Beruhigte sich.
Das Taxi hatte die Stadt erreicht, die Autobahn war zur Einfallstraße geworden. Am Horizont sah er die Kathedrale. Direkt an der Straße lag ein riesiges Brachgebiet. Bagger, Kräne. Rechts Trümmer, links Häuser, die noch nicht zerstört worden waren. Graue, einförmige Gebäude, die an Kasernen erinnerten. Beirut und Grosny kamen ihm in den Sinn. Fernsehbilder aus China. Und das Erdbeben, das er nie vergessen würde.
Die Abrissbirne krachte erneut in das Gebäude an der Flanke der Siedlung. Modernisierung also auch hier. In Istanbul hatte man viele alte Viertel dem Erdboden gleich gemacht, um Platz für neue Häuser zu schaffen. Banken, Geschäftspassagen, verglaste, vollklimatisierte Bunker. Die Bewohner hatte man in Neubausiedlungen verbannt, die die Ränder der Stadt immer weiter ausdehnten.
Das Autoradio dudelte, die Fenster des Wagens waren verschlossen. Von draußen nichts zu hören, die Abrissbirne pendelte zurück auf Anfang. Das Krachen hatte nur in seinem Kopf geklungen, ein Tick seines Bewusstseins.
Er stöhnte unwillkürlich, besorgt guckte der Fahrer durch den Spiegel nach hinten. Keine Sorge, alles klar, gab er ihm mit einer flüchtigen Bewegung zu verstehen. Der Fahrer nickte kaum merklich, wandte seinen Blick wieder nach vorne.
Den Rest der Fahrt verbrachte er aufrecht und wach. Sechsspurig zog die Straße sich über den Fluss, gleich nach der Brücke bogen sie ab in das Stadtzentrum hinein.
Links tauchte eine Kirche auf, deren Turm die Spitze fehlte. Der Wagen hielt trotz grüner Ampel, zwei junge Frauen mit Kinderwagen schlenderten über die Straße, der Fahrer fluchte kurz,

fuhr wieder an. Gemächlich rollten sie durch eine Geschäftsstraße, zweihundert Meter vielleicht; dann fuhren sie um eine Fläche herum, deren Mitte ein merkwürdiger, stählerner Brunnen beherrschte. Eine Insel im Verkehr, eingezwängt zwischen dicht befahrenen Straßen.

Schließlich erreichte das Taxi sein Ziel: ein kleiner Platz, der von gut erhaltenen Altbauten umrahmt wurde. Auch hier: Passanten, Cafés. Sie hielten unvermittelt.

Zwei

Er stieg langsam aus. Behutsam. Als wollte er diesen Moment ausdehnen und hinauszögern. Vor ihm erhob sich das dunkle, steinerne Stadttor. Er erkannte es sofort wieder. Früher hatte hier eines der Rotlichtviertel der Stadt begonnen, in Nähe zum Bahnhof. Von den Nutten war nichts mehr zu sehen. Es gab mehrere dieser Stadttore, das wusste er noch, sie markierten den Verlauf der historischen Stadtmauer und waren für ihn immer eine Orientierung gewesen.
Murad Çelik stellte seine schwere Tasche ab, kramte eine zerdrückte Packung aus seinem Mantel, zündete sich eine Zigarette an. Wärme stieg an seinem Körper nach oben, er war zu dick angezogen. Deutschland war für ihn im Lauf der Jahre in weite Ferne gerückt, und seine Erinnerung hatte ihn getäuscht; er hätte schwören können, dass es hier immer kalt war. Aber die Luft war leicht und lau, sie stand fast. Viele der Stühle vor den Cafés waren besetzt, und die meisten Gäste hatten ihre Jacken abgelegt. Ein verspäteter Sommertag im deutschen Herbst.
Was geblieben war: Der Geruch. Den hatte er nie vergessen. Wie damals roch es am Tor nach modriger Erde, abgestandener Wäsche, frischem Teig. Obwohl er den Platz ja schon im Heranrollen gemustert hatte, war Çelik erstaunt, wie viele Straßencafés ihn mittlerweile säumten. Überall standen Tische und Stühle, sogar vor einem Teegeschäft. Damals hatte es bloß die Eisdiele gegeben.

Dünner Regen benetzte den warmen Asphalt. Er hatte gelesen, dass Gerüche eine Flut von Erinnerungen auslösen können. Dennoch, dass es auch bei ihm funktionierte, verblüffte ihn. Nach all den Jahren, die vergangen waren.
Ein Geruch fehlte allerdings, der Duft von Essen, deutschem Essen. Mittagessen. So wie er es als Kind unzählige Male zu sich genommen hatte. Seine Eltern waren damals viel unterwegs gewesen. Immer nach der Schule musste er zu einem deutschen Klassenkameraden nach Hause. Sie mochten sich nicht besonders, aber ihre Mütter hatten entschieden, dass Çelik dort zu Mittag essen sollte. Rinderrouladen, Königsberger Klopse, Schlemmerfilet; Gerichte, deren Namen sich ihm ins Hirn gebrannt hatten: deutsche Küche ohne Schwein, speziell für den Mitschüler aus dem Morgenland. Immer mit Fleisch, immer mit Soße; dieser Geruch fehlte jetzt, dazu war es vielleicht noch zu früh am Morgen.
Eine alte Dame kreuzte seinen Weg. Sie schob ein kleines, blaues Gefährt mit Ablage, an das sich ihr Körper verkrampft zu klammern schien. Ihre Füße steckten in zerschlissenen Pantoffeln. Çelik musste an seine Mutter denken. Ob sie in ihrem Koma wahrnahm, dass er weiter weg war als je zuvor?
Ein Bild tauchte aus seiner Erinnerung auf. Er und seine Mutter am Flughafen. Çelik war gerade fünfzehn geworden. Auch damals waren sie mit dem Taxi gefahren. Nachts, in der Dunkelheit. Sie hatte ihn geweckt und in die Küche gezerrt; schlaftrunken hatte er registriert, dass zwei Koffer neben der Türe standen; hatte sich von ihr drängen lassen, schnell und leise die bereit liegende Kleidung überzustreifen. Ein rot-gelb gestreiftes Sweatshirt und eine echte Levi's, halbhohe Wildlederschuhe, damals seine Lieblingsklamotten, frisch gewaschen, auf der Heizung getrocknet, noch etwas klamm, Çelik erinnerte sich genau. Niemand sollte sie verabschieden, seine Mutter wollte es so. Sie hatte seine Sachen gepackt, und er hatte nicht gewagt zu fragen, warum sie abreisten. Hatte es mit den vielen Streitgesprächen zu tun, die seine Eltern in den Wochen zuvor geführt hatten? Oder mit den merkwürdigen jungen Menschen, die immer so kämp-

ferisch guckten, und die die Eltern nachts in aller Heimlichkeit trafen, streng darauf achtend, dass niemand etwas mit bekam? Jedenfalls musste alles schnell gehen. Sehr schnell. Die Frau am Schalter fragte, ob sie keinen Rückflug gebucht hätten, aber sie erhielt keine Antwort. Seine Mutter schwieg, und Çeliks letzter Blick auf Deutschland fiel damals auf eine Reklametafel für Lebensversicherungen.

Drei Der Taxifahrer wollte wissen, ob er eine Quittung brauche. Çelik sah ihn erstaunt an, schüttelte den Kopf. Der Wagen startete und rollte davon. Çelik blickte sich um. Nur wenige Menschen bewegten sich auf den Straßen, obwohl es ein gewöhnlicher Wochentag war. Ein Müllwagen bog um die Ecke. Männer in Grellorange sprangen in die Häusereingänge.
Die Nachricht hatte ihn vor drei Tagen erreicht. Ein Cousin seiner Mutter hatte sie ihm übermittelt. Ein Mann namens Darius habe aus Deutschland angerufen und sich nach ihr erkundigt. Habe sie unbedingt sprechen wollen. Und habe dann nach Çelik gefragt, nachdem er dem Anrufer irgendwie klarmachen konnte, dass die Mutter nicht mehr in der Lage war zu sprechen.
Mehr als dreißig Jahre waren vergangen, doch er hatte ein klares Bild vor Augen: Klaus-Peter Darius, genannt KPD. Lange, rot schimmernde Haare, ein schmaler Bart über noch schmaleren Lippen. Er hatte sofort die Nummer gewählt.
Darius fragte nach Çeliks Mutter. Seine Stimme klang dumpf, kratzend, alt. Çelik verstand ihn gut. Trotz der schlechten Verbindung. Trotz der undeutlichen Stimme. Und trotz der Sprache, die einmal seine Sprache gewesen war, die er seitdem wie einen Schatz bewahrte.
Er hatte nichts mehr, was ihn mit der Zeit damals in Deutschland verband. Keinen Gegenstand, kein Foto. Nur seine Erinnerungen und die Sprache. Çelik las deutsche Zeitungen, sah gelegentlich deutsches Fernsehen. Manchmal murmelte er Passagen nach, manchmal summte er den Text eines deutschen Songtextes

mit. Er merkte, dass die Worte tief verankert waren. Dass er sie jederzeit hervorholen konnte. Aber er merkte auch, dass ihm das Sprechen fehlte. Das Produzieren der Töne.
Als er Darius am Telefon gefragt hatte, was dieser von seiner Mutter wolle, hatte ihn der Klang seiner eigenen Stimme überrascht. Er hörte sich ganz anders an als im Türkischen. Die Worte kamen aus einer anderen Gegend seines Körpers.
»Du müsstest über vierzig sein«, hatte Darius bemerkt. »Ich bin letztes Jahr sechzig geworden. Erinnerst du dich an mich?«
Wie die Lichtkegel vorbeifahrender Wagen rasten die Bilder an ihm vorbei: Seine Eltern mit ihm bei einer Demonstration. Das Zimmer seines Vaters mit Zeitungsausschnitten an den Wänden. Besuche bei Unbekannten, die zu mehreren in riesigen Wohnungen hausten. Die Nähe, immer wieder diese Nähe, die ihn als Heranwachsenden angenervt hatte. Diese Menschen, die einen immer anfassen mussten, diese Manie der Verbrüderung, des Körperkontaktes. Dazwischen das Gesicht von Klaus-Peter Darius. Mal charmant lächelnd, mal aufbrausend. Und mal, so kam es Çelik in der Erinnerung vor, irgendwas zwischen listig und heimtückisch. Einer, dem man vorsichtshalber nicht den Rücken zudreht.
»Meine Mutter liegt im Koma, seit fünf Jahren.« Çelik hatte so deutlich gesprochen, als würde auf der Gegenseite jeder Buchstabe notiert. »Was willst du von ihr?«
Fünf Minuten später hatte er sich entschieden, nach Deutschland zu fliegen und persönlich mit Darius zu sprechen.

Die alte Dame schlurfte zurück, an ihrem Wägelchen baumelte eine Stofftüte. Sie trat auf das Haus zu, das Darius als Adresse angegeben hatte. Ein heruntergekommener Altbau, an dessen Fassade ein Gerüst hochgezogen war. Helle Planen verdeckten die Sicht auf die einzelnen Etagen. Auf der Klingel entdeckte Çelik neben zahlreichen türkischen auch Darius' Namen. Die Tür war hinter der Alten nicht zugefallen. Er entschied sich gegen das Klingeln.
Çelik hatte die Tage nach dem Anruf genutzt, um Nachforschun-

gen anzustellen, hatte sich über alte Kontakte im Polizeipräsidium von Istanbul ein paar Ausdrucke aus der Interpol-Datei schicken lassen. Klaus-Peter Darius war vor sechs Monaten aus dem Gefängnis entlassen worden. Nach über 20 Jahren. Verurteilt wegen diverser Banküberfälle, wegen einer Entführung, wegen gemeinschaftlichen Mordes.

Darius' Spitzname – KPD – war früher oft bei Çeliks Eltern gefallen. Sie waren befreundet gewesen, hatten für ähnliche Ziele gekämpft. Auch wenn Çeliks Mutter sich immer wütend gegen das gewandt hatte, was sie »bewaffneten Kampf« nannten. Schier geglüht hatte sie damals, so sehr konnte sie sich über die Methoden aufregen. Zu entführen, zu verletzen – und zu töten, das waren für sie die Methoden derer, gegen die sie eigentlich kämpfte. Inakzeptable Methoden, die sie faschistoid nannte. Während Çeliks Vater nur anmerkte, sie befänden sich in einem Krieg und da seien Opfer nun mal nicht zu vermeiden, außerdem zwinge ja niemanden einen Bankchef oder General dazu, General oder Bankchef zu werden, dahinter stecke eine bewusste Entscheidung für ein Mörder-System. Und die Fahrer, hatte sie dann häufig eingewandt, sind die ebenfalls Vertreter des Systems, die den Tod verdient haben? Oder sind sie Familienväter, die ihre Frauen und Kinder zu ernähren haben? So ist das im Krieg, hatte er daraufhin gemurmelt, da gibt es immer Opfer, auch Unschuldige. Wenige, deren Tod die Hoffnung vieler auf ein besseres Leben bedingt. Was wiederum sie noch stärker zum Glühen gebracht hatte, sehr zum Vergnügen Çeliks, der seine Mutter mit großen Augen anhimmelte. Sie lag weit weg, diese Geschichte. Unzählige andere hatten sich dazwischen gezwängt.
Bevor er den stickigen Hausflur betrat, fragte sich Çelik wieder, warum er so schnell den Entschluss gefasst hatte, nach Deutschland zurück zu kehren. Die Antwort war einfach: Dieses Treffen war die einzige Chance, die Wahrheit über die Vergangenheit zu erfahren: über seine Vergangenheit.

Vier

Das Treppenhaus war eng, voll gestellt mit Kinderwagen und Fahrrädern. Çelik hatte Mühe, sich mit seiner Tasche einen Weg zu bahnen. Er fragte sich, wie es der alten Dame gelungen war, durch das Chaos hindurch zu ihrer Wohnung zu gelangen. Noch mehr Zweifel kamen ihm, als er die schmalen Stufen sah, die nach oben führten. Schließlich entdeckte er unterhalb der Treppe eine Tür. Vermutlich wohnte die Alte dort. Das erklärte auch, warum sie so schnell verschwunden war.

Schwerfällig stieg Çelik nach oben. Auf den Etagen schien sich jeweils nur eine Wohnung zu befinden. Da vor der ersten unzählige Schuhe standen und an der zweiten der Name Oktay notiert war, schlich Çelik weiter zum dritten Stock. An dieser Tür war kein Name angebracht, aber sein Instinkt sagte ihm, dass es die Wohnung von Darius war.

Çelik drückte auf die Klingel. Es tat sich nichts. Er klopfte vorsichtig, wartete. Dann erst nahm er den Geruch war. Er ging auf die Knie, drückte seine Nase gegen den Spalt an der Unterseite der Tür. Eine Ahnung überfiel sein Bewusstsein und sorgte für die vertraute, fast schmerzhafte Anspannung seiner Muskeln. Es roch nach Blut. Und nach Angst.

Çelik richtete sich auf. Unschlüssig trat er von einem Bein aufs andere, kratzte sich am Hals. Er stand kurz davor, in etwas hineinzugeraten, dessen Folgen unabsehbar waren. Aber er wusste, dass er durch diese Türe gehen musste. Jetzt. Aus seiner Manteltasche nahm er die dünnen Lederhandschuhe, die er sich für das kalte Deutschland eingesteckt hatte, und streifte sie über. Dann kümmerte er sich um das Schloss. Es war alt und die Tür nicht verriegelt, ein Kinderspiel. Er brauchte nur ein paar Sekunden, um sie zu öffnen.

Vorsichtig stellte Çelik seine Tasche ab und tastete sich durch die Wohnung, in der kein Laut zu vernehmen war. Er verließ sich auf sein Gespür, versuchte gleichzeitig, seine Augen an die Dunkelheit zu gewöhnen. Im Hintergrund hörte er ein Rauschen, vermutlich eine Gastherme. Erst jetzt fiel ihm auf, wie warm es in der Wohnung war. Çelik rief keinen Namen, verharrte kurz, bewegte sich dann lautlos in eines der Zimmer. Er erstarrte. Ne-

ben einem Schreibtisch lag ein verkrampfter Männerkörper. Darunter hatte ausgetretenes Blut den Teppich getränkt.
Çelik starrte auf den Körper, der merkwürdig verdreht war. Der Kopf mit den aufgerissenen Augen war zur Seite geneigt. Das musste Darius sein, keine Frage, ein Zug im Gesicht des Toten löste eine Erinnerung in Çeliks Hirn aus. Darius' vertrocknete Lippen waren aufgeplatzt. Ein Rinnsal Blut hatte sich durch den weißen Stoppelbart geschlängelt. In seinem Brustkorb machte Çelik zwei Schusswunden aus. Wegen Darius war Çelik nach Deutschland gekommen. Er hatte ihn nie wirklich kennen gelernt, und er würde ihn nun auch nicht mehr besser kennen lernen.

Çelik schluckte und schaute sich um. Das Zimmer war nicht sonderlich vollgestellt. Außer dem Schreibtisch, einem kleinen Regal und einem Ledersessel herrschte Leere. Durch die dicken Vorhänge kroch diffuses Sonnenlicht und ließ die Situation friedlicher erscheinen, als sie war.
Çeliks Hirn arbeitete fieberhaft, aber er bleib dabei ganz ruhig. Eine alte, vor langer Zeit in Fleisch und Blut übergegangene Routine hatte eingesetzt – der Exbulle sicherte reflexartig den Tatort. Çelik spürte, dass der Täter verschwunden war, aber er musste sein Gefühl überprüfen. Ein Wohnraum, eine Kammer als Schlafzimmer, ein Bad – er war allein mit Darius.
Dann der Blick auf den Körper: Die Leichenstarre hatte noch nicht eingesetzt, Çelik konnte keine Totenflecken ausmachen. Länger als 30 Minuten war Darius noch nicht tot. Seine Augen guckten überrascht, aber Çelik wusste, dass dies nichts über seinen Gefühlszustand vor dem Tod aussagte. Das T-Shirt des Toten war an einem der Einschusslöcher kaum, am anderen dagegen reichlich zerfetzt. Was Çelik vermuten ließ, dass der erste Schuss aufgesetzt abgefeuert worden war, der zweite dagegen aus einem gewissen Abstand, vermutlich von schräg oben, um sicherzustellen, dass Darius wirklich sterben würde. Der Tote lag neben dem Schreibtisch, eine Blutspur führte vom Fenster dorthin, auch der Tisch selbst war blutverschmiert. Anscheinend hatte Darius sich

trotz des zweiten Schusses noch zum Schreibtisch bewegt, dem Anschein nach, um das Gerät zu packen, das die Finger seiner rechten Hand hielten. Çelik löste es aus der erstarrten Umklammerung. Es war ein altes Diktiergerät, wie auch sie es früher benutzt hatten, wenn sie ihre Berichte zusammenfassten. Er spulte die Kassette an den Anfang zurück. Nach einer Weile stoppte das Band. Çelik drückte die Play-Taste. Ein Klicken. Husten, Röcheln. Eine Pause, in der Rascheln und Rauschen zu hören waren. Dann kratzige Laute:

»Çelik … Çelik, du kommst spät … jetzt können wir nicht mehr plaudern …«

Er musste sich konzentrieren, um die Worte zu verstehen. Es waren keine zusammen hängenden Sätze, eher Fetzen.

»Das dumme Arschloch hat mich angeschossen … von einer Jeanne gefaselt … kenne keine Jeanne … frag deine Mutter …«

Die Worte verebbten, nur Bruchstücke waren zu verstehen. Çelik fragte sich, was seine in Istanbul im Koma liegende Mutter mit dem Mord an Darius zu tun haben sollte. Und mit einer Jeanne. Ihm gegenüber hatte sie diesen Namen nie erwähnt. Dann wurde die Sprache des Toten wieder klarer:

»Du musst mir einen Gefallen tun … meine Tochter finden … sie kennt mich nicht … weiß nichts von mir … das Foto, in meiner Brieftasche …«

Noch ein Husten, erneutes Röcheln, wieder eine längere Pause. Anscheinend hatte Darius versucht, sich zu drehen, so hörten sich die Geräusche vom Band zumindest an. Aber er wusste, dass er sterben würde, sein Ton drückte weder Zweifel noch Hoffnung aus, lediglich Klarheit lag in seinen letzten Worten.

»Scheiße, Mann. Zwanzig Jahre Knast, um dann so erbärmlich zu verrecken! … Çelik, eines musst du wissen: Ich hab den Banker damals nicht umgelegt … und ich hab deine Mutter geliebt … wir hätten eine Zukunft verdient gehabt!«

Die Stimme verhauchte, dann raffte der Sterbende sich noch einmal auf:

»… das Foto … sind nicht mehr viele von uns übrig …«

Fünf

Das Kino hieß jetzt *Filmpalette* und zeigte Dokumentationen, Independentfilme. Zumindest schloss Çelik das aus den Plakaten in den Schaukästen. Früher, in seiner Kindheit, hatten im »Roxy«, wie es damals hieß, Sexfilme das Dunkel erhellt; er hatte sich oft ausgemalt, wie es drinnen wohl sein würde, zusammen mit seinem Kumpel Ingo. Eigentlich hatten sie ja einmal gemeinsam ins »Roxy« gehen wollen, ein Schwur unter Blutsbrüdern, den Çelik nicht einhalten konnte, weil er da schon längst in der Türkei lebte. Ingo, ob es den noch irgendwo hier gab?
Das Café Schmitz direkt neben dem Kino schien Çelik der passende Ort, um ein paar Gedanken zu fassen: Ein Eckhaus mit großen Fenstern, durch die man das Areal bis hin zu Darius´ Haus gut im Blick hatte. Entspannte Atmosphäre, hinter der Theke eine junge Schwarzhaarige und ein gemächlicher Glatzkopf, Typ Künstler. An den Tischen zwei Frauengruppen, ansonsten nur Männer, die Zeitung lasen oder ihre Laptops bearbeiteten. Çelik grüßte, nahm an der Theke Platz, bestellte einen Tee.

Çelik schob die Tasse mit dem heißen Wasser und dem Teebeutel zur Seite und bestellte einen Kaffee. Er hatte nicht daran gedacht, dass die Deutschen keine Teetrinker waren. Natürlich hätte er sich auch in eine der türkischen Teestuben setzen können, die er in der Nähe bemerkt hatte. Aber er wollte lieber für sich sein, nichts erklären müssen.
Nachdem er Darius' Gesicht mit einem Tuch abgedeckt hatte, war Çelik durch die Wohnung gelaufen. Er wusste, dass er nicht viel Zeit hatte, sich umzuschauen. In einem der Zimmer hatte er eine Wand voller Fotos gefunden, Ausdrucke, Notizen. Sie zeigten alle die gleiche junge Frau, in verschiedenen Lebensabschnitten, immer aus großen Abständen fotografiert. Außerdem Kopien von Schulzeugnissen, Sporturkunden, eines Diploms für Psychologie. Çelik notierte sich Namen, Details, Adressen. Unter den Unterlagen auf Darius' Schreibtisch fand er ein Kuvert mit mehreren Bündeln Hundert-Euro-Scheinen. Und das Foto, von dem Darius gesprochen hatte: Es zeigte ein paar junge Leute, sie

schienen für ein Gruppenbild zu posieren. In der Mitte der junge Darius, unschwer zu erkennen: rote Haare, schmale Lippen, flammender, energischer Blick. Daneben zwei weitere Männer und zwei Frauen. Die Gesichter der Männer waren mit einem dicken schwarzen Stift durchgestrichen worden.
Die Kellnerin lächelte ihn an, stellte die Kaffeetasse ab und fragte auf Türkisch, ob er auch Milch brauche. Çelik schüttelte wortlos seinen Kopf. Das Mädchen war höchstens zwanzig, trug ein eng anliegendes Top, aus dessen Ausschnitt sich ein dunkles Tattoomuster am Hals hinauf schlängelte. Sie erinnerte ihn an eine Studentin, die er Anfang der achtziger Jahre in Istanbul kennen gelernt hatte. Ihre Direktheit hatte ihn damals fasziniert, ihre unbekümmerte Art, ihr schlanker Körper. Ihr Name fiel ihm nicht mehr ein.

Çelik versuchte, seine Gedanken zu sortieren. Er hatte in der Wohnung einen Brief entdeckt, der an Darius adressiert war. Das Datum auf dem Poststempel lag zwei Wochen zurück. Im Umschlag befand sich ein Zettel mit einem einzigen Wort: *Jeanne*. Was hatte dieser Name zu bedeuten? Und was die durchgestrichenen Gesichter auf dem Foto? Hatte Darius' Tod irgendwie mit ihm und seiner Geschichte zu tun? Mit seiner Mutter?
Çelik sah sich als Fünfjährigen, seine Eltern hatten ihn zu sich nach Köln geholt. Zuvor hatte er bei seinen Großeltern in der Türkei gelebt. Als einfache Arbeiter wollten seine Eltern in den Sechzigern ein paar Jahre im reichen Deutschland leben, um sich eine Existenz zu sichern. Sie hatten sich gewerkschaftlich engagiert, sie hatten Freunde in der linken Bewegung gefunden. Immer tiefer waren sie in die Szene eingetaucht, sein Vater leidenschaftlich, seine Mutter zögernd. Çelik erinnerte sich an ein Gespräch, das er als Kind heimlich belauscht hatte: Sein Vater war begeistert, dass die Revolutionäre versuchten, die Arbeiter für ihre Sache zu gewinnen, dass sie sich für die kleinen Leute einsetzten. Als Türken, als Gastarbeiter, so sein Argument, seien sie ja noch betroffener von der Ausbeutung durch die Kapitalisten als die deutschen Kollegen, für sie sei der Kampf um Gleich-

heit und Gerechtigkeit deshalb umso wichtiger. Çeliks Mutter hatte nur den Kopf geschüttelt, ihrer Ansicht nach gab es keine Steigerung von Ausbeutung. Zudem zweifelte sie an vielen Vertretern der Bewegung, denen gehe es nicht um Gerechtigkeit, sondern um sich selbst, hatte sie gesagt. Anfang der siebziger Jahre entstand dann der Kontakt zu den so genannten Stadtguerilleras. Çelik konnte sich an Treffen und Aktionen erinnern. Darius war eines von vielen Gesichtern gewesen.

Çeliks Eltern stritten sich häufig. Er selbst konnte nicht auseinander halten, ob es um politische oder um persönliche Themen ging. Dann plötzlich der Bruch. 1977 entschied sich seine Mutter, seinen Vater zu verlassen und in die Türkei zurück zu kehren, mit Çelik. Sie hatte sich von ihm getrennt, er war ihr zu radikal geworden, das hatte Çelik viel später als Heranwachsender mitbekommen. Die Abreise war eher eine Flucht, denn ein Abschied. Seitdem hatte er keinen Kontakt mehr zu seinem Vater gehabt.

Seine Mutter hatte Çelik bei seinen Großeltern untergebracht, sie selbst tauchte kurz darauf im Osten der Türkei unter. Angeblich, um einer möglichen Verhaftung zu entgehen. Näheres hatte Çelik nie erfahren, auch spätere Nachforschungen hatten nichts ergeben. Erst über ein halbes Jahr nach ihrer Flucht war sie wieder aufgetaucht, ohne ein Wort der Erklärung.

Çelik stöhnte unwillkürlich auf. Seine Augäpfel arbeiteten, er raufte sich die Haare. Darius war tot. Von wem konnte er jetzt noch etwas erfahren? Sollte er mit einem der nächsten Flüge zurückkehren? Çelik wusste, dass es dafür zu spät war. Er musste in Deutschland bleiben. In seiner Zeit als Polizist hatte er sich um viele Biografien gekümmert, hatte sie studiert, sie durchdrungen. Seine eigene hatte er immer ausgeklammert. Jetzt konnte Çelik nicht mehr zurück. Er war mittendrin in der Geschichte. In seiner Geschichte.

Pankewitz Vielleicht hätte er noch eine Kugel auf ihn abfeuern sollen. Aber das Risiko, dass man ihn hörte, war auch so schon groß gewesen. Trotz Schalldämpfer. Zwei Treffer mussten reichen. Es lief alles nach Plan. Diesmal hatte er das Schicksal in seiner Hand. Und würde es nicht wieder hergeben. Darius hatte geröchelt. Gewinselt. Aber für Gnade war es zu spät. Wie so oft im Leben. Es war gut so. Er hatte alles richtig gemacht.

In all den Jahren hatte er seine Wirkung auf Andere perfektioniert: ein etwas schüchterner, stiller Mann, der einem in seiner Durchschnittlichkeit nicht lange in Erinnerung blieb. Melancholisch und nachdenklich. Er schaute sich im Spiegel an. Grinste. Sah einen ganz gewöhnlichen Typen. Unauffällig. Fast unsichtbar. Genial.

Es war seine Rolle. Nach außen wahrte er diesen Schein. Keiner durchschaute ihn. Freunde hatte er sowieso nicht viele. Eigentlich keinen einzigen. Bloß ein paar Bekannte. Niemand, der ihm wirklich nahe kam. Aber die Leute mochten ihn. Er war zuvorkommend, höflich, nie aufbrausend, nie ungehalten. Eine Frau hatte ihm einmal gestanden, sie bewundere ihn. Wofür, hatte er überrascht gefragt. Für seine stoische Gelassenheit, hatte sie geantwortet. So wirkte er auf die Anderen: stoisch, gelassen, freundlich. Eine wunderbare Fassade, an der er jahrelang gefeilt hatte.

Doch in ihm sah es anders aus. Es loderte, es prasselte. Es war, als würde die Hitze in ihm an seiner Haut reflektiert werden und nach innen zurückstrahlen, um dort, im Kern, immer nur noch heißer und brennender zu werden. Die Flammen fraßen ihn innerlich auf und ließ seine Gefühle gegenüber der Außenwelt erkalten. Der Hass, den das Feuer speiste, war sein Motor geworden, ernährte ihn, gab ihm den Grund, weiter an diesem beschissenen Leben festzuhalten. Und der Hass hatte ihn vieles gelehrt. Sie waren Freunde geworden, Verbündete gegen die verlogenen Parasiten. Sie waren ein Team. Sie hatten Darius erledigt. Keiner bemerkte ihre Freundschaft, und genau so wollte er es.

Sechs

Sein Kopf schmerzte, das Blut in seinen Adern pochte. Çelik hatte kein Auge zugetan. Das Hotel war eigentlich nicht übel gewesen, das erstbeste in der Nähe, ein moderner, gesichtsloser Kasten. Çelik war der alten Regel gefolgt, dass die unmittelbare Nähe zum Ort eines Verbrechens manchmal mehr Schutz bot als die Flucht. Die Polizei würde Ermittlungen beginnen, das war klar. Und der Mord an einem ehemaligen Terroristen war ein gefundenes Fressen für die Presse. Ob die deutschen Fahnder ihm auf die Spur kommen konnten, wusste Çelik nicht. Er hatte alle Spuren beseitigt, die auf ihn hätten hindeuten können. Ob Darius aber so klug gewesen war, nicht von seinem Privatanschluss aus in der Türkei anzurufen? Und vielleicht hatten sie Darius nach seiner Entlassung engmaschig überwacht? Andererseits, warum hätten sie das tun sollen? Seine Geschichte auf der anderen Seite der Gesellschaft war beendet, und er hatte reichlich gesühnt, für seine Taten und für die seiner Gruppe. Nein, unwahrscheinlich, wenn überhaupt, dann hatten sie Darius von weitem und sporadisch überprüft, nicht aber überwacht. Gut für Çelik. Womöglich hatte ihn jemand im Haus gesehen, aber Çelik glaubte es nicht. Und die Alte mit den Pantoffeln? Sie hatte nichts mitbekommen, da war er sicher.

Trotz der großen Glasfront hatte das Hotelzimmer kein Fenster, das man hätte öffnen können; er hatte die Klimaanlage auf volle Stärke gedreht. Kühlschranktemperatur. Dennoch hatte er den Schweiß unmittelbar kommen gespürt, sobald er die Augen schloss. Und gefühlt, wie sein Atem schneller wurde, wie er anfing zu zittern. Wie sich alles um ihn herum zu drehen begann, wie der Taumel ihm die Brust zuschnürte …

Kurz nach Mitternacht hatte er sich wieder angezogen und das Hotel verlassen, war durch die Straßen geirrt wie ein Verlorener. Er hatte den Mantel einfach über das schweißgetränkte T-Shirt gezogen; sofort hatte es sich im Nachtwind an seine Haut geklebt. Im Café war noch Licht gewesen, aber die Stühle standen bereits auf den Tischen. Auch andere Lokale schlossen, nur in einer Bierkneipe herrschte noch Betrieb, aber das war ihm jetzt zu laut

und zu eng. Çelik hatte sich schließlich auf eine Parkbank gesetzt, die Arme verschränkt und seinen Kopf darauf sacken lassen.
Es war eine Illusion gewesen zu glauben, Deutschland würde etwas an seinem Problem ändern. Als könnte die Ordnung dieses Landes auch eine in seinem Bewusstsein bewirken. Aber wieso sollten Stahl, Steine, Beton und Mauern in Deutschland nicht das Gleiche bei ihm auslösen wie in der Türkei?
Noch nie hatte er einen Therapeuten deshalb aufgesucht. Wahrscheinlich gab es sogar einfache Mittel dagegen. Was hätte er sagen sollen? *Ich kann seit dem Tod meiner Frau, meines Kindes nicht mehr in Gebäuden schlafen?* Tagsüber spürte er nichts, auch die Dunkelheit war es nicht. Allein das Einschlafen in einem ummauerten Raum löste Panik in ihm aus. Eine Panik, gegen die kein Gedanke, kein Gefühl ankam. Die hochstieg, pochend stärker wurde, scheinbar den Höhepunkt erreichte, doch noch dringender, schließlich unerträglich, zuletzt fast lebensbedrohlich wurde. Und die abrupt endete, wenn er das Gebäude verließ.
Es waren nun schon fünf Jahre vergangen, das Erdbeben hatte sie im Schlaf überrascht. Er hatte im vordersten Zimmer geschlafen, allein, weil er spät von einem Einsatz zurückgekehrt war und niemanden stören wollte. Damals hatte Çelik noch einen sehr tiefen Schlaf gehabt. Zu tief. Er war zu spät wach geworden. Nur ein paar Sekunden früher, und er hätte sie alle retten können, vielleicht; wenigstens seine Frau, seinen Sohn.
Unzählige Male hatte er sich danach verschiedene Abläufe dieser einen Nacht vorgestellt. Am Ende stand immer eine Frage: Für wen hättest du dich entschieden?
Seine Mutter hatte am nächsten gelegen. Er hatte sie auf seine Schulter gehoben und in Richtung Hof getragen. Er konnte nichts sehen; er konnte vor Staub kaum atmen. Er hörte die Stimme seines Sohnes. Konnte nicht ausmachen, woher sie kam. Hörte sie heiser werden, vernahm nichts von seiner Frau. Wusste, was das bedeutete. Stand fast bewegungslos, mit seiner Mutter auf dem Arm. Schaffte es nicht, die Schreie zu orten.
Seitdem konnte Çelik keine Nacht mehr schlafend in einem festen Gebäude verbringen. In der Türkei lebte er in einem kleinen

Bauwagen auf dem Hinterhof des Krankenhauses, in dem seine Mutter durch ihr Koma vegetierte. Seine Arbeit als Polizist hatte er aufgeben müssen.

Çelik schüttelte die Erinnerung ab. Ohne es zu merken, war er in einen Hinterhof gelangt, in dem Gebrauchtwagen zum Verkauf standen. Durch die Maschen eines Drahtzauns erblickte er einen dunkelgrünen Campingbus. *Wegen Todesfall günstig abzugeben*, stand groß auf einem Streifen Pappe, *ausgebauter Campingbus mit großem Bett und Kochgelegenheit.*

Die Farbe des Wagens erinnerte ihn an den Oliven-Laster seines Onkels. Noch bevor er laufen konnte, hatte Çelik schon auf der Ladefläche gesessen und mit den Oliven auf Katzen gezielt. Er entschied sich, den Wagen am nächsten Tag zu kaufen.

Sieben Es war kalt, über den Wipfeln der Bäume auf dem mittleren Grünstreifen der Ringstraße waberte Nebel. Noch sorgten die Straßenlaternen für mehr Helligkeit als das zaghaft aufkommende Tageslicht. Selbst hier war um diese Zeit noch kaum jemand unterwegs; ein paar Fußgänger, ein einsamer Radfahrer, wenige Autos. Çelik war nach seinem nächtlichen Streifzug ins Hotel zurückgekehrt, hatte noch ein paar Stunden schlaflos auf dem Bett gelegen, dann war er aufgestanden, hatte geduscht, seine Sachen gepackt, ausgecheckt, das Hotel verlassen. Jetzt wusste er nicht, wohin. Instinktiv steuerte er einen bekannten Ort an, das Café Schmitz, in dem er tags zuvor seinen Kaffee getrunken hatte. Und versucht hatte, die erste Überraschung über Darius´ Tod zu verdauen.

Begriffen hatte er das Ganze noch immer nicht. Trotzdem war er noch sicherer als am Vortrag, dass er bleiben, dass er Darius´ Mörder auf die Spur kommen musste.

Das Café war noch geschlossen, drinnen wischte eine Frau mit Kopftuch den Boden. Çelik fror. Er verfluchte sich für die Entscheidung, nicht im Hotel zu frühstücken – keine Sekunde länger hatte er dort verbringen wollen. Jetzt musste er warten.

Ein Stück weiter öffnete sich nach links eine Straße, die Weidengasse. Çelik erinnerte sich, in seiner Jugend manchmal mit seiner Mutter hier gewesen zu sein, um bei einem Metzger einzukaufen, der damals unter den Türken als der Beste galt. Die Metzgerei war noch immer da, ebenso der deutsche Haushaltswarenladen direkt gegenüber. Ansonsten hatte die Straße sich stark verändert, sie wirkte fast wie eine Gasse in Istanbul: Türkische Restaurants und Imbisse reihten sich aneinander, Juweliere und Handyläden waren zu sehen, sogar eine Boutique, ein Möbelhändler und ein Fischladen. Außerdem entdeckte Çelik mindestens drei Teehäuser.

In der Gasse war selbst um diese Zeit schon etwas los, es herrschte mehr Leben als auf der Ringstraße. Das eine oder andere Restaurant war bereits erleuchtet, hier und da wurde geputzt, ein Straßenkehrer reinigte den Bürgersteig, der Lieferwagen eines Dönerherstellers blockierte mit blinkendem Licht die Straße. Zwei Männer in weißen Kitteln ächzten unter einem Spieß, an dem mindestens hundert Pfund rohe Fleischlappen hingen.

In dem Lokal wurde sogar Frühstück angeboten. Çelik hatte keinen Hunger, aber er fror, deshalb setzte er sich in den Eingangsbereich, bestellte einen Cay. Der Kellner wirkte, als sei er ganz froh, dass Çelik nichts weiter wünschte, vermutlich war die Küche noch nicht arbeitsbereit.

Mit dem Tee erhielt Çelik eine türkische Zeitung, eine Aufmerksamkeit. Er bedankte sich, klappte die Zeitung auf; tat, als ob er lesen würde. Die Ereignisse des Vortages gingen ihm durch den Kopf.

KPD war tot, und er war ermordet worden.

Konnte es ein Zufall sein, dass der Täter ausgerechnet kurz vor Çeliks Ankunft zugeschlagen hatte? Oder hatte KPDs Tod mit ihm zu tun? Mit dem, was Darius ihm zu sagen gehabt hätte? Es gab nur eine Gelegenheit, Antworten zu erhalten: Er musste herausfinden, wer Darius getötet hatte – und warum. Und er musste es schaffen, bevor die Polizei mitmischte. Sie würden ihm alle Zugänge zu seinem Platz in dieser Geschichte versperren. Er musste schneller sein als sie.

Kein leichter Job, ohne jegliche Unterstützung, ohne Team, ohne Waffe, ohne Marke, ohne Spurensicherung. Çelik war allein auf sich, seinen Körper, seinen Geist, seinen Instinkt angewiesen. In einem Land, das einmal seines gewesen war, das ihm jetzt aber beinahe so fremd war wie jedes andere.
Es gab drei Spuren, die er verfolgen konnte: Er hatte das Bild, das Darius ihm hinterlassen hatte; die Personen darauf. Dann war da dieser Name, Jeanne. Und die Fährte zu Darius' Tochter, dieser Psychologin. Der er so oder so nachgehen musste, um KPDs letztem Wunsch zu entsprechen.
Çelik gab sich einen Ruck, legte die Zeitung beiseite, bezahlte, stand auf, verließ das Lokal. Er würde bis auf weiteres in Deutschland bleiben, also brauchte er eine Unterkunft, und zwar eine luftige ohne Stahlbeton, die ihn nicht um seinen Schlaf bringen würde, schließlich musste er wach und klar sein, um in dieser Geschichte zu bestehen. Er schulterte seine Tasche, überquerte zügig die Straße, folgte ihr in Richtung des Stadttores, verschwand nach einigen weiteren Metern rechts in einer kleinen Seitengasse, folgte dieser in Richtung Hauptbahnhof, stand schließlich vor einem Bogen des Bahnviaduktes, über das die Züge ins Zentrum der Stadt einliefen. Unter dem Bogen war der Gebrauchtwagenhof, dort stand der grüne Campingbus.

»Na, Süßer! Frühaufsteher?«
Çelik zuckte zusammen, drehte sich um. Auf der anderen Straßenseite war ein Fenster der Erdgeschosswohnung geöffnet worden, und eine unfassbar fette Frau lehnte auf dem Sims, deren schwarzes, fleckiges T-Shirt die Fleischmassen bloß notdürftig verdeckte. Hinter ihr im Zimmer schimmerte es rötlich.
Çelik war verwirrt. Er ahnte, was die Frau wollte, aber er brachte kein Wort heraus.
»Ich weiß, Süßer. Ihr Typen seid hin und weg, wenn Ihr erst mal kapiert habt, was für dicke Dinger ich hab. Kenn ich schon, erleb ich nicht zum ersten Mal. Und, wie schaut's aus mit uns zwei beiden?«
Çelik blieb stumm.

»Na, tu doch nicht so unschuldig! Kriegst nen Sonderpreis, meinen Frühstückspezialtarif für müde Türken ...«
»Entschuldigung. Aber ich ...«
Mit einem Schulterzucken, von dem er hoffte, dass es hinreichend herablassend aussah, wandte sich Çelik ab.
»Wie – gefall ich dir etwa nicht?« Die Frau straffte sich, ihre Stimme wurde scharf. »Magste keine älteren Frauen? Oder keine Titten?«
»Mensch Geli! Lass den Mann in Ruhe!«, grölte eine Stimme von hinten, vom Gebrauchtwagenhof her. Kurz herrschte Ruhe, nur eine Tüte war zu hören, die knatternd im Wind über die Straße getragen wurde.
»Halt du dich raus, Sackgesicht!«, keifte die Frau; mit einer Stimme, der Çelik zugetraut hätte, Flugzeuge vom Himmel zu holen. Aber es blieb beim Keifen; sie zog sich zurück und schloss das Fenster.
Çelik war erleichtert, dann wandte er sich dem Autohändler zu. Er trug eine zerfetzte Jeans und oben herum trotz der Kälte lediglich ein Unterhemd, seine Haare standen wirr durcheinander. Çelik schätzte ihn auf Anfang fünfzig. Er stand neben dem grünen Bus. Offensichtlich war er eben erst erwacht, und anscheinend hatte er im Bus geschlafen.
»Kaffee?«
Çelik nickte.
»Na, dann kommen Sie mal mit!«
Der Mann nickte in Richtung einer hölzernen Hütte, die weiter hinten stand. Aus dem Kaminrohr zog Rauch, leiser Gesang drang durch ein gekipptes Fenster nach draußen.
»Meine Freundin. Manchmal zumindest. Pflegt bisweilen so ihre Stimmungen, deshalb hab ich im Bus geschlafen. Auf den Sie ein Auge geworfen haben, oder?«
»Woher wissen Sie das?«
»So was sieht man mit den Jahren. Verkäuferblick.«
Er hielt inne, drehte sich um, sah Çelik prüfend in die Augen. Dann streckte er ihm seine Hand entgegen:
»Kurth, Wolffram. Wolff für Freunde.«

Freunde? Çelik fragte sich, ob er etwas verpasst hatte. Oder ob Kurth, Wolffram, genannt Wolff, ihn auf den Arm nehmen wollte. Aber sein Gegenüber guckte ganz ernsthaft. Und er fand ihn sympathisch, einfach so, ohne Grund. Warum also nicht.

»Çelik. Murad Çelik. Am liebsten einfach bloß Çelik.«

Wolffram Kurth nickte, als besiegele er einen unausgesprochenen Vertrag. Gerade wollte er etwas anmerken, da ertönte eine helle weibliche Stimme:

»Na, dann komm mal rein, einfach bloß Çelik! Und bring das Sackgesicht mit ...«

Çelik hatte nicht bemerkt, dass sich die Türe des Bauwagens geöffnet hatte. Eine große, kräftige Frau mit wallend blonden Locken stand im Rahmen. Sie hatte, ausgerechnet, ein Dirndl an und war ausgesprochen attraktiv. Irgendwie sah sie der Prostituierten frappierend ähnlich. Sie schien zu ahnen, was Çelik dachte: »Chantal ist meine Cousine. Dritten Grades. Blöder Zufall, dass wir Nachbarn sind. Haben uns sonst nicht viel zu sagen. Na los, kommt rein, der Kaffee wird kalt.«

Die Hütte war spartanisch eingerichtet: eine große Matratze, ein Schreibtisch samt Bürostuhl, ein immenser Plasmafernseher vor einem durchgesessenen Zweiersofa. Bücher, DVDs. Zwei Stühle an einem Bistrotisch; eine Arbeitsplatte, auf der eine Espressomaschine in poliertem Edelstahldesign glänzte. Auf dem Tisch standen drei Kaffeebecher.

»Hey, willkommen. Ich bin Josie, von Josephine.«

Aus der Nähe betrachtet sah sie älter aus – irgendetwas zwischen fünfzig und Mitte fünfzig. Hier und da hatten sich Falten in ihre Züge gegraben, und die Rundungen ihres Körpers waren die einer reiferen Frau.

Çelik fand sie hinreißend.

»Was treibt dich hierher, Çelik?«, wollte Josie wissen.

Sie musterte ihn abschätzend, von oben bis unten, nickte, sah ihm in die Augen. Ein Zittern durchlief seinen Körper.

»Der Bus.«

Çelik konnte kaum sprechen. Grinste. Josie sah ihn weiter aufmerksam an. Er fühlte sich – nackt.

»Der Bus?«
»Ich möchte ihn kaufen.«
»Und deswegen bist du heute Nacht hier gewesen, Çelik, ja?«
»Ich konnte nicht schlafen. Bin gelaufen, zufällig hier gelandet.«
»Zufällig, ja? Daran glaubst du?«
Sie schnurrte, zumindest kam es Çelik so vor.
»Natürlich, woran sonst? Jedenfalls möchte ich diesen Bus kaufen.«
»Keine Chance, das gute Stück ist nicht zu verkaufen.«
Der Zauber war verschwunden, ein Glück. Çelik konnte wieder klare Gedanken fassen. Sie machte jetzt Geschäfte.
»Aber da steht doch *günstig abzugeben wegen Todesfall*. Was heißt, dass er zu verkaufen ist, oder?«
»Kann schon sein. Aber wir verkaufen ihn nicht.«
Ein Schweigen entstand. Çelik wusste nicht, wie er die Situation deuten sollte. Josie blickte ihn weiter prüfend an. Wolff sah zu Josie, fragend. Sie reagierte nicht, so dass ihr Partner selbst die Initiative übernehmen musste.
»Theoretisch müssten wir den Bus verkaufen. Ist Teil eines Nachlasses, um den wir uns kümmern. Aber Josie will sich nicht von ihm trennen. Hat gute Erinnerungen an den Besitzer, die nicht verschwinden sollen ...«
»Kann ich verstehen, klar«, entgegnete Çelik. »Trotzdem: Bei mir wäre der Bus in guten Händen. Mitsamt der Erinnerungen, die er transportiert ...«
Ich bin gut darin, Erinnerungen zu tragen, dachte er.
»Wozu brauchst du unbedingt einen solchen Bus?«
»Lange Geschichte, aber ich kann in Häusern nicht schlafen. Brauch für die Zeit, die ich in Deutschland bin, ein Haus, das keines ist. Und der Bus erinnert mich auch an andere Zeiten ...«
»Okay.« Josie grübelte. »Wie lange bist du hier?«
»Weiß nicht. Habe einiges zu erledigen. Vielleicht vier oder sechs Wochen?«
»Gut, er gehört dir, für die Zeit. Aber nur zur Miete. Zwanzig Euro am Tag. Und drei Raten kannste bei mir abarbeiten ...«
Was hatte sie da gesagt? Çelik errötete. Blickte vorsichtig zu

Wolff. Der grinste bloß, erhob sich, klopfte Çelik auf die Schulter, verließ den Wagen.
»Ich, äh …«
Josie blickte ihn auffordernd an, als erwarte sie, dass er gleich loslegte mit der Erfüllung des Kontrakts. Hatte er sie richtig verstanden? Er schwitzte. Er konnte doch nicht einfach mit einer wildfremden Frau …
Die Stimme des Mannes, der sich Wolff nannte, erlöste ihn.
»Los, komm raus, Alter. Oder soll ich deinen Wagen allein fit machen? Komm schon, lass dich nicht von meiner Süßen auf den Arm nehmen. War bloß ein Witz, die gute Josie hat manchmal einen etwas eigenen Humor …«
Çelik erhob sich, blickte die blonde Frau an. Sie hatte die Beine übereinander geschlagen, saß ansonsten unverändert. Er war froh, der Situation entrinnen zu können. Und fühlte sich zugleich verloren … Enttäuscht, dass er sich nicht zwischen ihre Schenkel kauern, seinen Kopf in ihren Schoss betten, sie entkleiden, küssen, verführen konnte. Kurz sah er sie fragend an. Wischte den Gedanken weg.

Eine Stunde später verließ Çelik in seinem neuen Gefährt das Gelände. Wolff und Josie standen auf der Treppe zum Bauwagen, winkten ihm nach. Er hatte ihnen tausend Euro bezahlt, pauschal. Versprochen, sich zu melden, falls es irgendein Problem gäbe; jederzeit, Tag und Nacht. Auch dann, wenn es nicht mit dem Wagen zu tun hätte.
Der Bus war in Ordnung. Çelik hatte sich sofort zu Hause gefühlt, trotz der merkwürdigen Innenausstattung: Alles war in Grün- und Brauntönen gehalten, Tiergrafiken zierten Polster und Vorhänge, über der Sitzgruppe, die zum Doppelbett umfunktioniert werden konnte, prangte ein opulentes Ölbild, das eine waldige Berglandschaft samt Jagdszenerie darstellte. Das alles war nicht gerade Çeliks Stil. Aber einer, den er akzeptieren konnte: Natur und Jagd, zwei Dinge, die Çelik gemäß waren, auch in dieser grünbraunen Verkleidung.
Am Heck des Wagens war eine Transportbox angebracht. Sie

hatte eine Kühlfunktion, kaum zu glauben, aber Çelik hatte es überprüft. Entweder der Besitzer des Mobils war tatsächlich ein Jäger gewesen, der in der Box das erlegte Wild transportiert hatte, oder er hatte ausreichend kühlen Platz für Bier und Grillzeug benötigt.

Trotz des verwirrenden Systems an Gassen und Einbahnstraßen brauchte Çelik nur wenige Minuten, um zum steinernen Tor zu gelangen. Langsam ließ er den Bus daran vorbei schleichen und parkte ein paar Meter weiter vor einem Supermarkt. Er stieg aus, besorgte ein paar Lebensmittel, verstaute diese im Wagen. Dann machte er sich auf den Weg: Er musste noch einmal in Darius' Wohnung.

Acht

Als er das Haus betreten hatte, waren sie ihm noch nicht aufgefallen. Erst als er aus dem Schatten des Flurs zurück auf die Straße trat, fiel sein Blick auf die beiden Männer. Sie standen auf der anderen Seite des Platzes, mit den Rücken zu ihm, besahen sich die Auslagen eines Schaufensters. Çelik spürte, wie ihre Augen ihn über die Spiegelung fixierten. Er sah sich um. Ein paar Häuser weiter war ein Café. Zwei Tische standen direkt am Fenster, das bis zum Boden reichte. An einem davon saß ein Mann in einem dunklen Trainingsanzug und las Zeitung. Tat, als ob er Zeitung las. Seine ganze Haltung war so ausgerichtet, dass er bequem den Hauseingang beobachten konnte. Und schräg gegenüber auf der anderen Straßenseite stand eine Frau mit einem riesigen Kinderwagen, sie telefonierte mit ihrem Handy, blickte dabei immer wieder zu ihm hin. Sie sah nicht aus wie eine Mutter. Oder wurde er jetzt paranoid? Çelik begann zu schwitzen.
Er griff sich an den Bauch. Wie naiv war er gewesen, einfach zurück in das Haus eines ermordeten Ex-Terroristen zu marschieren? Natürlich wurde Darius beschattet. Vom Verfassungsschutz, vom Nachrichtendienst, von wem auch immer. Vermutlich hat-

ten sie ihn schon seit seiner Ankunft im Visier gehabt, hatten ihn … aber warum? Es ergab keinen Sinn.
Er musste sich beruhigen. Natürlich war es ein Risiko gewesen, zum Tatort zurück zu kommen. Aber wenn er etwas herausfinden wollte, brauchte er mehr Anhaltspunkte. Außerdem war er sich sicher gewesen, dass niemand zwischendurch in der Wohnung gewesen war. Mit den Schlüsseln von Darius hatte er keinerlei Aufsehen erregt. Instinktiv hatte er sie bei seinem ersten Besuch eingesteckt. Ein paar Schritte in der Wohnung hatten ihn überzeugt, dass der Tote nicht bewegt worden, dass vermutlich niemand nach ihm dort gewesen war. Er hatte die Zeit genutzt, um sich genauer umzuschauen, hatte weitere Tagebücher von Darius gefunden, ein paar Zeitungsartikel, eine Mappe mit Fotos und Notizen.
Bis dahin sah alles noch gut aus; niemand schien sich für Darius interessiert zu haben – außer dem Mörder.

Çeliks Gedanken rasten. Er durfte nicht im Hauseingang verharren, er musste handeln. Zurück in die Wohnung wäre zu auffällig. Çelik entschied sich für die Apotheke, die schräg gegenüber des Eingangs zu Darius Haus lag. *Blutdruckmessung 50 Cent* stand im Schaufenster.

»Guten Tag, kann ich Ihnen helfen?«
Wunderbar, der Blick war perfekt. Über die Dekoration im Schaufenster hinweg hatte er Sicht nach allen Seiten. Auf die beiden Typen, die Frau mit dem Kinderwagen und vor allem auf den Eingang selbst.
»Hallo, der Herr?«
Die Apothekerin.
»Ja, bitte, Entschuldigung. Ich war in Gedanken.«
»Wie kann ich Ihnen helfen?«
»Ja, ich wollte fragen … Können Sie meinen Blutdruck messen?
»Natürlich, gerne. Kostet fünfzig Cent, Sie haben das Schild gesehen? Bitten setzen Sie sich, dort links …«
Während die Apothekerin das Messgerät aus einer Schublade

holte und hinter der Theke hervortrat, beobachtete Çelik den Hauseingang. Nichts tat sich. Die Frau telefonierte noch immer. Die beiden Kerle besahen sich weiterhin die Auslagen. Ein Lieferwagen fiel ihm auf, der in zweiter Reihe stand, ohne dass ein Fahrer zu sehen war.
»Hundertfünfzig zu hundert. Das ist zu viel, eindeutig. Waren Sie in letzter Zeit mal beim Arzt?«
»Nicht direkt. Hatte keine Zeit. Bin bloß zu Besuch hier in Deutschland.«
Die Apothekerin guckte ihn an. Skeptisch. Sie war fast so groß wie er, schwer, mächtig. Mit Hornbrille, Kittel und altmodischer Dauerwelle. Jemand, dem man ansah, dass er die Dinge genau nahm – und der wollte, dass man ihm das ansehen konnte.
»Sie kommen aus …?«
»Syrien. Damaskus. Da bin ich auch in ärztlicher Behandlung.«
Er musste vorsichtiger sein. Er durfte nichts von sich preisgeben. Keine Spuren hinterlassen, die man zurückverfolgen konnte. Sein Blutdruck war Çelik völlig egal. So scharf war er nicht mehr aufs Leben, dass er sich um so etwas gesorgt hätte. Aber er brauchte etwas gegen seine Panikattacken.
»Und was sagt er, der Arzt in Damaskus?«
»Ich habe manchmal … Angstattacken … nachts … und …«
»Ja?«
»Na ja. Da sieht er, also der Arzt, einen Zusammenhang. Blutdruck und Angstattacken. Deshalb hat er mir was verschrieben.«
Die Frau mit dem Kinderwagen hörte auf zu telefonieren, sie schaute sich um und überquerte die Straße.
»Und wie soll ich Ihnen jetzt helfen?«
Die Frau zögerte kurz, beugte sich über den Kinderwagen. Dann ging sie weiter – auf den Hauseingang zu.
»Ich habe meine Medikamente in Syrien vergessen. Ich dachte, Sie könnten mir einen Ersatz verkaufen?«
»Medikamente gegen Panikattacken? In Kombination mit Bluthochdruck? Das können Sie bei uns nicht einfach so in der Apotheke kaufen. Sie müssen einen Arzt konsultieren, der Ihnen ein Rezept ausstellt.«

Çelik zückte seine Geldbörse und schob einen Fünfzig-Euro-Schein zwischen seine Fingerspitzen. Zugleich ließ er Darius' Haus, vor dem jetzt ein gelber Zustellwagen der Post abgestellt war, nicht aus den Augen. Der Briefträger war wohl drinnen, um seine Fracht in die Kästen zu stopfen. Die Frau schob ihren Nachwuchs am Hauseingang vorbei.

»Ich würde auch gut dafür bezahlen.«

»Was denken Sie denn? Das ist eine Apotheke, kein Bazar! Unmöglich! Gehen Sie zum Arzt, besorgen Sie ein Rezept, dann helfe ich Ihnen gerne.«

Çelik entschuldigte sich und fragte sie nach einer geeigneten Arztpraxis in der Nähe. Dann verabschiedete er sich und drehte sich zur Tür. Er warf einen letzten Blick nach draußen. Die beiden Männer hatten sich nicht wegbewegt, sie flüsterten sich etwas zu. Çelik blieb vor der Apotheke stehen.

Er wusste, dass er nicht verharren durfte. Dass er sich nicht von seiner Panik leiten lassen durfte. Er musste sich auf das verlassen, was er spürte, was er sah.

Çelik ging los, geradewegs auf die beiden Männer zu. Er stellte sich neben sie, schaute sich wie sie die ausgestellten Bücher an. Sein Herz klopfte. Dann drehte er sich zur Seite und bat um Feuer. Einer der beiden Männer schüttelte den Kopf, der andere murmelte lächelnd etwas Unverständliches. Sie waren gar nicht so jung, wie Çelik vermutet hatte. Die bedrohliche Ausstrahlung war aus der Nähe wie weggeblasen. Erst jetzt bemerkte Çelik, dass sie sich an den Händen hielten. Ein ältliches Pärchen, beide in dunklen Mänteln, beide mit ergrauten Haaren und verliebten Blicken. Keine Agenten, keine Ermittler.

Seine Paranoia hatte sein Bewusstsein wieder einmal ausgetrickst. Dennoch, er musste vorsichtiger sein. Die Panik hatte ihm klar gemacht, wie angreifbar er war. Und wie nervös ihn der Gedanke an Darius auf dem Teppich dort oben machte. Er hatte Angst – mehr, als er für möglich gehalten hätte. In diesem Moment fasste er einen Beschluss, der mit distanzierter Rationalität wenig zu tun hatte. Aber Distanz war ohnehin nicht mehr möglich. Er steckte mittendrin. Und jetzt würde er die Leiche aus der Wohnung zu schaffen. Eine Leiche konnte jederzeit entdeckt werden. Ein verschwundener Darius würde nicht so schnell für Aufsehen sorgen. Çelik wusste, wie man die Spuren eines Verbrechens beseitigte. So gründlich, dass selbst erfahrene Kriminaltechniker genau hinschauen mussten, um die Indizien des Sterbens zu entdecken. KPDs Überreste verschwinden zu lassen, war seine einzige Chance, genug Zeit zu gewinnen, um den Mörder des Rotschopfs zu finden.

Çelik nickte den beiden Alten zu, ging ein paar Schritte an der Fassade entlang und betrat ein Ladenlokal, dessen Leuchtreklame ihm schon bei seiner Ankunft aufgefallen war. *Elektro-Yilmaz* stand dort in großen Buchstaben. Schon am Eingang sah er, dass sich das Angebot nicht nur auf Haushaltswaren begrenzte. Aus dem hinteren Bereich kam ihm ein kleiner, untersetzter Mann entgegen, vermutlich der Besitzer.

»Hallo Meister, ich brauche einen großen Karton, von einer alten Waschmaschine oder so – hättest du da was für mich?«

Pelzer Trotz aller wissenschaftlichen Erkenntnis bleibt es ungeklärt: Was macht die Erinnerung aus? Ein Fundament aus Erfahrungen, auf das man das Neue betten kann. Andererseits: Ballast. Das Paradoxe daran: Es ist nicht zu steuern. Man kann sich bewusst an etwas erinnern. Man kann sich mit bestimmten Techniken Erinnerungen aus den Tiefen des Gehirns holen, aber der Zugriff bleibt unkalkulierbar.

Die Gruppe war unruhig heute. Könnte an Uhlmann gelegen haben, der alle nervös macht. Versuch eines separaten Gesprächs – misslungen. Er lässt mich auflaufen.

Musste zwischendurch an Lugner denken. Dessen Worte, kurz vor dem Ende der Ausbildung: Er könne, nach all den Jahren, eigentlich keine Autisten mehr sehen. Er wolle endlich mal mit Menschen zu tun haben, die normal reden. Was ist schon normal, dachte ich damals. Soll doch froh sein, dass er sich mit Autisten beschäftigen darf. Warum hab ich mich eigentlich damals in ihn verliebt? Weil er mein Vater hätte sein können – und trotzdem so eine unfassbare Lebenslust ausstrahlte, so völlig unbelastet durch die Tage zu schwirren schien? Lugner war nicht gerade beziehungstauglich, noch nicht mal für eine heimliche Liebhaberin. Aber es gibt Momente, da könnte ich einen wie ihn gut gebrauchen. Schon lustig, dass er jetzt eine Tauchschule hat, irgendwo in Thailand.

Wird mir nicht passieren, so was. Wobei: Wäre schon angenehm, wenn Uhlmann manchmal wenigstens ein bisschen konstruktiver kommunizieren würde. Aber irgendwann finde ich einen Zugang, so leicht lasse mich nicht abwimmeln. Was dann wohl so kommen mag, aus seinem zerschossenen, genialischen Hirn?

Neun

Çelik hatte den Bus direkt vor einem Gemüseladen geparkt. Er saß auf der Rückbank, schaute durch den vergilbten Tüllstoff und beobachtete das Haus auf der gegenüberliegenden Straßenseite.

Ein Neubau mit Glaselementen an der Fassade. Neben der Drehtür wiesen Messingtafeln auf Büros und Praxen hin. *Ines Pelzer, Diplom-Psychologin.* Ihre Räume befanden sich im sechsten Stock. Çelik war oben gewesen, hatte sich aber entschieden, die Praxis nicht zu betreten. Stattdessen wollte er Pelzer unten abpassen. Vor der Tür. Draußen.

Der Vormittag verstrich, Pelzer ließ sich Zeit. Çelik machte sich einen Spaß daraus zu tippen, welche der Passanten, die aus dem Haus kamen, ihre Patienten waren.

Warten, das war für Çelik kein Problem, bei der Istanbuler Polizei waren Geduldsproben seine Hauptbeschäftigung gewesen: Das Warten auf Zeugen, das Warten auf Aussagen, das Warten auf das Zusammenbrechen eines Befragten.

Als Ines Pelzer aus der Tür trat, erkannte er sie sofort. Das kan-

tige Gesicht, der straffe Blick, das Muttermal auf der Nasenwurzel. Das war die junge Frau auf den Fotos. Das musste sie sein.
Çelik hatte sich nur seinen ersten Satz zurecht gelegt; alles weitere würde sich ergeben. Eine Situation schnell in all ihren Möglichkeiten zu durchdringen, war eigentlich nicht seine Art. Zumindest nicht im Einsatz. Er war sowieso kein Schachspieler, seine Pläne bestanden meist aus improvisierten Zügen. Wie immer würde er sich auf sein Gefühl verlassen.
Pelzer war Ende zwanzig und groß, sie reichte fast an Çelik heran. Trotz der Wärme trug sie hohe Stiefel, die bei jedem Schritt, den sie tat, auf dem Asphalt klackten. Ihre Schritte waren fest und gerade, als wollte sie mit jeder einzelnen Bewegung ein Statement setzen: Hier bin ich, Ines Pelzer, wach und da, mit allen Sinnen.
Çelik folgte ihr, über die Straße, auf einen Parkplatz. Als sie ihren Wagen erreichte, sprach er sie an:
»Sie wissen nicht, wer Ihr Vater ist.«
Pelzer schaute hoch, in ihrem Blick lag nicht die kleinste Regung, keine Verunsicherung, keine Überraschung.
Sie musterte Çelik, blickte ihm direkt in die Augen. Lange.
Beide hielten dieser Situation stand, keiner wendete den Blick ab.
Dann machte Çelik eine Bewegung und zeigte ihr die angerissene Fotohälfte.
»Das ist ihr Vater«, nuschelte er, um sich nach einer Pause zu korrigieren: »Das *war* ihr Vater!«
Ines Pelzer reagierte seltsam. Çelik hatte schon viele ähnliche Situationen erlebt. Dutzenden Menschen hatte er Fotografien unter die Augen gehalten und sie aufgefordert, sich zu äußern. Einigen hatte er zugleich eine Todesnachricht überbracht. Die einen reagierten hysterisch, sie suchten ihr Heil im Drama. Die anderen blieben kühl, äußerlich zumindest, sie lenkten den Schock in eine sinnlose Bewegung, während ihre Gesichter erstarrten. Bei Ines Pelzer war es anders.
»Und wer sind Sie?«, fragte sie, gelassen.
Jetzt war Çelik erstarrt. Warum reagierte sie nicht wie vermutet? Nur mühsam konnte er sich lösen und Worte fassen: »Mein

Name ist Çelik. Ihr Vater bat mich, Sie über seinen Tod zu informieren.«
»Und woher kennen Sie meinen Vater? In welcher Beziehung stehen Sie zu ihm? Warum wissen Sie von mir, ich aber nicht von ihm?«
Çelik schwieg. Er wusste plötzlich nichts mehr zu sagen. Der Anruf, der Flug, der Mordanschlag, er fragte sich, wie er das alles kurz und glaubwürdig und auch noch auf Deutsch erklären sollte.
»Was ist los? Was haben Sie? Hat's Ihnen die Sprache verschlagen?«, hakte Pelzer nach.
»Es ist nur … Sie reagieren so …«
Pelzer nickte. Sie wusste ganz genau, wie sie auf andere wirkte. Sie dachte kurz nach. Dann huschte eine sachte, kaum wahrnehmbare Bewegung über ihr Gesicht, wie eine kleine, schnelle Erkenntnis:
»Bis eben wusste ich nichts von der Existenz meines Vaters – da kann sein Tod mich kaum erschüttern, oder?«

Zehn

Ines Pelzer fuhr so, wie sie sprach: klar, souverän, geradlinig. Sie saß aufrecht auf dem Sitz, ihr Körper war fast reglos, sie führte das Lenkrad mit beiden Händen. Nur ihre Augen glitten zwischen dem Rückspiegel und der Frontscheibe hin und her. Çelik beobachtete sie von der Seite. Irgendetwas an ihr gab ihm ein Gefühl von Geborgenheit. Er fühlte sich sicher; so sicher wie lange nicht mehr. Ihm ging ein Satz seines Ausbilders bei der Istanbuler Polizei durch den Kopf: »Wenn du wissen willst, ob einer Eier in der Hose hat, lass dich von ihm durch die Stadt fahren.« Pelzer hatte Eier in der Hose, keine Frage.
Sie hatte ihn aufgefordert, einzusteigen. Sie müsse zu einem Termin, hatte sie gesagt. »Wenn Sie nichts vorhaben, kommen Sie mit, dann können wir uns auf der Fahrt unterhalten.«
Wie gebannt verfolgte Çelik jede ihrer Bewegungen.
»Warum glauben Sie mir?«, fragte er plötzlich.

Sie schaute weiter auf die Straße und ließ sich Zeit mit einer Antwort.
»Weil Sie die Wahrheit sagen«, entgegnete sie dann. »Ich habe schon früh gelernt, mich immer sofort zu entscheiden. Es ändert nichts, wissen Sie. Ich lebe lieber mit den Konsequenzen einer falschen Entscheidung, statt ewig abzuwarten.«
Sie schaute ihn beim Sprechen kein einziges Mal an, machte wieder eine Pause, blicke ihm dann kurz in die Augen: »Erzählen Sie mir von meinem Vater!«
Ohne Zögern berichtete Çelik, was er wusste: von Darius' Vergangenheit als RAF-Mitglied, von seinem Tod. Sich selbst erwähnte Çelik nur da, wo es sich nicht vermeiden ließ.
Zum ersten Mal, seit er in Deutschland war, redete er so lange auf Deutsch. Er merkte beim Sprechen, wie es ihn verwirrte, über die Details und gleichzeitig über die Wahl seiner Worte nachzudenken.
Pelzer fragte kein einziges Mal nach. Sie hörte zu. Und lenkte dabei den Wagen. Die beiden Handlungen, denen sie ihre ganze Aufmerksamkeit schenkte. Ihre Konzentration irritierte Çelik. Er wurde nervös, und er hatte längst die Orientierung verloren.
»Wohin wir fahren?!«
Çelik stutzte; die Worte hatte er unbewusst ausgesprochen. Er wusste sofort, dass sie falsch waren. Nur eine simple Verdrehung, aber er fühlte sich ertappt. Nun frag schon, dachte er, frag mich, wo ich herkomme, wie lange ich schon in Deutschland bin, wo meine Heimat ist, wer ich bin.
Aber Pelzer tat nichts dergleichen. Stattdessen gab sie Gas und überholte einen LKW.
»Wir fahren an den Stadtrand. Zu einer Wohngemeinschaft, in der ziemlich spezielle Menschen leben. Sie sind schwer zu beschreiben. Zwei von ihnen sind Autisten. Wissen Sie etwas über Autisten?«
Çelik schüttelte den Kopf. Er wusste natürlich etwas über Autisten. In den achtziger Jahren war in einem der Istanbuler Gefängnisse ein Häftling zu Tode geprügelt worden, weil er den Mund nicht aufgemacht hatte. Später hatte sich herausgestellt, dass er

autistisch gewesen war. Çelik hätte keine Erklärung gebraucht, aber er wollte es von ihr hören.
»Autisten sind Menschen, die in einer isolierten Welt leben. Sie haben Schwierigkeiten, Kontakte zu knüpfen. Die einfachsten Handlungen machen ihnen Probleme. Viele von ihnen sind sogar unfähig, mit ihrer Umwelt zu kommunizieren.«
Pelzer sprach langsam, deutlich, aber nicht monoton.
»Ich arbeite für ein Forschungsprojekt. Wir untersuchen, ob man diesen Menschen helfen kann, wenn man sie mit anderen Autisten zusammenbringt, wenn sie sich also nicht mehr isoliert fühlen.«
Çelik dachte an die Istanbuler Polizeischule, an der er gelernt hatte, Isolation als Mittel einzusetzen, um Verdächtige gesprächig zu machen. Dies war der genau umgekehrte Weg.
»Und die Gruppe heute ist noch mal ganz besonders. Genau genommen handelt es sich bei ihnen um *Savants*. So nennt man Menschen mit ganz bestimmten Begabungen. Sie haben unfassbare Fähigkeiten, gleichzeitig aber auch unglaubliche Defizite. Haben Sie mal *Rain Man* im Kino gesehen?«
Er schüttelte den Kopf, schaute nach vorne durch die Scheibe. Sie hatten die Stadt verlassen. Es nieselte. Links und rechts Felder, frisch gepflügt. Im Hintergrund ragte die Dampfsäule eines Heizkraftwerkes in den Himmel. Ines Pelzer fuhr schnell. Sie erreichten ein Gewerbegebiet.
»Norbert Schmidt, zum Beispiel, einer der Bewohner, hat bis zu seinem zehnten Lebensjahr kein Wort gesprochen. Erst dann wurde klar, dass er sich nur über Zahlen verständlich machen kann. Er ist ein Genie, er kann in Sekunden hoch komplizierte Rechnungen lösen. Aber eben nicht normal reden. Oder Stefan Achsler. Der hat ein absolutes visuelles Gedächtnis, er kann alles, was er einmal für eine Sekunde gesehen hat, hinterher exakt aufzeichnen. Photographisch fast. Und dann ist da noch der Uhlmann. Bernd Uhlmann. Ex-Polizist. Hat mal bei einem Schusswechsel eine Kugel ins Hirn bekommen, man konnte sie nicht entfernen, sie sitzt immer noch da. So aber wurde in seinem Kopf eine Tür geöffnet. Hören Sie mir überhaupt zu?«

Çelik hatte aus dem Fenster gestarrt. Er drehte er den Kopf zu ihr, beobachtete sie; sie blickte ungerührt nach vorne; ihre Hände umklammerten weiterhin das Lenkrad; ihr Rücken war kerzengerade.

»Zum Hören brauche ich nicht meine Augen«, antwortete er, »Erzählen Sie weiter!«

»Uhlmann ist kein klassischer Autist. Er ist erst nach seinem Unfall so geworden. Bestimmte Sachen bekommt er nicht mehr hin, im Alltag. Dafür kann er sich aber an alles erinnern, was er jemals gelesen oder gehört hat. Auch aus der Zeit, bevor die Kugel in sein Hirn gerauscht kam. Es ist unglaublich.«

Mittlerweile fuhren sie auf der Landstraße. Vorbei an Feldern, Waldstücken, Dörfern. Mit seinen Eltern hatte Çelik früher solche Ausflüge ins Umland gemacht. Seine Mutter hatte immer mit Erstaunen registriert, wie sauber, aufgeräumt und wohlhabend die Dörfer in Deutschland waren. In der Türkei gab es keinen, der freiwillig von der Stadt auf ein Dorf gezogen wäre. Es sei denn, er hatte etwas zu verbergen.

»Haben Sie nie nach ihm gesucht?«

Ines Pelzer antwortete nicht sofort. Sie rauchte zu Ende, zerdrückte den Stummel im Ascher.

»Ich war bei Pflegeeltern untergebracht. Sie haben mir erst bei meinem 18. Geburtstag gesagt, dass sie nicht meine leiblichen Eltern sind. Danach wollte ich nicht mehr wissen. Aus Sicht der Tiefenpsychologen: verdrängt. Aber es funktionierte. Bis jetzt.«

Çelik wollte nachfragen. Aber er konnte nicht. Eine aufkommende Müdigkeit hielt ihn davon ab, die richtigen Worte zu finden. Pelzer brach das einsetzende Schweigen.

»Warum haben Sie nicht die Polizei informiert?«

»Manchmal kommt man ohne die Bullen besser klar.«

»Die Polizei wird bei einem Mord alles genau untersuchen, sie werden auch mich finden.«

»Vielleicht, vielleicht auch nicht«, antwortete Çelik. »Ich habe alle Fotos und Hinweise entfernt.«

Das Auto wurde langsamer, jetzt blickte sie ihn offen an.

»Sie machen so was aber auch nicht zum ersten Mal, oder?«

Pankewitz Am nächsten Tag war er noch einmal zum Haus von Darius gefahren. Hatte sich in ein Café auf der Seite gegenüber gesetzt und den Eingang beobachtet. Keine Absperrbänder, keine Schaulustigen, keine Uniformierten, keine Zivilen vor dem Haus. Normales Treiben. Hatte keiner etwas bemerkt? Hatte keiner wahrgenommen, dass er das Schwein abgeknallt hatte? Nichts Auffälliges. Nur die schrumpelige Alte aus dem Erdgeschoß, mit ihrem blauen Wägelchen, die ständig kam und ging. Und irgendwann ein Ausländer, der mit einer Schubkarre eine Waschmaschine aus dem Haus trug.

Er durfte sich davon nicht beunruhigen lassen. Umso besser, wenn niemand den Typen vermisste. Vermisst werden konnte man bloß, wenn man vorher geliebt worden war. Wer hätte Darius geliebt haben sollen? Richtig geliebt? Vermissen konnte man nur, solange man nicht vergaß. Das war das Wichtigste: Nicht zu vergessen. Dagegen hatte er sich immer gewehrt. Er konnte über jeden Augenblick seines Lebens Rechenschaft ablegen. Vor allem seit jenem Tag. Dem Tag, an dem alles begonnen hatte. Er hatte sich alles notiert. Minutiös. Sein Leben, seine Gefühle, die Umstände. Und was den Tag selbst anging, den war er in seinen Gedanken unzählige Male durchgegangen, aus unzähligen Perspektiven. In seinem Kopf war dieser Tag mit der Zeit ein Universum geworden. Ein weiter Raum, zu dem nur er Zutritt hatte. Immer neue Einzelheiten tauchten aus dem Nichts auf und vervollständigten sein Bild. Und sie trieben ihn weiter an. Er trieb in einer spiralenförmigen Bewegung der Mitte zu. Wie die Nadel in der Rille einer Schallplatte sich unabwendbar ihrem Ende nähert. Entscheidend waren seine Erinnerungen. Nicht nur das, was geschehen war, sondern auch all das, was seitdem *nicht* geschehen war; nicht geschehen konnte, weil dieser eine Tag einen solchen Schnitt in seinem Leben hinterlassen hatte. In ihrem Leben. Geblieben war ihm bloß das Foto, das den Moment des Schnitts für die Ewigkeit gebannt hatte. Für seine Gedanken. Für seine Ewigkeit.

Elf

Sie hielten vor einem Reihenhaus. Eine ehemalige Arbeitersiedlung. Frisch saniert. Die Wagen in den Einfahrten verrieten gehobenen Mittelstand. In den Vorgärten keine Wäsche, auf der Straße keine spielenden Kinder. Keine streunenden Katzen, keine Geräusche. Es war aufgeräumt. Satt. Deutsch.
Kurz bevor sie auf die Klingel drückte, flüsterte Pelzer Çelik ins Ohr: »Ach ja, lassen Sie sich von Paul nicht einwickeln. Und fragen Sie bitte Uhlmann niemals nach irgendeiner Uhrzeit.«
Die Tür wurde ihnen von einem kleinen Mann in einer weiten braunen Cord-Hose geöffnet. Jemand, den man sympathisch finden musste; einer, den sogar Çelik sofort mochte.
»Hallo Paul«, sagte Ines Pelzer, »ich habe heute Besuch mitgebracht; er will sich mal anschauen, wie ihr Genies klarkommt.«
Paul lächelte und gab den Blick frei auf eine zerklüftete Zahnlandschaft. Schon klar, dachte Çelik. Du bist hier genau richtig aufgehoben, *Kumpel*!
»Alles klar, Frau Pelzer. Schön, Sie zu sehen.«
»Paul ist kein Savant«, sagte Pelzer zu Çelik gewandt, »er ist nur *speziell*. Aber er tut der Gruppe gut, er kümmert sich ums Kochen, Einkaufen und so weiter.«
Çelik nickte. Klar.
»Wir haben schon auf Sie gewartet, Frau Pelzer.«
Sie gingen nacheinander durch den Flur, betraten einen großen Raum, dessen Fenster auf einen gut gepflegten Garten wiesen. Er wirkte wie ein Großraum-Wohnzimmer. Es gab mehrere Nischen mit Arbeitsplätzen, Sofas, Pflanzen. In der Mitte ein großer, runder Tisch.
»Wir haben hier unten fast alle Zwischenwände raus genommen. Zurückziehen können sie sich nur oben. Hier unten müssen sie miteinander kommunizieren«, erklärte Pelzer.
Jetzt bemerkte Çelik die Männer, die verteilt im Raum standen. Sie waren so unscheinbar, so unbeweglich gewesen, dass er sie nicht gesehen hatte.
»Hallo, meine Herren!«, Ines Pelzer blickte in die Runde, »ich hoffe, sie haben nichts dagegen, ich habe einen Kollegen mitgebracht, er kommt aus der Türkei.«

Es war schon sehr lange her, dass Çelik einer größeren Runde vorgestellt worden war. Er stellte sich etwas abseits neben einen großen Gummibaum.
Einer der Männer stand vor einer riesigen Zeichnung, die an der Wand angebracht war. Mit einem Kohlestift schraffierte er eine kleine Fläche, die Çelik als Gebäude identifizierte. Das musste Stefan Achsler sein. Er hatte einen muskulösen Oberkörper, breite Schultern, kräftige Oberarme und riesige Hände, in deren linker der kleine Kohlestift zu zerbrechen drohte.
Ein älterer Mann rollte in einem Rollstuhl an Çelik heran.
»Türke?«, flüsterte er ihm zu. »Wir haben 72 einen Türken festgenommen, Raubüberfall. Bülent Özcan, 32 Jahre, 1,78 m groß, 84 Kilo, Pass-Nr. 8 590 378 794. Fuhr einen Strich 8er Mercedes, Baujahr 70, grün, am gleichen Tag hat Bayern gegen Köln verloren, Elfmeter in der 43. Minute …«
»Langsam«, sagte Çelik, »Sie müssen bitte langsamer sprechen, sonst kann ich nicht alles verstehen.«
Ines Pelzer hatte sich an den Tisch gesetzt und eine Art Protokoll-Block vor sich ausgebreitet. Sie blätterte etwas nach, dann kritzelte sie Neues auf eine unbeschriebene Seite.
Çelik beobachtete sie: Auch hier saß Pelzer grade und aufrecht, ihre Finger huschten schlank und schnell und zielgerichtet über die Zeilen des Papiers.
»Wo ist Guido?« fragte sie plötzlich in den Raum.
»Hat sich heute frei genommen, unser fleißiger Zivi«, meinte Paul, »er hat ein neues Mädchen kennen gelernt, stimmt's, Stefan, hat uns ein Foto gezeigt, süß die Kleine, oder?«
Achsler antwortete nicht, zeichnete blitzschnell eine junge Frau in einem geblümten Kleid in eine Ecke des Plakats. Hübsch, dachte Çelik, und ziemlich sexy, sogar als Bleistiftzeichnung eines Autisten.
»Uhlmann meint, den Namen der Kleinen schon mal in einer Anzeige gesehen zu haben, oder Bernd?«
Mit einer ruckartigen Bewegung drehte Bernd Uhlmann seinen Rollstuhl in die Mitte des Raums, war mit zwei kräftigen Schüben an den Tisch herangerückt.

»Vermisstenanzeige 1998, Bad Honnef, sie war 16 Jahre alt, von zu Hause abgehauen, wurde gefunden bei einer Freundin …«

»Danke, Uhlmann!«, Ines Pelzer sah ihn freundlich an, »Aber das ist uns alles schon bekannt. Viel lieber würde ich jetzt wissen, wie das gemeinsame Essen gestern Abend war.«

Uhlmann blickte sie kurz und skeptisch an, reagierte aber nicht. Dann rollte er mit einem energischen Zug an den Rädern seines Rollstuhls zurück und schob sich exakt an die gleiche Stelle neben Çelik, die er eben verlassen hatte.

»Wollen Sie wissen, um wie viel Uhr die Kleine damals gefunden wurde?«, zischte er durch zusammengepresste Zähne.

Çelik blickte ernst in seine Augen.

»Nein, will ich nicht.«

Sie schwiegen eine Weile, beobachteten gemeinsam Ines Pelzer, die mit Achsler und Paul sprach. Dabei blickten sie auf Achslers Zeichnung einer Mahlzeit – an der auch die hübsche, junge Frau teilnahm, die Achsler kurz zuvor gezeichnet hatte.

»Ach, sie war hier und hat mit euch gegessen?«, hörte Çelik Pelzer fragen. Dann nahm er das Gespräch mit Uhlmann wieder auf.

»Sie sagt, Sie könnten sich an alles erinnern. Was heißt *alles*?«

Uhlmann kaute auf seiner Unterlippe, fixierte Çelik aus seinen zusammengepressten Augen.

»Sag mir, was du wissen willst, Türke! Komm schon!«

Er wackelte unruhig in seinem Rollstuhl hin und her.

»Er kann seine Fähigkeit nicht selbst einschätzen.«

Pelzer war von hinten an sie herangetreten. Sie legte ihre Hand auf Uhlmanns Schulter.

»Er weiß einfach alles. Alles eben. Was er je gehört, gesehen, gelesen hat, er vergisst einfach *nichts*.«

Çelik blickte den Alten an, der ihn stumm um eine Frage bat. Er fragte sich, ob er glücklich wäre mit so einer Fähigkeit.

»Kennen sie Klaus-Peter Darius?« fragte er dann.

»Darius, genannt KPD, Mitglied der Lenin-Brüder, verurteilt wegen Beteiligung an Raubüberfällen. Sitzt seit 77 in Haft in Euskirchen.«

Klar, dachte Çelik, er weiß nicht, dass Darius vor ein paar Monaten entlassen wurde. Und schon gar nicht, dass KPD tot ist.
»Und der Name Meral Çelik – sagt ihnen der etwas?«
Uhlmann wippte hin und her, brachte aber keinen Laut mehr heraus.
Çelik starrte ihn enttäuscht an.

Pelzer Dieser Çelik: faszinierende Ausstrahlung. Auf gewisse Art: animalisch. Aber auch: reduziert, verlangsamt. Vorsichtig. Ein Überraschungspäckchen, das mir das Schicksal zugestellt hat.

Sein Äußeres: leicht muffig. Nicht ungepflegt, eher gleichgültig. Breite Nase, graue Schläfen. Dunkle Augen mit schwarzem Rand. Wirkt geduckt, aber voller Energie. Als sei sein Körper in einem unsichtbaren Käfig eingesperrt. Als könne er jeden Moment explodieren und die Gitterstäbe um sich herum wegfetzen … was aber nicht möglich ist, weil er sie selbst ja nicht sehen kann …

Seine Sprache: tief. Dunkel. Maschinenhaft. Kurze Sätze. Wenig Worte. Eigentümliche Mischung aus Unberührbarkeit und Unsicherheit. Nicht unbedingt typisch männlich. Eher eine Mixtur aus Männlichkeitstypen: Raubtier, Bulle, Frankenstein. Und er hat was von einem Bären: wirkt bedächtig, ist aber blitzgefährlich.

Während der Fahrt zur Gruppe bestätigen sich meine ersten Eindrücke. Massive Irritation durch mein Verhalten. Blickt ständig nach draußen, fragt kaum nach, wirkt verunsichert. Verplappert sich einmal sogar, bringt die Grammatik durcheinander. Und doch … doch ist da ein Gefühl von Vertrautheit … als würden wir uns schon viel länger kennen.

Ich wusste im ersten Moment, dass ich mich sofort, voll und ganz auf ihn und seine krude Geschichte einlassen würde. Eine Entscheidung – meine Entscheidung: die Schicksalstür, die sich zufällig öffnet, einfach mal durchschreiten; mal schauen, was dahinter kommt …

Das Leben besteht aus Entscheidungen. Fast in jedem Moment entscheiden wir. Einiges bewusst, anderes unbewusst. Atmen oder nicht atmen. Sehen oder Nichtsehen. Letztlich lässt sich alles immer auf zwei Wahlmöglichkeiten reduzieren. Alles. Rechts oder Links. Jetzt oder später. Tun oder nicht tun. Und sobald man sich für die eine Möglichkeit entschieden hat, gehört die andere der Vergangenheit an. Sollte sie jedenfalls.

Und der Stählerne: Trotz seiner sehr männlichen Ausstrahlung birgt er eine deutlich spürbare Schwäche. Er ist längst nicht so sicher, so standfest, wie er wirken möchte. Ein Kraftpaket zwar, ein Fels. Wer ihn aber genauer beobachtet, bemerkt hinter fast jeder seiner Bewegungen einen tief sitzenden, zehrenden Schmerz. Ich frage mich, wie und wann er entscheidet.

Warum glaube ich ihm, dass dieser Darius mein Vater war? Warum gehe ich davon aus, dass nicht er ihn getötet hat?

Zwölf

Çelik hatte den Bus auf den Parkplatz eines Möbelhauses abgestellt, dessen Schriftzug er wieder erkannt hatte. Hier, etwas außerhalb der Stadt, nah am Fluss, hatte der Druck auf seinen Brustkorb nachgelassen.
Der Platz war riesig, selbst für einen Möbelhaus-Parkplatz auf der grünen Wiese. Hinter einem containergroßen Behälter für Verpackungsmüll warteten Hunderte metallene Einkaufswagen auf ihren Dienst; davor peitschte eine Bö eine gelbblaue Plastiktasche durch die Luft.
Vor zwei Jahren hatte die Firma auch in Istanbul einen Ableger eröffnet. Wie leicht vier Buchstaben Vertrautheit vermitteln konnten!

Es war Samstagabend. Nur noch wenige Wagen waren zu sehen. Die Lichter im Möbelhaus verloschen, die letzten Angestellten verließen das Gebäude. Sie machten, so schien es, einen Bogen um die Szene, die sich hinter einem Schild abspielte, auf dem »Frauenparkplatz« stand:
Ein Paar versuchte, ein Bettgestell auseinander zu schrauben, um es in einem Kleinwagen zu verstauen. Dabei waren die beiden in eine Diskussion verwickelt, deren Hitzigkeit man sogar fünfzig Meter entfernt spürte. Çelik beobachtete das Ungeschick des Mannes, der plötzlich Bettgestell und Begleiterin stehen ließ, sich in den Wagen setzte und anfuhr.
Die Frau war in der Bewegung erstarrt, blickte ihrem Mann im sich entfernenden Kleinwagen hinterher. Sie schwankte einen Moment, blieb auf dem Frauenparkplatz stehen, nickte, entspannte sich dann. Zückte Zigaretten und ein Feuerzeug, zündete sich eine an, inhalierte tief.
Nach einer ausgedehnten Runde um das Möbelhaus und einer kurzen um den Verpackungsstoffcontainer und die lange Schlange aus Einkaufswagen kehrte der Mann zurück. Er öffnete die Tür und gestikulierte wild mit der Frau, die daraufhin ebenfalls einstieg.
Das Bettgestell lehnte einsam an einem dünnen Baum, die Plastiktüte wurde herangeweht. Sie flatterte in der verhauchenden Bö, blieb dann träge an einem Metallfuß hängen.
Çelik war allein. Ein guter Ort. Er würde seine Ruhe haben. Auch die Leuchtreklame über dem Ein- und Ausgang des Möbelhauses verlosch.

Çelik öffnete eine kleine, bauchige Flasche Efes-Pils, eine türkische Marke, die er in einem Kiosk im Universitätsviertel gefunden hatte. Er dachte an den Abend 1981, als er mit seinen Freunden von der Uni in einer Kneipe in Besiktas gesessen hatte. Die Polizei war herein gestürmt, hatte alle festgenommen. Die Erinnerung stieg in ihm hoch wie eine schlecht verdaute Mahlzeit. Ihm wurde übel.

Militärputsch in der Türkei. Laute, gellende Stimmen. Marschierende Soldaten. Schläge. Das Gefängnis. Mädchen, deren Kreischen im Lauf der Nächte in Wimmern überging. Schwere Panzer mitten in Istanbul. Seine Inhaftierung. Polizeigewahrsam ohne Anklage. Dunkelheit. Angst. Dann ein Oberst, der jemanden brauchte, der Deutsch sprach, Çelik wurde gerufen, sollte bei einem Verhör übersetzen. Er bewährte sich, wurde immer wieder eingesetzt. Man fragte ihn, ob er zur Polizei wolle. Er nahm an, weil er nicht ablehnen konnte, wollte er überleben. Sondereinheit zum Aufspüren revolutionärer Kräfte.
Der Ausnahmezustand und die Spannungen der Folgejahre ließen Çelik erhärten. Er wurde einer von ihnen, ein Ermittler. Verlor jeden Abstand, auch zu sich selbst. Verhöre, Durchsuchungen, Anklagen. Islamisten, Nationalisten, Linke, Rechte. Geliebte, die er trennte; Kinder, die er von Müttern fortreißen musste, um sie festzunehmen.
Çelik verbarg sein Gesicht in den Handflächen. Er hatte seinem Namen alle Ehre gemacht. Çelik, der Stählerne.
Nach dem Erdbeben war alles anders geworden. Seine Mutter lag im Koma, alle anderen waren tot. Die ihm wichtig waren: nicht viele. Çelik war psychisch implodiert. Er ließ sich beurlauben, saß jeden Mittag am Bett seiner Mutter und hielt ihre Hand. Nur zum Rauchen ging er nach draußen. Ansonsten wartete er bloß noch – auf den Morgen, auf den Abend, auf die Hoffnung, aufs Vergehen der Zeit. Jetzt war er hier, in seinem Jäger-Bus, auf einem Möbelhausparkplatz in Deutschland, vor den Toren der Stadt.

Geräusche. Flüsternde, verhaltene Stimmen. Jemand schlich um den Wagen. Çelik erstarrte. Es klopfte. Çelik griff sich instinktiv unter den Arm. Da war nichts. Noch nach über fünf Jahren hatte sein Körper den Weg zur Waffe nicht vergessen.
»Polizei! Aufmachen!«
Çeliks Sinne fanden blitzschnell zurück zur Realität. Das war das Ende. Sie hatten ihn gefunden. Jemand hatte ihn bei Darius gesehen. Sie würden ihm den Mord anhängen. Mit einem Ruck zog

er die Schiebetüre zur Seite. Eine Taschenlampe leuchtete ihm direkt in die Pupillen.
»Papiere! Los! Was machen Sie hier?«
Zwei Beamte in Uniform. Ein Mann, der Sprecher. Und eine Frau, zwei Schritte hinter ihm, zur Absicherung. Sie: blond, weiblich, Anfang, Mitte dreißig. Er: groß und kräftig, kahl geschorener Schädel, unrasiert. Der Streifenwagen stand weiter hinten, mit laufendem Motor. So, dass Çelik ihr Kommen nicht hatte hören können.
Er zeigte seinen Pass mit dem Touristenvisum.
»Du geschäftlich? Oder Freunde?«
Der Polizist schien sich etwas zu entspannen.
»Ich … Urlaub«, erwiderte Çelik, um sein Gegenüber nicht bloßzustellen.
»Du nix übernachten auf Parkplatz, suchen Campingplatz!«, blaffte der Beamte und bedeutete Çelik, aus dem Bus zu treten. Den Pass reichte er an seine Kollegin weiter.
»Warum nix Parkplatz?«
Çelik spürte, dass er dem Polizisten weitere Gelegenheit geben musste, seine Macht zu demonstrieren, nur dann würde sich der Kahle beruhigen.
Er musste jetzt konzentriert sein, musste sich genau richtig verhalten. Denn wenn einer der Polizisten auf die Idee käme, einen Blick ins hintere Stau-Fach zu werfen …
»Du nix diskutieren«, entgegnete der Uniformierte etwas überbetont, offenbar genoss er das Einwandererdeutsch aus vollen Zügen. »Hier deutsche Land, hier nix überall Camping. Du Campingplatz!«
Der Polizist grinste selbstzufrieden, als habe er eine Vorführung bestanden; kurz schaute er zu seiner Partnerin, prüfte, ob sie den Auftritt goutierte. Immerhin, er hatte sich etwas entspannt. Dafür trat jetzt die verkniffen guckende Kollegin neben Çelik.
»Herr … äh … Çelik, es ist nicht gestattet, auf diesem Parkplatz zu kampieren. Privatgelände. Bitte suchen Sie einen Stellplatz für Wohnmobile oder einen Campingplatz auf. Ein paar Kilometer von hier gibt es übrigens einen sehr schönen, direkt am Ufer …«

Çelik nickte. Sachte atmete er die Luft aus, die er angehalten hatte. Das war's, die Vernunft hatte gesiegt, kein Wettkampf unter Männern, Situation bestanden, Glück gehabt.
Der Glatzkopf drehte sich weg und machte sich auf den Weg zurück zum Streifenwagen. Sein Funkgerät fiepte.
In dem Moment fiel der Blick der Frau auf den Kasten am Wohnmobil. Çelik begleitete ihren Blick – und wie sie, sah er die Flüssigkeit, die aus dem Gepäcksarg tropfte. Das Eis taute, irgendwas mit der Stromversorgung schien nicht zu funktionieren. Darius lief aus.
»Was ist das, Herr Çelik?«
Die Polizistin kniff die Augen zusammen, guckte ihm skeptisch ins Gesicht. Çelik verspannte sich wieder, machte sich bereit. Ihm war klar, dass diese Frau sich nicht so leicht von einem Verdacht abbringen lassen würde. Sie war genau, exakt, vorschriftsmäßig. Sachlich. Sie würde die Kiste inspizieren. Çelik überlegte, was er tun könnte. Ihm fiel nichts ein. Er musste improvisieren. Sie machte eine Bewegung in Richtung Kiste, hielt aber inne, als der Glatzkopf, der gespannt in sein Funkgerät lauschte, ihr zuwinkte.
»Los, komm!«, rief er, »wir müssen los, ein Überfall, hinten bei der Kabelfabrik.«
Sie nickte, guckte kurz zu Çelik, der durchatmete. Glück gehabt.
»Dichten Sie Ihre Kiste ab! Und fahren Sie zum Campingplatz! Wir kontrollieren später, ob Sie noch hier sind!«
Schließlich drehte sie sich weg, gab sich einen Ruck und sprintete zum Streifenwagen.
Çelik knallte die Türe zu. Der Wagen entfernte sich. Sein Herz raste. Er setzte sich, stand wieder auf, urinierte ins Waschbecken des Busses. Dann wieder ein Motorgeräusch. Erneut war ein Wagen zu vernehmen. Er hielt neben Çeliks Bus. Eine Tür. Schritte. Klopfen.
»Çelik? Sind Sie da drin? Gab's Probleme?«
Pelzers Stimme klang hell, sie barg zum ersten Mal etwas, was Çelik bisher nicht rausgehört hatte: weibliche Wärme. Abgesehen davon grinste sie – verschmitzt.
»Die sind erst mal ne Weile beschäftigt ...«

»Haben Sie etwa ...?«
»Ich habe einen kleinen Überfall gemeldet. Bei der großen Disko, hinten bei der Kabelfabrik. Sensibles Thema, seit ein Mädchen vergewaltigt wurde, trotz ihres Notrufs, die Streife brauchte zwanzig Minuten, war groß in der Zeitung. Jetzt reagieren die Damen und Herren von der Polizei hypersensibel, wollen schließlich nicht alle Tage mit schlechter Presse genervt werden.«
Çelik schaute sie an. Wieder verblüffte sie ihn mit ihrer Entschlossenheit.
»Danke, Pelzer.«
»Keine Ursache. Dachte, Sie wären froh, die beiden loszuwerden. Was wollten die von Ihnen? Haben sie Lust auf einen kleinen Spaziergang? Wir müssen sowieso reden!«
»Natürlich, gerne. Aber nicht hier. Ich muss hier weg. Übernachten verboten. Ich würde ungern noch hier verweilen, wenn die Herrschaften zurückkehren. Kennen Sie den Campingplatz am Fluss?«
»Camping? Ausgerechnet ...«
»Wieso? Was haben Sie gegen Camping?«
»Nichts, vergessen Sie's. Ich weiß einen besseren Ort. Starten Sie Ihr rollendes Haus, Çelik, folgen Sie mir!«

Pankewitz Wenn man lange genug wartete, glaubten sie, würde die Zeit den Schmerz überdecken. Als könnten Jahre etwas kitten, was einem täglich fehlt.
Zum Beispiel der Typ in seinem Keller. Redete ständig auf ihn ein. Flehte um sein verpfuschtes Leben. Versuchte, ihn in Diskussionen zu verstricken. Aber es gab keine Argumente. Nicht bei ihm. Nichts konnte ihn beirren. Keiner konnte ihn stoppen. Von dem einen Moment damals blieb ihm nur das Foto. Tausende Male hatte er es angeschaut. Immer wieder hatte er versucht, sie sich aus allen erdenklichen Perspektiven vorzustellen, und sein Blick war jedes Mal ein anderer gewesen. Seltsam. Dass er immer wieder etwas Neues darauf entdeckte, obwohl er es

schon so oft angesehen hatte. Jeden Tag warf er einen Blick auf das Bild, mindestens einen – ein Ritual. Meist abends, wenn er im Bett lag, kurz bevor er das Licht löschte. Der kleine Tod, ein Training für das große, das letzte, das eigentliche Sterben.
Sie lag da, als hätte sie jemand zusammengeknüllt. Wie ein Stück Papier, das man irgendwo herausreißt und zerdrückt. Dann wegwirft. Wertlos, dreckig, ohne Sinn und Perspektive. Auf dem Foto schien alles wie ein Moment, der sich sofort wieder auflösen würde. Ihre Arme waren nach außen verrenkt. Ihr Kopf schaute zur Seite. Ihre Augen waren geöffnet. Es wirkte wie eine kurze Pause. Als würde jeden Augenblick jemand erscheinen und sie wieder auseinander falten. Jahrelang hatte er auf diesen Augenblick gewartet. Hatte ihn herbeigesehnt. Wissend, dass er nicht, nie, niemals kommen konnte!
Die Finger ihrer rechten Hand zeigten zum Himmel. Als wollte sie ein Gefäß formen, um den Regen aufzufangen. Den Regen, der an dem Tag auf die Stadt getrommelt und den Boden in eine Schmierfläche verwandelt hatte. Der das Blut verwässert und die Kreideumrisse weggeschwemmt hatte. Der die Spuren getilgt hatte.
Unzählige Male war er an den Ort zurückgekehrt. In der Hoffnung, etwas zu finden. Etwas zu entdecken. Etwas, das er übersehen haben könnte. Aber er fand nichts, nie.
An dem Tag hatte es geschüttet, schwarzer Himmel, aufgeladene Luft, ungewöhnlich warm für den Spätherbst. Auf dem Foto sah der Regen noch dichter aus. Ein paar Tropfen mussten auf der Linse gewesen sein; da waren schattige Flecken unten rechts. Mitten auf der nassen Straße lag sie, und in den Pfützen spiegelten sich Teile ihres Körpers.
Sie hatten immer Glück gehabt mit dem Wetter. Verrückt war das gewesen. Bei ihren Aktionen hatte eigentlich stets die Sonne geschienen. Als sei selbst das mit eingeplant gewesen; irgendwann war es zu einem Gag geworden. »Die Sonne im Rücken!« hatten sie geschrien und ihre Fäuste gegen den Himmel gehoben. Allen voran Darius. Das Licht hatte sie beflügelt.
Nur dieses eine Mal hatte das Wetter nicht mitgespielt. Es hatte

geregnet. Und er war noch mal zurück nach Hause gehetzt. Dann hatte das Telefon geklingelt. Eines zum andern. Er hatte sich verspätet. EINFACH NUR VERSPÄTET!

Dreizehn Die Stelle war richtig gut. Am Fluss entlang hatten sie die Stadt passiert, ein paar hundert Meter hinter der Kathedrale schließlich die Uferstraße verlassen. Ein schmaler Weg führte hinab in Richtung Uferpromenade, zwischen dieser und der Böschung zu Straße hin befand sich ein Stellplatz für Wohnmobile. Jetzt, im Winter, war außer Çeliks Bus nur ein einziges weiteres Fahrzeug zu sehen, mit holländischem Kennzeichen.

»Nicht schlecht, oder?«

Pelzer war sichtlich erfreut, Çelik diesen Ort präsentieren zu können.

»Ist doch super: Direkt an der Promenade, innenstadtnah. Trotzdem nah am Wasser. Kein Camping. Und ohne irgendwelche Mauern drumrum.«

Çelik brummte etwas Zustimmendes. Es gefiel ihm. Aber er fragte sich, ob er hier, direkt am Rhein, nicht zu auffällig sein würde, als Türke, mit seinem altmodischen Gefährt. Außerdem war da noch der Straßenlärm, der von oben durch die Böschung in sein Gehör kroch.

»Keine Sorge, Çelik. Den Lärm hören Sie bald nicht mehr. Werden Sie sich dran gewöhnen. Glauben Sie mir, ich kenne das …«

Woher wusste sie, was er dachte?

»Ich hatte eben nicht den Eindruck, dass Sie eine Leidenschaft fürs Campen haben«, sagte er.

»Weiß Gott nicht. Aber ich habe hier fürs Examen gelernt, einen halben heißen Sommer lang. Da drüben, auf der Parkbank war mein Stammplatz. Und von unserem holländischen Nachbarn hier habe ich Strom bezogen, wenn mein Rechner keine Energie mehr hatte …«

»Sie kennen den Mann?«

»Die Leute, nicht *den Mann*. Ein Rentnerpaar. Die beiden sind aber im Winter kaum hier. Da ist Karibik angesagt, Domrep. Lassen das Auto stehen, um den Platz nicht zu verlieren …«

»Domrep?«

»Dominikanische Republik. Da erholen sich die beiden zwischendurch vom Beten und vom Glaubensbekennen. Deswegen haben sie nämlich ihren Camper hier platziert: wollen immer ganz nahe an der Kathedrale sein, nichts verpassen …«

»Warum das?«

»Die Frau hatte Krebs. Brustkrebs. Wurde geheilt, obwohl keiner mehr einen Pfifferling auf sie gab. Kein Mediziner zumindest. Und zwar, nachdem sie einen Gottesdienst besucht hatte, hier in der großen Kirche. Sagt sie jedenfalls …«

»So, so – Rettung gibt's hier.« Çelik lachte kurz und hart auf. »Scheint 'ne heilige Stadt zu sein. Fragt sich bloß, ob das auch für Türken gilt …«

»Hör'n Sie auf, Çelik. Den Türken geht's hier gut. Dürfen sich jetzt sogar ne Moschee bauen, ein Riesending, repräsentativ, und das mitten in der Stadt …«

»Mensch, Pelzer! Moschee, Kathedrale … was interessiert mich der Scheiß? *Die* Türken. Als ob alle Türken Moslems wären! Scheiß Kirchen! Wegen mir müsste heutzutage überhaupt kein Gotteshaus mehr gebaut werden, gibt schon genug davon.«

»Äh, Çelik?«

»Fragen Sie mich nach Gott? Der ist tot, verreckt, ich hab ihn sterben sehen, zusammen mit ein paar Menschen, die mir verdammt viel bedeutet haben … Rettung? Gab es da für niemanden. Noch nicht einmal für die Überlebenden!«

»Hallo, Çelik! Alles in Ordnung bei Ihnen?«

Pelzer hatte ihn an der Schulter gepackt, rüttelte seinen Körper.

»Entschuldigung. Sie wollten doch mit mir sprechen. Deshalb sind Sie zum Parkplatz gekommen.«

»Okay, lassen Sie uns ein paar Schritte gehen.«

Bis zum Zentrum waren es am Fluss entlang ungefähr sechshundert Meter zu Fuß, an einer Anlegestelle für Ausflugsschiffe vorbei, unter der Eisenbahnbrücke hindurch, hin zur Altstadt. Von einigen Joggern und wenigen Touristen abgesehen, war die Promenade wie leer gefegt, und in den Gassen des historischen Zentrums übernahmen bereits die Nachtvögel das Kommando. Sie setzten sich auf eine Mauer.

Pelzer kam ohne Umschweife zum Thema: »Es geht um meinen Vater. Ich vermisse ihn.«

»Wie, Sie vermissen ihn? Sie haben ihn doch überhaupt nicht gekannt.«

»Genau das ist es ja: Ich weiß nichts über ihn. Nicht, wie seine Stimme klang. Nicht, wie er roch. Nicht, wie er stritt; nicht, wie er beim Nachdenken aussah. Ich weiß absolut nichts. Das stresst mich, können Sie das nicht verstehen? Wie soll ich mir ein Bild machen?«

»Weiß nicht. Wie können Sie etwas vermissen, das Sie niemals hatten?«

»Nicht etwas! Jemanden, Çelik!«

»Und wozu müssen Sie sich unbedingt ein Bild machen?«

»Um etwas zu haben, über das ich verfügen kann. Nach Stimmung. Nach Lust und Laune. Nach Belieben. Verstehen Sie das nicht?«

Çelik war anzusehen, dass er auf diese Frage nicht antworten würde, zumindest nicht offen. Seine Körper rundete sich, rollte sich ein, verschloss sich.

»Was ist mit Ihrem Vater, Çelik? Wo lebt er, was macht er? Wie oft sehen Sie ihn? Wie ist es, ihn zu sehen? Los, reden Sie!«

Çelik zögerte. Schwieg. Er hatte seinen Vater zum letzten Mal vor über dreißig Jahren gesehen, bevor seine Mutter mit ihm aus Deutschland in die Türkei geflüchtet war.

»Ich kenne ihn nicht. Fast nicht. Ich …«

Çelik stockte erneut. Eine dumpfe Ratlosigkeit hatte ihn gepackt. Er wusste nicht, wie viel er Pelzer verraten konnte, verraten wollte, von den Gedanken, die manchmal durch seinen Kopf kreisten. Von den Zweifeln, was einen unbekannten Teil seines Vaters anging. Und von einer Idee, die er kaum sich selbst eingestehen konnte: Gegen alle gedankliche Widerstandskraft wurde er den Verdacht nicht los, dass der kurdische Gastarbeiter Mehmet, der Kämpfer für die Sache der Arbeiter, der Revolutionär im fremden Land, der Mann seiner Mutter zwar ihr Begleiter, nicht aber sein Vater gewesen war. Woher genau dieser Verdacht rührte, wusste Çelik nicht. Aber er war da. Seit Jahren.

»Hallo, Çelik! Aufwachen! Sie werden doch wohl ein paar Informationen über Ihren Vater haben!«

Auch so also konnte Pelzer sein: eisig. Und ziemlich herablassend. Nein, hatte er nicht.

»Ach, vergessen Sie's, Pelzer. Ich weiß auch nicht viel mehr über meinen Erzeuger als Sie über Ihren. Habe ihn seit Jahrzehnten nicht gesehen. Weiß nicht, ob er noch lebt. Und die einzige, die mir etwas über ihn sagen könnte, ist vom Schicksal zum Schweigen verurteilt worden. Reicht das?«

»Weiß nicht. Da müssen wir später noch mal drüber reden. Jedenfalls sollten gerade Sie doch allzu gut verstehen, was in mir vorgeht, oder?«

»Ja. Und nein. Keine Ahnung. Worum geht es Ihnen, letzten Endes?«

»Ich möchte wissen, ob Darius wirklich mein Vater war. Und ich möchte mir ein Bild machen. Ich könnte mich ohrfeigen! Ein Beweis! Wir bräuchten nur ein Haar oder irgendeinen Körperpartikel von ihm. Warum habe ich nicht früher daran gedacht? So ein DNS-Test ist doch heutzutage ein Kinderspiel. Scheiße, verdammt noch mal!«

»Ganz ruhig, Pelzer, kommen Sie erstmal runter«, entgegnete Çelik, und er wirkte dabei so gelassen, als hätte er einen Trumpf in petto. »Das Ganze ist eigentlich kein Problem, wissen Sie …«

»Wie, kein Problem? Natürlich ist es ein Problem! Für mich sogar ein richtig großes …«

»Ich dachte mir sowieso, dass Sie ihren Vater vielleicht selbst beerdigen wollen. Außerdem schien es mir sinnvoll, ihn erst einmal verschwinden zu lassen. So sucht die Polizei nicht nach dem Mörder eines Terroristen – sondern nach einem Terroristen, der untergetaucht ist. Was für uns … und besonders für mich … einen Unterschied ausmacht …«

»Äh … und was heißt das jetzt?«
Pelzer guckte irritiert. Das erste Mal, seitdem Çelik sie kennen gelernt hatte.
»Was das heißt? Es heißt, dass ich seine Leiche dabei habe, drüben, im Auto …«
»Sie scherzen …?«
»Nein. Ich scherze nie.«
»Na, dann los. Lassen Sie uns gehen.« Jetzt war sie wieder ganz die Alte: schnell, kühl, kontrolliert. »Ich möchte ihn sehen. Ich möchte ihm ins Gesicht schauen.«
»Nein, kommt nicht in Frage.«
»Wie – kommt nicht in Frage?«
»Darius war sowieso noch nie ein sonderlich schöner Anblick. Jetzt ist sein Aussehen – desaströs. Glauben Sie mir. Unmöglich, dass Sie dieses eine, blutige, faulige Bild ihres Vaters mitnehmen in Ihr restliches Leben. Keine Chance, Sie bekommen ihn nicht zu Gesicht. Sie können sich ein Bild machen, aber dieses hier behalte ich für mich, da kommen Sie nicht ran. Aber Ihre Probe, die können Sie haben. Ein Haar. Und dann überlegen wir, wie wir ihn gemeinsam würdig beerdigen können.«

Vierzehn

Es war Wolffs Idee gewesen. Er hatte diesen Ort ausgewählt. Eine kleine, parkähnliche Anlage mit einem nahezu quadratischen Weiher. Umgeben von zwei Schnellstraßen, die in die Innenstadt und aus ihr wieder hinausführten. »Da gehe ich manchmal joggen«, hatte Wolff gesagt, »nette Ecke.«
Tatsächlich war die nette Ecke eine urbane Stadtidylle wie aus dem Bilderbuch: Leere Bierflaschen standen neben einem überquellenden Mülleimer, Zeitungsseiten flatterten im Wind und verfingen sich in den Gebüschen, ein paar Hundebesitzer lehnten an der Umgrenzungsmauer und schauten ihren Vierbeinern bei ihrer morgendlichen Beschäftigung zu.
Çelik hatte Wolff angerufen, ihn um ein Treffen gebeten. Wolff hatte ihn am Telefon sofort erkannt.

»Na, Einfach-Bloß-Çelik, noch alles in Ordnung mit unserer Karre?« Seine Stimme klang am Telefon noch kratziger.
»Ich brauch deine Hilfe«, hatte Çelik angedeutet und Wolff durch seinen Tonfall spüren lassen, dass es keine gewöhnliche Bitte werden würde.
Leichte Nebelschwaden waberten über der Wasseroberfläche des Weihers. Es war noch früh. Und es war kühl. Aber der Himmel deutete an, dass der Tag sonnig werden würde.
Çelik liebte Nebel. Schon immer. Als Kind war er mit ausgestreckten Armen durch den Morgennebel im Tal gerannt. Er spürte das Glücksgefühl, das er dabei empfunden hatte. Nach dem Erdbeben war es zurückgekehrt, und zwar sogar noch verstärkt: Bloß in dichtem Nebel konnte er für Momente vergessen, wie beengt ihm ansonsten zumute war. Das Weiß umgab ihn wie eine schützende Schicht. Dieses flüchtige Gebilde mit seinen durchsichtigen Wänden machte ihm keinerlei Angst.
Jetzt lief er am Ufer entlang, durchschnitt dabei den Nebelteppich mit dem Rollstuhl, den er schob. Çelik hatte Pelzer gefragt, ob er Uhlmann zu einer Spazierfahrt mitnehmen könne. Er wollte mit dem Alten allein sein.
Sie hatten den viereckigen Weiher schon mehrfach umrundet. An der Stirnseite mussten sie über eine kleine Holzbrücke, die das Becken von einem angrenzenden Museum trennte. Jedes Mal, wenn der Rollstuhl über die Planken holperte, verzog sich Uhlmanns Mund zu einem kleinen Lächeln. Çelik hatte es bemerkt, weil Uhlmanns linke Hand sich im gleichen Moment an die Seitenlehne klammerte. Çelik hatte sich vorgebeugt.
»Was ist, Uhlmann? Irgendwas nicht in Ordnung?«.
Aber der Alte hatte nur nach vorne gestarrt und vor sich hingebrabbelt. Er schien Çelik nicht zu bemerken. Und er lächelte. In jeder Runde das gleiche Spiel. Holzbrücke, Brettergerappel, verkrampfter Griff, Çeliks Blick, Uhlmanns Lächeln. Çelik vermutete, dass es dem Alten Spaß machte, diesen Moment erneut zu erleben und damit wieder zu erkennen. Ein Aufflackern des Kurzzeitgedächtnisses. Wie bei einem kleinen Kind, dachte Çelik, das sich über die monotone Wiederholung einer Bewegung freut.

Wolff kam wie verabredet um acht Uhr. Çelik hatte Uhlmann neben eine Parkbank geschoben und sich selbst mittig darauf gesetzt. Er rückte zur Seite, damit Wolff seinen massiven Körper platzieren konnte.
»Na, Murad Çelik, wo drückt der Schuh?«
Wolff setzte sich breitbeinig hin und schaute zu Uhlmann im Rollstuhl. »Gehört der zu dir?«
»Ja, ist der Bekannte einer Freundin.«
»Na sieh mal einer an, kaum eingetroffen, und schon haste ne Freundin?«
Çelik brauchte einen Moment, um die Bemerkung zu verstehen. Wolffs wulstige Lippen schienen die Worte nur gedämpft zu entlassen, hinzu kam noch sein breit gekauter Dialekt.
Çelik entschied, nicht weiter auf das Thema Freundin einzugehen.
»Kennst du jemanden, der mir bei einer schwierigen Sache helfen kann?«
»Mann, ich kenne eigentlich bloß solche Leute. Kumpel, ich lebe seit meiner verdammten Geburt am Eigelstein, das ist der Kiez, das Herz der Stadt, jedenfalls früher … heute isses bloß der Arsch, wenn es nach unseren Stadtherren geht … aber du weißt ja: Ohne Verdauung läuft gar nichts.«
Wolff lachte derbe auf. Er trug einen gestreiften Anzug aus einem Material, das Çelik nicht identifizieren konnte. Dem Schimmern nach billiger Kunststoff. Flecken säumten das Revers, ein paar Brandstellen konnte man auch erkennen. Wolffs Gesicht war gedunsen, pockig, gerötet, die Haare schlecht gefärbt, mit mindestens einer Tube Pomade versehen und glatt zurückgekämmt. Sie fielen ausfransend bis auf den Kragen der Trainingsjacke, die aus dem Sakko lugte, und hinterließen eine breite Spur aus silbrigen Flocken. Aber Wolff wirkte nicht verwahrlost, eher prall gefüllt mit Leben. Wie jemand, der vor lauter Genuss nicht mehr zum Auskehren kommt, dachte Çelik. Er mochte solche Leute.
»Also, ich bin hierher gekommen, weil mein Onkel gestorben ist.«
Wolff schürzte seine wulstigen Lippen.

»Oh – tut mir leid …«
»Er war zu Besuch bei seiner Schwester. Allerdings illegal. Ohne Visum.«
Çelik machte eine Pause und betrachtete Wolff, der lediglich eine Augenbraue hochzog und auf weitere Informationen wartete. Er wirkte – interessiert.
»Er hatte einen Herzinfarkt, war sofort tot. Ich muss den Leichnam in die Türkei schaffen.«
Wolff behielt seine Haltung bei. Er knabberte an seiner Unterlippe, die er schließlich gerötet und zerknautscht wieder aus einer vergilbten Zahnreihe entließ.
»Und wie kann ich dir dabei helfen?«
»Er muss so konserviert werden, dass ich ihn über die Grenze schaffen kann, ohne dass wir gleich am Gestank erkannt werden.«
Pflüger haute Çelik mit seiner breiten Hand auf den Oberschenkel.
»So was hatten wir schon mal. Ein Typ, der seinen Vater in die Türkei bringen wollte. Vor'n paar Jahren war das. Mitten im Hochsommer … Der ist dann mit seinem Alten im Kofferraum bis in die Heimat. Im *Juli*, stell dir mal vor. Das nenn ich nen Coup!«
Çelik verzog keine Miene.
»Okay, wird ein bisschen was kosten, aber … ich kenne da jemanden. Lass mich das mit dem mal checken. Wir telefonieren später …«

Als Wolff gegangen war, blieb Çelik noch auf der Bank mit Uhlmann an seiner Seite, genoss die Sonnenstrahlen des beginnenden Tages. Er dachte über das nach, was Pelzer über den Alten erzählt hatte. Er war zuletzt so eine Art Archivar im Polizeipräsidium gewesen. Früher hatte Uhlmann sogar mal als Streifenpolizist gearbeitet, aber zu mehr hatte es nicht gereicht. Bei einem Schusswechsel im Präsidium hatte er eine Kugel abbekommen. Stand im Gang, als ein Typ anfing, um sich zu ballern. Die Kugel steckte noch in seinem Kopf. Nicht operierbar. Zuerst dachte man, er wäre in Ordnung, er sollte sogar wieder arbeiten, im Innendienst. Büro. Archiv. Deshalb hatten sie ihm auch keine Rente anerkannt. Aber nach und nach fiel auf, dass er nicht mehr der Alte war. Nicht dass er vorher besonders gesprächig gewesen wäre, aber er war seltsam geworden. Die Verantwortlichen hatten lange gebraucht, um sich für ein Gutachten zu entscheiden. Das Ergebnis war eindeutig. Die Kugel hatte sein Hirn irreparabel geschädigt. Uhlmann hatte niemanden, bis auf eine Schwester, die ab und zu nach ihm schaute. Sein Gehvermögen ließ immer mehr nach. Laut Pelzer konnte er seine Beine bewegen, theoretisch sogar laufen, aber er wusste nicht, wie er seine Gehwerkzeuge koordinieren sollte. Irgendwann war er dann bei Pelzer gelandet.

Çelik schaute Uhlmann von der Seite an. Sie mussten seine Fähigkeiten nutzen. Er zog das Gruppenfoto aus seiner Tasche, das Darius und seine Mitstreiter zeigte. Er rückte an Uhlmann heran, deutete auf die zwei Gestalten, die nicht durchgestrichen waren: »Uhlmann, kennen Sie diese Personen?«

Uhlmann begann mit seinem Oberkörper zu wippen, brauchte eine ganze Weile, bis er seinen Kopf nach unten neigte.

»Was willste wissen, Türke! Zeig mir, was'de wissen willst!«

Er schaute aufs Foto, wippte dabei weiter hin und her, bewegte seine Lippen, gab aber keinen weiteren Laut von sich als unverständliches Gemurmel. Dann blickte er wieder auf den Weiher.

Çelik war enttäuscht. Für einen Moment hatte er gedacht, sie könnten Uhlmanns Wissen anzapfen wie einen alten Rechner. Er dachte nach. Als das Foto entstanden war, musste Uhlmann ungefähr fünfzig gewesen sein; der Unfall mit der Kugel hatte sich erst viel später ereignet. Pelzer hatte Çelik erklärt, er könne sich auch an alle Daten erinnern, die er vor seiner Verletzung aufgenommen hatte. Für Çelik war das das eigentlich Unfassbare. Es bedeutete, dass jeder Mensch alles, was er sah, hörte, dachte, für Jahre, vielleicht für immer in seinem Hirn speicherte. Man konnte bloß nicht das gesamte gespeicherte Wissen sortiert abrufen. Man kam nicht dran. Was wiederum Vorteile hatte, weil man sonst überquellen würde vor Fakten, durchdrehen. Vielleicht war Uhlmann also die Information, die nötig war, um das Bild zu verstehen, nie begegnet. Der Alte konnte nur eindeutige Informationen wiedergeben. Ein Foto aber war nur für einen gewissen Zeitraum eindeutig. Nach ein paar Jahren konnte Çelik manchmal sich selbst auf Fotos kaum erkennen. Und dieses hier war dreißig Jahre alt.

Trotzdem griff er in seine Brieftasche und zog ein Foto seines Vaters heraus. Völlig zerknittert, schwarz-weiß. Irgendwann, als er noch keine zwanzig war, hatte er es eingesteckt, und seitdem trug er es mit sich herum. Obwohl er kaum noch etwas damit verband. Es zeigte seinen Vater an seinem Arbeitsplatz in einer Fabrik. Sein Blick war ernst, als gelte es für ein Staatsfoto zu posieren. Çelik ahnte, dass es wenig Sinn ergab, aber die Versuchung war zu groß. Er zeigte Uhlmann das Bild.

»Kennen Sie denn diesen Mann?«

Uhlmann nahm das Foto, hielt es sich dicht vor seine Augen. Dann ließ er es einfach aus seiner Hand fallen, schnalzte mit der Zunge und begann wieder zu wippen.

»Was willste wissen, Türke, was?!«

Mehr kam nicht. Auch hier: Fehlanzeige. Çelik wusste nicht, was er sich eigentlich erhofft hatte. Er kramte einen Umschlag aus seiner Jacke; darin waren weitere Fotografien, die er bei Darius entdeckt hatte. Der Ex-Terrorist hatte sich auf einer Spur bewegt, hatte versucht, Recherchen zu den einzelnen Gruppenmitgliedern anzustellen. Vielleicht, um sie ausfindig machen und warnen zu können. Vielleicht aber auch, weil er unter ihnen denjenigen vermutete, der ihn töten wollte – falls er das vermutete. Dann wäre er dem Täter auf der Spur gewesen, aber von diesem gestört worden. Çelik betrachtete die Porträts; es waren zum Teil Kopien oder Ausdrucke von Internetseiten. Eines zeigte eine Frau, die gerade versuchte, ihr Gesicht zu verdecken. Es musste eine Gerichtsverhandlung sein. Man sah Fotografen und Polizisten im Hintergrund.

Çelik hielt es Uhlmann hin.

»Und die?«

Uhlmann senkte seinen Blick, begann wieder langsam zu wippen. Er blickte das Foto an, neigte seinen Kopf hin und her, hustete ein dunkles, stoßartiges Lachen und brüllte plötzlich über den ganzen Weiher: »Gabriele Scholz, angeklagt wegen Mitwisserschaft, konnte nicht nachgewiesen werden. Aus Untersuchungshaft entlassen am 6. 1. 77, wohnhaft in Pulheim, Sanddornweg 61. Trägt jetzt den Namen Müller.«

Fünfzehn Çelik folgte dem farblosen Mann. Der Bestatter ging zügig, sein Gang wirkte trotzdem schleppend. Er war komplett in Schwarz gekleidet. Nicht wie ein Bestatter, eher so, als wolle er ausgehen. Oder einen Fernsehkommmissar verkörpern. Der Oberkörper des Mannes neigte sich nach links, als wollte er den Kopf über der Schulter einrollen. Er erinnerte an – Gas. Als könne, als wolle er sich jeden Augenblick verflüchtigen.
»Sie sind Çelik?«
»Ja, das ist mein Name.«
»Der Mann aus Stahl, ja?«
»Sie sprechen Türkisch?«
»Bloß ein paar Brocken. Bin schließlich hier aufgewachsen … unter Türken. Und Sie wollen einen Verwandten einbalsamieren, um ihn selbst zurück in die Heimat transportieren zu können?«
»Ja. So ist es.«
»Kein Problem, hatten wir schon öfter. Dauert zwei bis vier Stunden. Sie liefern an, Sie holen ab. Sie bezahlen die Arbeitszeit plus Chemikalien.«
Der Typ hatte plötzlich überhaupt nichts Mysteriöses mehr an sich. Wenn er redete, wirkte er nüchtern und sachlich. Als sei das heimliche Präparieren von Leichen die normalste Sache der Welt.
»Kommen Sie mit. Ich zeige Ihnen alles. Wir müssen uns bloß ein bisschen beeilen, habe gleich noch einen Termin.«
»Einen Termin? Nachts nach elf Uhr?«
»Klar, Mann. Hier fängt das Leben um die Zeit erst an.«

Über einen Platz gelangten sie in eine Straße mit Clubs und Bars. Junge Menschen standen auf dem Bürgersteig, tranken Bier aus Flaschen, rauchten, warteten auf Einlass. Viele der jungen Frauen trugen kurz Röcke und Stiefel, die bis über die Knie reichten.
Unauffällig querte der Mann mit Çelik im Schlepptau das Areal der Feiernden. Auch seine Bewegungen wirkten gasartig, er waberte durch die Menge, zog von Freiraum zu Freiraum. Wurde nicht wahrgenommen. Çelik dagegen beschlich immer wieder das Gefühl, abschätzend gemustert zu werden. Zum ersten Mal fragte er sich, ob seine Kleidung angemessen für Deutschland war. Er trug Jeans, Turnschuhe, einen schwarzen Pullover, eine alte Armeejacke. Nein, das passt schon, beruhigte er sich, viele Männer wären ähnlich gekleidet, umstandslos.
Sie gelangten in den hinteren, dunklen Abschnitt der Straße. Vor einem Ladenlokal, dessen Schaufenster mit milchiger Folie abgeklebt waren, machten sie Halt. »Hier ist es«, sagte der Mann, fischte einen Schlüssel aus der Hosentasche, machte sich an der Ladentüre zu schaffen. *Trauerhaus Finkelzweig, Nebenhaus* war auf einem Schild zu lesen. Çelik schauderte. Das Kichern einer Frau klang aus der Straße der Bars herüber. Der Mann sah sich um, Çelik tat es ihm gleich. Niemand zu sehen. Es musste möglich sein, Darius´ Leiche hier unauffällig abzuladen. Aber es war riskant.
»Hier ist bloß unser Lager. Und der Raum fürs Balsamieren. Das Haupthaus ist drüben, auf der Hauptstraße, seit über hundert Jahren im Besitz der Familie meines Chefs.«
Çelik nickte. Beste Lage, dachte er. Mit dem Erhalt der Toten verdiente man anscheinend genügend Geld.
»Ich weiß, ist ne merkwürdige Gegend für nen Bestatter«, fuhr der Mann im Anzug fort, während er versuchte, einen Schlüssel ins Schloss zu nesteln, und sich dabei immer wieder nervös umblickte.
»Scheiß Schloss!«, schimpfte er. »Jedes Mal bleib ich bei dem Ding hängen. Billigkram …«
So ganz selbstverständlich scheint es nicht zu sein, dass er nachts

und auf eigene Rechnung arbeitet, dachte Çelik. Wolff hatte ihn vorgewarnt: »Heinrich ist ein guter Junge«, hatte er gesagt. »Hier aus dem Viertel. Macht ne Ausbildung als Einbalsamierer bei Finkelzweig. Schuldet mir was. Und hat überhaupt jede Menge Schulden. Hat früher viel Scheiße gebaut und braucht außerdem jede Menge Kohle für irgendwelche Tabletten, die er einwirft. Verdient sich was dazu mit den Leichen. Richtet sie nachts her für Leute, die sich ne offizielle Beerdigung nicht leisten können. Oder die's lieber diskret haben. Sein Chef stört sich nicht dran. Er mag den Jungen. Aber Vorsicht: Der Kleine hat Quasselwasser getrunken, der kaut dir'n Ohr ab, wenn de nicht aufpasst, speziell wenn er breit ist.«
Jetzt passte der Schlüssel. Der Mann entriegelte die Ladentür.
»Mein Chef findet's cool, dass wir mitten in der Feiermeile sind. Tod und Leben gehören zusammen, meint er. Deshalb werden die Toten jetzt nicht mehr bei draußen im Gewerbegebiet hergerichtet, sondern hier, mitten in der Stadt. Und in der Trauerhalle machen wir Dichterlesungen und so'n Quatsch.«
Çelik folgte ihm hinein, in einen Raum voller Särge. Sie standen kreuz und quer, hoch und tief, über- und nebeneinander. Man hatte sie einfach nur irgendwie irgendwo abgestellt. Als würde es sich nicht lohnen, eine Ordnung zu schaffen, weil sowieso ständig neue Tote versorgt werden mussten. Verschiedenste Hölzer und, ganz klar, unterschiedliche Preisklassen. Manche waren offen, bei anderen lag der Deckel quer über dem Corpus. Als sei mal eben einer aufgewacht, aufgestanden und ums Eck gegangen …
Als Çelik die Kindersärge sah, die in einem Regel rechts neben dem Eingang auf tote Kleine warteten, spürte er einen Schlag auf den Solarplexus. Mit einem Schub drückte es ihm die Luft aus dem Brustkorb. Höllische Schmerzen zuckten durch seinen Körper. Er taumelte, stolperte, stützte sich an einem Eichensarg ab, der mit einem aufdringlichen Krachen gegen seine Nachbarkiste prallte. Çelik ging in die Knie, holte Luft. Ihm war übel.
»Alles klar bei Ihnen?« Heinrich war schon am anderen Ende des Raumes angekommen, wendete bloß den Kopf nach hinten zu Çelik.

»Ja, keine Sorge«, antwortete der japsend. »Bloß schlechte Erinnerungen. Lassen einen manchmal straucheln.«
Der Assistent nickte, »Jow, kenn ich!«
Als hättest du irgendeine Ahnung vom Leben, dachte Çelik. *Und vom richtigen Sterben.*
»Die Kindersärge, oder? Manchmal glaub ich, der Chef hat sie extra direkt neben dem Eingang an die Wand gehängt. Um die Wirkung zu pushen. Glauben Sie mir, die kleinen Särge, das lässt keinen kalt, der hier reinkommt. Tote Kinder sind ja sowieso extrem schwierig, kann ich Ihnen sagen. Letztens hatten wir hier ne türkische Familie, wo der kleine Prinz gestorben ist. Fünf Töchter, ein Sohn. Und der bekommt Krebs. Verreckt elend. So ein Gekreische und Geheul hatten wir noch selten, sag ich Ihnen. Mir ist fast selber ein bisschen schwummrig geworden, obwohl ich ja schon öfter Kinder auf dem Tisch hatte. Das erste Mal waren's sogar zwei zusammen. Ertrunken. Unschön, kann ich Ihnen sagen …«
»Ja, ja, schon gut«, unterbrach Çelik den Redeschwall. Blitze eines zerstörten Gemäuers rasten durch seine Gedanken, ein leichter Körper auf seinem Arm, Erde. Tote Kinder konnte er jetzt nicht ertragen.
»Tschuldigung. Ich komm immer so ins Labern. Weiß schon. Und Sie sind so'n Schweigsamer. Hat Wolff gesagt. Einer, den ich nicht so zutexten soll. Kommen Sie, folgen Sie mir weiter. Aber ohne die ganzen Särge kaputt zu rammeln, ha ha. Hier hinten ist es auch schon, das Refugium der Totenkosmetiker …«
Links neben dem Regal mit den Kindersärgen öffnete sich ein Durchgang in einen kleinen Flur. Drei Räume gingen davon ab: eine Werkstatt, in der ebenfalls Särge gestapelt waren. Ein Aufenthaltsbereich mit Konferenztisch, auf dem Blumen, Kaffeetassen und ein angeschnittener Käsekuchen standen. Schließlich der Raum, in dem die Leichen präpariert wurden. Ein stählerner Tisch mit Abfluss fing den ersten Blick; an den Wänden in Regalen Schutzkleidung, medizinisches Einsatzgerät und Kanister mit Chemikalien. Alles wirkte auf penible Art und Weise sauber, wie in einem Operationssaal.

Hier also werden die Toten für die Ewigkeit gerüstet, dachte Çelik. Hätte er seine Frau, seinen Sohn balsamieren lassen? Damals, nach dem Erdbeben, war keine Zeit gewesen. Er hatte ihre rot und blau und schwarz zerschundenen Körper begraben, ohne ihre zerfetzten Glieder herrichten zu lassen. Ohne große Zeremonie, ohne die Rituale des Abschieds. Es war keine Zeit gewesen, andere mussten ausgegraben, möglicherweise gerettet werden. Und die Leichen mussten sofort beerdigt werden, seit dem Beben waren bereits fünf Tage vergangen, als sie geborgen wurden. Sie waren ohne Kosmetik und Konservierung ins Nichts geglitten.
Erstmals sagte der Typ im schwarzen Anzug nichts. Er ließ den Raum auf Çelik wirken. Offensichtlich war er – stolz. Er wirkte jetzt klarer und deutlicher. Anwesend. Kein Wabern ging mehr von ihm aus. Dies war anscheinend genau der Ort, dem er sich verbunden fühlte. Ein Herr der Toten, aus Überzeugung. Was sich auf geradezu absurde Weise in seinem Äußeren spiegelte: Unter den graublonden Haaren wirkte sein Gesicht im Neonlicht des Präparationsraumes noch fahler, seine Augen glänzten blutunterlaufen. Ein Zombie, dachte Çelik, ein lebender Geist, da kann er noch so geschäftsmäßig neutral wirken wollen. Bloß die Nervosität, die Heinrich ausstrahlte war noch da, wahrscheinlich die Drogen, dachte Çelik.
»Und wieso sind Sie nachts hier aktiv?«
»Ist ne lange Geschichte. Wir waren zu zweit. Zwei Assistenten. Mein Chef hat am Ende den anderen genommen. Mich in die Werkstatt gesteckt. Als Mädchen für alles. Nach ner langen Probezeit. So nach dem Motto *Germanys next Superleichenpräparierer* …«
Çelik spürte jetzt selbst Nervosität. Ein Kribbeln unter seiner Haut, ein elektrischer Reiz, der ihn befiel, wenn ihm jemand zu viel in zu kurzer Zeit erzählte. Ein Impuls bemächtigte sich seines Bewusstseins: Er hatte Lust, den Assistenten zu verprügeln. Einfach so, ohne Grund. Zur Definition der Geschäftsgrundlage. Aber das ging hier nicht, er mußte sich zusammenreißen. Dies hier war nicht das Istanbuler Gefängnis, sondern die Werkstatt

eines Bestatters im Westen Deutschlands. Und er war darauf angewiesen, kein Aufsehen zu erregen.

»Okay, dann legen Sie mal los. Angenommen, ich würde meinen Onkel vorbei bringen ...«

»Ist eigentlich ganz einfach: Wir suchen Zugang zu ner Arterie. Wir holen aus der Leiche alles an Flüssigkeit raus, was geht. Stattdessen pumpen wir Konservierungsmittel rein. Dahinten, mit der Kanüle, die an der Pumpe hängt. Das sind die Chemikalien in den Kanistern, da hinten ... kommen aus Frankreich oder den Staaten. Da ist es ganz normal, dass man die Toten balsamiert, weil sie aufgebahrt werden ... ist hier in Deutschland noch nicht so verbreitet ... kommt erst ...«

»Und das funktioniert? Immer? Wie lange?«

»Kommt auf den Toten an. Wenn er keine schweren Verletzungen hat, brauchen wir zwei bis vier Stunden, um den Prozess für zumindest für ein paar Tage aufzuhalten. Meistens auch für ein paar Wochen ...«

»Und das kostet wie viel?«

»Kommt auf den Kunden an. Für Sie und Ihren Onkel – fünfhundert. Morgen Nacht können Sie ihn vorbei bringen. Viel länger sollten Sie nicht warten, sonst fängt er an zu stinken ...«

Çelik überlegte. Es gab eine Alternative: Er konnte Darius begraben. Denn das hier war riskant: Er konnte beim Transport der Leiche überrascht werden. Und es konnte sein, dass Heinrich Darius erkannte. Dann würde es mit Çeliks Deckung vorbei sein. Oder extrem teuer werden. Natürlich könnte er selbst die Einbalsamierung vornehmen, ohne Heinrich ...

»Eine Frage noch ... Mein Onkel war sehr religiös, und bei uns müssen die Toten von Familienmitgliedern aufs Jenseits vorbereitet werden, ohne dass ein Fremder dabei ist, sonst finden Sie auf ewig keine Ruhe. Glauben Sie, ich könnte ...?«

»Vergessen Sie's. Das schaffen bloß Profis.«

»Und wenn Sie vom Nebenraum aus ...?«

»Das funktioniert nicht. Und das ist mit mir auch nicht zu machen. Entweder – oder. Wenn schon balsamieren, zumindest hier, dann mach ich das selbst. Ist schließlich mein Job.«

Çelik nickte. Er wusste, wann er an Grenzen stieß. Und Heinrichs Leidenschaft war ihm fast sympathisch. Dann fiel ihm noch etwas ein.
»Sie sprachen gerade von Verletzungen. Was hat es damit noch mal auf sich?«
»Ist doch klar: Wenn die Arterien verletzt sind, zum Beispiel nach einem Unfall oder bei Schusswunden, bekommen wir Probleme, weil wir das Chemiezeugs dann nicht einfach durchpumpen können. Da müssen wir zum Teil an die einzelnen kleinen Adern ran und die auch einzeln füllen. Ist ein richtiges Gefrickel. Vergleichbar mit ner Organtransplantation. Und das ohne Erfolgsgarantie. Wer sagt, dass ich alle Hohlräume erwische? Glückssache. Kann Stunden dauern. Und kann sein, dass der Tote dann doch zu stinken anfängt, bevor Sie die Grenze erreichen. Ohne Gewähr also, das Ganze!«
»Moment, langsam, war ja bloß eine Frage. Es geht immer noch um meinen Onkel, und der hatte einen Herzinfarkt …«
Çelik wand sich, wieder zuckte ihm in dem Moment der Schmerz durch die Eingeweide, wieder musste er sich an einem Sarg abstützen.
Heinrich grinste bloß.
»Schussverletzung nach Herzinfarkt, ja? Kostet extra, sagen wir – fünftausend.«

Sechzehn

Genau genommen war es gar kein Ornament. Jetzt sah es eher aus wie ein geschlängelter Schwanz. Es schien zu einem Wesen zu gehören, dessen Körper vermutlich den kompletten Brust- und Bauchbereich einnahm. Çelik betrachtete das Tattoo der Kellnerin, das diesmal wegen des tieferen Ausschnitts besser zu erkennen war. Das Mädchen grinste ihn an: »Kaffee? Wie immer? Stark, schwarz, heiß?«
Çelik nickte, versuchte ein Lächeln, das ihm sofort unnatürlich vorkam. Sie drehte sich um, ging zurück zur Theke. Çeliks Augen folgten ihr. Ziemlich lange.

»Hey, Çelik! Blick aufs Wesentliche!«
Pelzer schob ihm das Foto neben seine Tasse. Ihre Stimme durchschnitt seine Gedanken wie eine Rasierklinge.
»Das ist nicht Ihre Altersklasse. Also, was wollten Sie mir erzählen?«
Wäre er ehrlich gewesen, hätte Çelik ihr gesagt, dass er gerade große Lust auf Sex hatte, aber er sagte nichts, zog stattdessen die Kaffeetasse an seine Lippen. Er war irritiert, konnte nicht einordnen, worauf sich sein plötzliches Verlangen richtete, auf die Kellnerin oder auf Pelzer. Er wusste, dass er bald eine Lösung dafür finden musste. Seinen Körper konnte er kontrollieren, aber seine Gedanken gingen viel zu oft nur in eine Richtung.
Çelik nahm die Aufnahme in die Hand. Es war das Gruppenfoto, das er bei Darius mitgenommen hatte. Es zeigte die Mitglieder der RAF-Zelle, mittendrin Darius. Die Stimmung schien ausgelassen, anscheinend freute man sich über irgendeinen Anlass.
»Ich bin noch mal alle Unterlagen und Notizen von Klaus-Peter Darius durchgegangen«, murmelte er.
So etwas konnte er nicht gut: zusammenfassen, erklären, jemandem seine Folgerungen erläutern. Çelik war es gewohnt, die Schlüsse, die er zog, nur innerhalb seiner Hirnwindungen zu verwalten. Jetzt saß ihm Pelzer gegenüber und erwartete den Stand seiner bisherigen »Ermittlungen«. Er musste sich konzentrieren.
»KPD … also, Ihr Vater … er hatte einen Hinweis bekommen, ein paar Wochen, bevor sein Mörder bei ihm aufgetaucht ist, vielleicht sogar gleich nach seiner Entlassung. Er hatte Angst und geahnt, dass er in Gefahr ist, sonst hätte er nicht in der Türkei angerufen.«
Çelik dachte an Darius' Worte auf dem Diktiergerät. *Wir haben uns geliebt*, hatte er gesagt und damit seine Mutter gemeint, die jetzt am anderen Ende Europas im tiefsten Koma lag.
»Aber Sie wissen immer noch nicht, warum er ausgerechnet Ihre Mutter sprechen wollte?« fragte Pelzer in die entstandene Pause hinein.
Çelik ignorierte die Frage. Er wollte mit ihr nicht – noch nicht –

über diesen Teil der Geschichte reden. So weit war er selbst noch nicht.

»Mit dem Namen Jeanne konnte er nichts anfangen. Aber als er erfuhr, wer auch noch diesen Hinweis erhalten hatte, ahnte er, dass es um die Gruppe ging.«

»Was für einen Hinweis? Und wie soll er das erfahren haben?«

»Er hat einen Anruf bekommen. Von Frank Brohl. Das ist einer der Typen auf dem Foto, die durchgestrichen sind. Ebenfalls Mitglied dieser Gruppe. Er war lange zusammen mit Darius inhaftiert. Ist aber aus irgendeinem Grund früher rausgekommen. Die beiden müssen Kontakt gehabt haben. Jedenfalls wusste Darius von ihm, dass er auch den Hinweis bekommen hatte. Und genauso wenig damit anfangen konnte. Hier …«

Çelik zeigte ihr eine Seite in einem Notizbuch. Pelzer las laut: »Frank auch Brief mit Jeanne – wer?«

»Und wo ist dieser Brohl jetzt?«

»Keine Ahnung. Aber Darius hat ihn auf dem Foto durchgestrichen. Also scheint er nicht mehr am Leben zu sein.«

»Wie kommen Sie denn darauf?«

»Der zweite durchgestrichene Typ ist Jens Meidner. Wie Darius ist er damals festgenommen worden, wurde aber viel früher entlassen. Hier, sehen Sie mal … dieser Zeitungsausschnitt hing bei Ihrem Vater …«

Aus einem Umschlag holte Çelik einen Zeitungsstreifen mit einer kurzen Meldung. Pelzer las ihn durch und zog ihre Augenbrauen hoch.

»Er hat sich umgebracht?«

»Zumindest geht die Polizei von Selbstmord aus – anscheinend sprechen alle Indizien dafür.«

Çelik schaute nach der Kellnerin, sein Glas war leer und er war es nicht gewohnt, so lange am Stück zu reden.

»Wenn Darius also einzelne Mitglieder durchstreicht und dazu noch anmerkt, jetzt seien bloß noch zwei übrig, dann scheinen die ersten beiden für ihn tot zu sein.«

«Aber wir wissen nicht, ob Jens Meidners Selbstmord damit zu tun hat.«

»Wir könnten es aber herauskriegen. In zwei Tagen wird er beerdigt. Sogar die Nachrichten berichten davon. Ist schließlich nicht alltäglich, dass ein Ex-Terrorist sich vor einen Zug schmeißt. Aber anscheinend zweifelt niemand daran.«
»Was ist mit den beiden Frauen auf dem Foto? Wie können wir herausbekommen, wer die sind?«
»Hab ich schon, zumindest bei einer. Sie wohnt hier in der Nähe!«
Pelzer schaute verwundert auf,
»Wie haben Sie das geschafft?«
Çelik musterte sie. Wenn er mit Uhlmann durchziehen wollte, was ihm vorschwebte, musste er Pelzer davon überzeugen. Es war keine bis ins Detail durchdachte Strategie, aber es war wenigstens eine Möglichkeit.
»Ich habe Uhlmann gefragt!«
»Was!?«
»Ich habe Ihrem Forschungsobjekt das Foto gezeigt, und er wusste, wer es ist.«
Pelzer lehnte sich zurück, dachte nach. Dann verzog sie ihren Mund zu einem schiefen Lächeln: »Okay. Das war nicht mit mir abgesprochen, aber ich sehe Ihnen das nach. Verdammt großer Zufall, aber Uhlmann muss die Info irgendwo aufgeschnappt haben. Er …«
Çelik unterbrach sie.
»Kein Zufall … Sondern Unmengen von Wissen und ein paar Nadeln im Heuhaufen, die er irgendwie findet … Ich schlage vor, dass wir ihn füttern …«
»Wen? Wie?«
»Uhlmann.«
»Mensch, Çelik, wovon reden Sie?«
»Wir könnten ihn mit Daten füttern und hoffen, dass dabei was herauskommt! Sozusagen seine Erinnerung, die mit dem Schuss endete, künstlich erweitern.«
»Ich weiß nicht, worauf Sie hinaus wollen.«
»Wir legen ihm alte Berichte vor, Protokolle, Zeitungsausschnitte, Fotos – was immer wir in die Finger bekommen. Jetzt verstanden?«

»*Sie* verstehen das nicht, Çelik. Uhlmann kann nicht kombinieren!«
»Soll er auch nicht!«
»Wozu dann der Aufwand? Was soll das bringen?«
»Verdammt, Pelzer, verschonen Sie mich mit Ihrem Kopfzerbrechen. Vielleicht bringt es nichts. Vielleicht aber alles!«
»Es sind nur Daten, die er runterspult, Çelik. Er hat nicht die Fähigkeit, etwas zu bewerten oder einzuschätzen.«
»Ich weiß.«
»Wozu soll es dann gut sein?«
»Ging Ihnen das nie so, Pelzer? Man wälzt ein Problem und kommt nicht weiter. Und plötzlich sagt irgendeiner etwas, und es macht Klick!«
Pelzer schaute ihn entgeistert an:
»Sie wollen sich auf ein zufälliges Klick verlassen?«
Çelik drehte seinen Kopf zur Seite und schaute nach draußen.
»Hätte ich mich in meinem Leben öfter auf so etwas verlassen, würden ein paar Menschen noch leben – vor allem meine Familie.«
Pelzer kannte seine Geschichte von dem Erdbeben, bei dem er seine Frau und seinen Sohn verloren hatte. In einem Spielfilm hätte sie jetzt ihre Hand behutsam auf seine gelegt, mit der anderen seinen Kopf sanft zu sich gedreht und ihn zärtlich auf die Lippen geküsst. Danach seinen Kopf an ihre Brust gedrückt und …
Aber dies war kein Spielfilm. Sie saßen in einem Café, versuchten, ihr weiteres Vorgehen zu besprechen, und Pelzer war alles andere als romantisch.
»Verstehen Sie denn nicht? Beim Goldschürfen macht man auch nichts anderes. Man sucht die richtige Stelle und dann greift man irgendwo ins Wasser und schöpft, bis etwas übrig bleibt. Wir lassen Uhlmann fließen, er ist unser Fluss, unsere Quelle. Wir müssen nur warten, bis ein Körnchen hängen bleibt.«
Pelzer runzelte ihre Stirn. Das war ihr zu unsystematisch, zu chaotisch.
»Warum gehen wir nicht einfach zur Polizei?«

Sie wartete, bis er seinen Kopf hob, dann schaute sie ihm fordernd in die Augen. Çelik erwiderte ihren Blick, tauchte darin ein. Er stand kurz davor, ihre Hand zu greifen. Dann zog er seinen Kopf langsam zurück und ließ seine Antwort hören.
»Weil wir dann vielleicht den Täter kriegen, aber womöglich nie die Wahrheit.«

Pelzer Jetzt zieht er mich rein, in sein Leben, dieser Murad Çelik. In mein Leben? Unglaublich: Fährt die Leiche eines Exterroristen durch die Gegend. Meines Vaters, unfassbar! Behauptet er zumindest, und ich weiß, dass es so ist. Und jetzt dieses Ermitteln, mit ihm … und mit Uhlmann … Will ich das wirklich? Will ich überhaupt erfahren, was ich herausfinden kann?

Uhlmann. Weiß alles, was ihm jemals ins Denken geriet, kann es bloß nicht sinnvoll ordnen. Ein Superhirn mit Prozessproblemen. Wälzt und bewegt und sortiert in seinem angeschossenen Kopf das Wissen von zehn, hundert, tausend Denkorganen, ohne zu wissen, wie das gehen könnte, so ein Wissen zu sortieren und zu bewegen und zu wälzen. Ein Mensch ohne Ahnung von sich selbst. Oder doch?

Uhlmann ist ein schlecht gelaunter Miesepeter vor dem Herrn! Spricht nur dann, wenn er garantiert nicht gefragt ist; schweigt, wenn man ihn sprechen hören will. Ein Unnahbarer, dessen ich habhaft werden müsste. Bloß wie? Vielleicht findet Çelik zu ihm, sozusagen unter Polizisten.

Warum kann ich mich an nichts erinnern? Nichts von dem, was gewesen sein könnte, bevor ich fünf, sechs Jahre alt war. Zumindest Rituale und Gefühle bleiben normalerweise auch aus der Zeit davor im Gedächtnis. Wiederkehrende Muster, die sich einbrennen. Bei mir nicht. Keine emotionalen Strukturen aus dem Kleinkindalter. Da ist nur Leere, Mangel, Abwesenheit. Kein

Fundament. Aber auch nicht Nichts. Sondern: Blitze. Splitter. Erinnerungsflashs, die so schnell durch mein Bewusstsein rasseln, dass ich keine Gelegenheit habe, mich ihrer zu vergegenwärtigen. Nichts Konkretes also. Nur der Beleg, dass da etwas gewesen sein muss.

Ich habe gelebt, ich habe geatmet, gedacht, gefühlt. Ich wurde geliebt, vielleicht. Zumindest hoffe ich es. Aber mein Körper will nichts davon wissen, nur Blitze lässt er zu. Ein Beweis nicht von Ereignissen selbst, sondern eine Reminiszenz von deren Spiegelungen. Und nur dadurch sind die Ereignisse überhaupt existent, in der Wahrnehmung. Das ist schon nicht mehr Psychologie, sondern Physik. Die Quantenpsychologie der schwarzen Materie. Genau wie die angststarren, schweißnassen, herzrasenden Nächte, in denen ich aus dem Schlaf schrecke. In denen mein Ich sich wenigstens für Momente gegen sein notorisch stärkeres Über-Ich durchsetzen kann. In denen ich, wenn schon nicht bei mir bin, dann doch wenigstens in meiner eigenen Nähe. In denen mein Körper sich der anderen Pelzer erinnert, der wahren, der eigentlichen Pelzer? STOPP!

Siebzehn

Der Boden war weicher, als er befürchtet hatte. Trotz dichter Wurzeln und größerer Steine, auf die er stieß, kam Çelik gut voran. Schicht für Schicht lockerte er die Erde mit der Spitzhacke, die er im Baumarkt gekauft hatte, schaufelte sie dann zur Seite und grub sich immer tiefer. Trotzdem kostete es ihn ungeheure Kraft. Çelik mühte sich ab. Er wusste nicht mehr, wann er zuletzt so geackert hatte. Er richtete sich auf, wischte sich den Schweiß von der Stirn.
Er dachte an das Erdbeben in Istanbul: Zwei Tage hatte er in den Trümmern nach seiner Familie gesucht. Wie in einem Wahn hatte er den Schutt mit seinen Händen weggerissen. Die Bilder krochen in ihm nach oben. Von seiner Frau hatte er zunächst nur das Muster ihres Nachthemdes zwischen den Betonbrocken

schimmern gesehen, dann ein Stück ihres Beines. Er hatte mit seinen bloßen Händen geschaufelt und gewühlt. Erst viel später hatte er gesehen, dass er sich die Fingerkuppen fast vollständig aufgerissen hatte. Minuten. Stunden. Hatte sie auf ihn gewartet? Auf ihn gezählt? Sich darauf verlassen, dass er alles unternehmen würde, um sie zu finden? War sie mit dieser Hoffnung elendig verreckt? Die Angst, zu spät zu kommen, sie hatte ihn seitdem nicht mehr losgelassen.

Er hackte weiter. Drosch auf das Erdreich ein, als ginge es darum, es für immer zu erledigen, es zu besiegen. Nie mehr zu spät kommen. Nie mehr.

Pelzer stand etwas abseits, sah ihn an. Dann drehte sie sich um und blickte in die Landschaft, die sich unter ihr öffnete.

Sie hatte diesen Ort ausgesucht. »Er liegt nicht weit weg vom Haus meiner Eltern«, hatte sie gesagt, und sich dann korrigiert: »Meiner Pflegeeltern.«

Es war ein kleiner Bahnhof, der nur aus einem lang gezogenen Bahnsteig und einem Gebäude bestand. Er war vor Jahren stillgelegt worden. Die Gleise waren von Gras überwuchert und kaum zu erkennen. Schon nach wenigen Metern endeten sie in einem Waldstück. Nahezu ideal, dachte Çelik, nachdem er das Gelände kurz abgeschritten hatte. Auch das: Gewohnheit. Er wollte sicher sein, dass nicht irgendein Naturliebhaber oder Spaziergänger Zeuge ihres kleinen Happenings wurde. Der Ort war kaum einsehbar, es sei denn, jemand hatte sie verfolgt und beobachtet. Aber auch darauf hatte er geachtet, seit sie die Stadt verlassen hatten.

Die Fahrt hierher. Sie war Çelik schon zuviel gewesen. Im Morgengrauen waren sie aufgebrochen. Pelzer hatte zwar was von fünfzig Kilometern gesagt, aber sie hatten doch fast zwei Stunden gebraucht. Zwei Stunden mit einer Frau, die er erst ein paar Tage kannte. Die ihn aufwühlte. Mit einer Leiche im Gepäck, die in einer Kühlbox an der Heckklappe des Wohnmobils kauerte. Durch eine Postkartenidylle, die ihm auf den Magen schlug.

Dieses Land war schön. Sie waren an Hängen vorbeigefahren,

an denen sich Weinreben empor hangelten. Waren einem Flusslauf gefolgt, der sich durch eine hügelige Landschaft schlängelte. Und immer wieder vorbei an diesen Wäldern, in denen das gelbbraune Laub im Licht der aufgehenden Sonne schimmerte. Aber diese Schönheit fand keinen Weg in sein Herz. Mehr als zehn Jahre seines Lebens hatte er hier verbracht, in dieser Gegend. Aber da war nichts. Keine Regung. Kein Gefühl. Wenn er an die Ebenen in Hakkari dachte, an die schneebedeckten Gipfel, an die sanften Windungen der kleinen Bäche, dann wurde er sentimental. So schön es hier auch war, es bedeutete ihm nichts. In diesem Land hatte er zum ersten Mal ein Mädchen geküsst, hatte zum ersten Mal ein Tor für seine Mannschaft geschossen, hatte sich zum ersten Mal bis zur Besinnungslosigkeit voll gesoffen; so viele Momente zum ersten Mal, aber nichts davon verband er mit diesem Land.

Gleichzeitig wusste Çelik, dass vieles in ihm deutsch war. Seine Frau hatte ihm das immer wieder gesagt. *Du redest wie ein Deutscher! Du denkst wie ein Deutscher!* Na und, es stimmte, er hatte viel von dieser Kultur in sich. Und wenn sie auch keine heftigen Gefühle in ihm auslöste, so empfand er doch eine Verbundenheit. Auf eine Art, die er allerdings noch genauer erkunden musste.

Sie hatten kaum geredet im Wagen. Er zumindest nicht. Pelzer hatte von ihrer Kindheit erzählt, von ihren Pflegeeltern.

»Wenn Sie wollen, können wir nachher mal bei ihnen vorbei schauen, zum Kaffee. Sie freuen sich immer, mich zu sehen.«

»Ein anderes Mal vielleicht«, hatte Çelik gemurmelt.

Über eine kleine Rampe konnten sie bis an den Bahnsteig heranfahren. Çelik hatte den Rollstuhl aus dem Bus gehoben, den er sich von Wolff geliehen hatte. Er hatte den Sack mit der Leiche von Darius geschultert und den Exterroristen vorsichtig in das Gefährt gesetzt. Dann hatte er Darius bis zum ehemaligen Bahnhofsgebäude geschoben, das nur noch eine Ruine war, nicht mehr als eine kleine Halle, die den Bahnsteig von der Straße trennte. Pelzer war draußen geblieben, hatte sich auf eine Bank

gesetzt. Çelik war neben sie getreten und hatte sich eine Zigarette angezündet.
»Ich liebe diesen Ort«, hatte Pelzer gesagt, »als Kind war ich oft hier. Habe meinen Vater … meinen Pflegevater manchmal abgeholt, wenn er von der Arbeit gekommen ist. Später wurde der Bahnhof stillgelegt. Ich komme seitdem immer wieder hierher. Spüren Sie den Wind, Çelik? Er ist etwas Besonderes. Wenn ich hier bin, setze ich mich auf die Bank, schließe die Augen und höre ihn. Als kleines Mädchen saß ich hier auch schon. Manchmal verpasste mein Vater seinen Zug, oder er musste länger arbeiten. Dann saß ich auf dieser Bank, jedenfalls eine Weile. Der Wind ersetzte für mich die Züge. Es kamen ja kaum welche vorbei. Höchstens einer in der Stunde. Wenn ich die Augen schloss, stellte ich mir vor, der Wind hätte kleine Waggons, in die man einsteigen könnte. Er hielt hier am Bahnsteig und nahm mich mit. Weiter unten kommt ein Tunnel, ich habe mich damals nie rein getraut. Aber wenn ich hier auf der Bank saß, konnte ich hören, wie der Wind durch den Tunnel zog. Er pfiff, er sang. Glaubte ich zumindest. Schöne Einbildung, oder?«
Çelik hatte nicht geantwortet. Wie kam es, dass er Deutschland seit seiner Ankunft zumeist bei Tagesanbruch erlebte?

Nach einer Stunde Schaufeln stand Çelik schon mindestens einen Meter unter der Oberfläche. Seine Hände brannten, seine Oberarme schmerzten. Er war froh, dass er wenigstens keine Grube für einen Sarg ausheben musste, welche deutlich größer und tiefer hätte sein müssen. Der Gedanke, einen Menschen so zu beerdigen, löste Beklemmungen bei ihm aus. Er erinnerte sich, wie er seine Frau und seinen Sohn eigenhändig ins Grab gelegt hatte. Ohne Sarg. So war es üblich in der Türkei. Man bettete die Toten in Baumwollsäcken in eingefasste Gräber. Wie ein Bündel. Nicht irgendjemand, nicht ein Priester oder ein Angestellter des Friedhofs. Nein, die Angehörigen selbst. Man reichte sich den Sack zu und legte ihn in das Erdloch. Das war für ihn die beste Möglichkeit gewesen, Abschied zu nehmen. Er hatte ihren Körper durch den Stoff spüren können. Çelik konnte

nicht nachvollziehen, wie man jemanden in einer zugenagelten Holzkiste verbuddelte. Aber die Frage stellte sich jetzt sowieso nicht. Sie hätten keine Zeit gehabt, einen Sarg zusammenzuzimmern.
Pelzer trat an die Grabstätte und ging in die Hocke.
»Seltsam, oder? Wir huldigen dem Ort des Todes, der Leiche, des Endes. Aber nie dem der Entstehung, des Beginns.«
Sie fasste ihn an die Schulter.
»Çelik, wissen Sie, wo sie gezeugt wurden? Ich wüsste gerne, wo meine Kernverschmelzung stattfand.«
Auf so einen Gedanken wäre Çelik nie gekommen. Er wusste nichts darüber. Pelzer dachte seltsam. Sie war seltsam.

Çelik hatte sich gefragt, warum sie Darius unbedingt an dieser Stelle wünschte. Es gab diverse Möglichkeiten, eine Leiche unauffälliger zu beseitigen. Pelzer hatte geantwortet, sie brauche einen Ort, einen konkreten Platz. In ihrem Leben hätte es immer nur Nicht-Orte und Abwesende gegeben; da müsse jetzt endlich mal etwas Handfestes her.
»Ihnen liegt was an ihm, oder?«, fragte er.
»Ich weiß nicht – ich kannte ihn ja nicht. Aber ich muss zugeben: Das Wissen um seine Vaterschaft berührt mich schon.«
Çelik dachte an seine Vergangenheit, an seinen Vater.
Warum hatte er nie nach ihm gesucht? Nachdem seine Mutter mit ihm aus Deutschland geflohen war, hatte sich sein Vater mehr und mehr aufgelöst. In seinen Gedanken und vor allem in seinem Herzen. Vielleicht hatte Çelik erwartet, dass sein Vater nach *ihm* suchen würde. Und irgendwann hatte Çelik den Gedanken an ihn völlig verdrängt. Vielleicht war er tot, vielleicht war er untergetaucht. Es hatte ihn nicht mehr interessiert.
Pelzer reichte ihm eine Flasche Wasser.
»Wussten Sie, dass die Mongolen ihre Toten früher einfach in die Steppe gelegt haben, um sie von Vögeln zerfressen zu lassen? Oder die Tibeter: Sie lassen ihre Leichen von Spezialisten zerstückeln und dann an Geier verfüttern. Die tragen deren Seelen dann ins Nirwana.«

Die Zeremonie verlief unspektakulär. Keine Tränen, keine Berührung. Pelzer bat Çelik, er möge den Sack mit der Leiche in die Grube legen. Sie würde dann das Zuschaufeln übernehmen. Zum Schluss legte sie ein Bündel mit Briefen in das Grab.
»Die habe ich geschrieben, nachdem ich von meinen Pflegeeltern erfahren habe, dass sie nicht meine leiblichen sind. Ein paar Infos über mich. Ein paar Alltagsgeschichten. Aber immer nur an meinen Vater. Meine Mutter habe ich ausgeblendet. Irgendwo muss es die wohl auch geben, aber anscheinend hatte ich nicht das Bedürfnis nach Kontakt.«
Çelik fragte sich, ob er ihr das ausreden sollte. Vielleicht würde sie es nach einer Weile bereuen. Oder sie würde doch irgendwann die Briefe zurück haben wollen.
»Ich weiß nicht, ob das so gut ist. Wenn die Leiche gefunden wird, sind die Briefe ein Indiz, dass Sie damit zu tun haben. Die Polizei wird auf Sie kommen.«
Pelzer lächelte. Ihre Augen zeigten ihm, dass sie sich alle diese Fragen bereits gestellt und für sich beantwortet hatte.
»Na und, dann holt mich meine Geschichte eben ein. Wäre vielleicht gar nicht so verkehrt.«

Achtzehn

Endlich kamen sie ihrem Ziel näher. Für Çeliks Gefühl waren sie lange, zu lange unterwegs gewesen. Berufsverkehr, eine Baustelle, Stop and Go. Auf dem Beifahrersitz befiel ihn meist Müdigkeit; bleiern senkte sie sich auf seine Lider. Je länger sie durch den Stadtverkehr gekrochen waren, desto stärker war sein Drang geworden, die Augen zu schließen.
Das war ein Vorzug seines melancholischen Lebens in Istanbul: dass er, nach dem mittäglichen Besuch am Krankenbett seiner Mutter, schlafen konnte, kurz und traumlos meist. So etwas war ihm hier in Deutschland bislang noch nicht gelungen. Dabei hätte er den Schlaf gebrauchen können, gerade jetzt, die betondichte Tristesse ihrer Fahrt wirkte auf seine Seele wie ein Stimmungsdämpfer: die schleichenden Blechmassen im

Stadtverkehr, der barocke Park im Verkehrslärm des Autobahnzubringers, die eingezwängten Kleingärten neben dem kurzen Autobahnstück, die grauen Vorortkasernen am Stadtrand. Unfassbar, diese Architektur! Çelik war von den Istanbuler *Gecekondus* einiges gewohnt, aber da herrschte wenigstens Leben. Diese Stadt schien vor allem eines auszudrücken: Den Hass ihrer Planer und Gestalter auf die Existenz der Bewohner und Passanten, die hier leben mussten. Vielleicht den Hass auf das Sein an sich. Er entspannte sich, als sie freies Feld erreichten. Hier konnte man wenigstens schauen bis zum Horizont, auch wenn außer stoppeligen Ackern und einem Heizkraftwerk im Hintergrund nicht viel zu sehen war. Der Himmel natürlich, aber der erschöpfte sich in Variationen von Grau.
Nach ein paar Kilometern stießen sie auf die Ausläufer einer Trabantenstadt. Kilometerweise Einfamilienhäuser, Vorgärten, Parkplätze, Garagen. Nach wenigen Minuten verlor Çelik die Orientierung. Ein Irrgarten, nur unterscheidbar durch das Alter der einzelnen Viertel. Hier die gekachelten Häuser der sechziger Jahre, da die Bungalows der angehenden Achtziger, dort Glas und Metall aus den Neunzigern. Wellen gleich, die ein ins Wasser geworfener Stein verursacht hatte, zogen sich, so schien es ihm, die Siedlungsviertel um einen alten Ortskern mit Kirchturm herum. Oder waren es mehrere? Wenigstens das Navigationssystem kannte keine Orientierungsschwierigkeiten, und so näherten sie sich zielstrebig der gesuchten Adresse.

Sie verließen eine Wohnstraße, in der flache Bungalows aus den sechziger Jahren gruppiert waren, bogen rechts in einen Weg ein, der im Gegensatz dazu mit hölzernen Häusern in ökologischem Anstrich glänzte. Am Ende der Gasse sollten sie, laut Navigationsanweisung, wiederum rechts in den Sanddornweg fahren.
Eigentlich gar nicht so schlecht, hier zu leben, dachte Çelik: luftige Häuser mit Blick auf einen Acker und den dahinter liegenden Wald. Sollte diese Erde einmal beben, was unwahrscheinlich war, drohte den Bewohnern keine allzu große Gefahr: Holz war flexibler und leichter als Stein, und wenn die Menschen während

der ersten Stöße panisch nach draußen rennen würden, bestand für sie kaum ein Risiko, vom Schutt der umliegenden Bauwerke verletzt oder erschlagen werden. Eine kleine Idylle, sogar für Çeliks neurotischen Blick auf Wohnräume. Bloß das Heizkraftwerk, das dunkle Schwaden in die Atmosphäre blies, störte das Bild.
Als Pelzer und Çelik in den Sanddornweg bogen, entdeckten sie eine andere Welt. Verschiedene Baustile waren wild durcheinander gewürfelt. Komplett gekachelte, kleine Einfamilienhäuser wechselten sich mit eckigen Betonbauten, bunt bemalten Garagenbatterien und schmalen Reihenhäusern ab. Es wirkte – chaotisch. Aber auch: einladend.
Aufgeregt reckte Ines Pelzer den Hals. Sie wirkte hektisch. Çelik war irritiert. Er folgte ihrem Blick. Sie zeigte auf ein Garagentor aus Wellblech.
Jemand hatte etwas mit roter Farbe aufgesprüht: *Jeanne.*
»Verdammt, wir kommen zu spät.«
Jetzt hatte die Aufregung auch ihn gepackt.
Çelik hatte nicht die geringste Lust, schon wieder zu spät zu kommen.
»Halten Sie! Schnell!«, zischte er Pelzer zu.
Sie bremste scharf, stoppte den Motor, wollte aussteigen.
Er hielt sie zurück: »Sie bleiben hier! Ist sicherer.«
Dann sprang er aus dem Wagen und vermaß mit seinen Blicken die Umgebung. Niemand war zu sehen. Aufmerksam, den ganzen Körper gespannt, lief Çelik über die Straße, an der besprühten Garage vorbei, auf den Eingang des gekachelten Hauses zu. Nichts, niemand.
Aber die Tür stand einen Spalt weit offen.
Vorsichtig vergrößerte Çelik die Öffnung, huschte nach drinnen, schlich durch den Flur. Links bemerkte er eine Küche, eine Schüssel mit Lutschern für Kinder fiel ihm auf, seltsamerweise. Rechts befand sich eine Toilette. Vor ihm eine große, halb offen stehende Schiebetür, die den Blick auf einen großen Wohnraum freigab: Holzdielen, ein Röhrenfernseher, japanische Pflanzen. Ansonsten, so weit Çelik es im Bruchteil einer Sekunde überblicken konnte, alte, aber gut gepflegte Designermöbel.

»Was machen sie hier?«
Sie war blond, sehr schlank und sicher einsachtzig groß. Çelik hatte die Frau nicht bemerkt. Er überließ sich seinen Reflexen, hechtete auf die Frau zu, warf sie, bevor sie noch irgendetwas anmerken konnte, zu Boden – und hörte nur einen Augenblick später den Knall eines Schusses sowie splitterndes Glas.
»Hey, was soll …?«, setzte die Frau unter Çelik an.
Er hielt ihr den Mund zu, und er bedeutete ihr zu schweigen. Gleichzeitig überlegte Çelik fieberhaft, wie er reagieren konnte: Hinter dem Sofa waren sie alles andere als sicher. Zumal er noch nicht einmal eine Waffe bei sich hatte. Was also tun? Was, wenn der Schütze gleich in den Raum käme? Sie waren wehrlos.
Nur mühsam konnte er die Frau halten. Sie zappelte, drückte mit aller Macht gegen ihn, wollte ihn abwerfen. Noch immer hielt er ihr den Mund zu. Ihr Speichel rann durch seine Finger. Ihre Hand krallte sich in seinen Oberarm, kräftig, schmerzhaft.
»Scheiße, verdammte!«, entfuhr es ihm.
Die Frau keuchte. Dieser Kampf war noch längst nicht beendet. Dann jedoch erklang eine Stimme.
»Ihr könnt aufstehen. Er ist abgehauen.«
Pelzer. Mit einem Lolli im Mundwinkel. Grinsend. Sie stand an der Schiebetür, musterte die Situation.
Das, dachte Çelik, war eigentlich klar: Jemand wie Ines Pelzer blieb nicht sitzen, schon gar nicht in einer Krisensituation.
»Er ist abgehauen. Mit ’nem roten Kombi. Marke und Kennzeichen hab ich nicht erkannt.«
Çelik nickte, während er sich erhob. Er wusste, er brauchte nichts zu sagen. Jetzt war erst einmal sie dran.
Er entließ die Blonde aus seinem Griff.
»Wer sind Sie? Was haben Sie in meiner Wohnung zu suchen? Ich werde sofort die Polizei …«
Çelik nickte Pelzer zu. Besser, sie übernahm das Reden.
»Ich glaube nicht, dass Sie das wirklich wollen«, antwortete Pelzer, »schließlich möchten Sie doch vermeiden, dass Ihre wahre Identität auffliegt, Gabriele Scholz.«
Die Frau erblasste.

Aber Pelzer war noch nicht fertig.
»Außerdem wollten wir Ihnen eigentlich bloß das Leben retten. Vielleicht sollten Sie sich zunächst einmal bei dem Herrn bedanken …«
»Ich weiß nicht, wovon Sie sprechen. Sie platzen hier rein …«
»Und ob Sie das wissen.«
Pelzer blieb energisch, ohne dabei ihre Fassung zu verlieren.
Die andere schwieg, wartete, was jetzt kommen würde.
»Sie waren in den Siebzigern in der Szene um die RAF aktiv. Sie wurden sogar kurzzeitig inhaftiert.«
Die beiden Frauen waren so voll und ganz auf sich selbst konzentriert, dass Çelik sie in Ruhe betrachten konnte. Kräfte prallten aneinander, die sich die Waage hielten, wie bei zwei umgekehrt zur Anziehungskraft ausgerichteten Magneten. Çelik sah sich um, saugte einzelne Details in sich ein und kombinierte sie mit seinen Erfahrungen. Gabriele Scholz war schwer zu knacken, wenn man den konventionellen Weg nahm.
»Wie alt ist Ihre Enkelin, Frau Scholz?«, fragte er trocken.
Çelik hatte ein Bild von einer Anrichte genommen, das er, scheinbar versonnen, betrachtete. Ein lachendes, blondes Mädchen war darauf zu sehen, vor dem Hintergrund einer Flusslandschaft. Auf der Anrichte standen noch weitere Fotos: Die Scholz mit ihrem Mann; beide mit ihrer Tochter; Enkelin, Tochter und Großeltern. Außerdem Hochzeitsfotos der Tochter, Familienbilder und immer wieder die Enkelin, in verschiedenen Altersstufen. Eine gerahmte Familienidylle.
Gabriele Scholz drehte ihren Kopf zu Çelik und schaute ihn an, als würde sie ihn erst jetzt wahrnehmen.
Sie schwieg, weiterhin.
»Dann reden wir eben mit ihr«, ergänzte Çelik.
Scholz erblasste.
»Lassen Sie meine Familie aus dem Spiel«, fauchte sie.
Çelik entspannte sich.
Er hatte sie. Die Tür war geknackt. Nur einen Spalt, aber es reichte, um das Innere wahrzunehmen.
»Dann reden Sie …!«

Pelzer übernahm wieder.
»Kennen Sie KPD? Und wer ist Jeanne!?«
Die frostigen Pupillen der Frau begannen zu zucken. Abwechselnd fixierte sie Pelzer und Çelik.
»Fragen Sie ihn doch selbst«, sagte sie. »Er ist vor ein paar Wochen entlassen worden.«
»Unter der Erde ist es mir zu dunkel«, erwiderte Pelzer.
Ihr Blick war hart; sie schien die andere geradezu durchbohren zu wollen.
»Unter der Erde?«, entgegnete Gabriele Scholz. »Was wollen Sie damit sagen?«
»KPD ist tot. So, wie Sie jetzt tot wären, wenn wir Ihnen keinen Besuch abgestattet hätten.«
Nach einer Weile senkte Gabriele Scholz ihren Blick:
»Ich habe mit der Szene schon lange nichts mehr zu tun. Man hat mir Immunität zugesagt, ich konnte ein neues Leben beginnen. Ich will da auf keinen Fall reingezogen werden!« Çelik nickte Pelzer zu; bedeutete ihr, etwas lockerer zu lassen.

Neunzehn

Sie hatten an einer dieser gesichtslosen Raststätten Halt gemacht, weil er unbedingt etwas in seinen Magen bekommen musste. So ging es Çelik oft; er vergaß zu essen, und wenn sein Körper die ersten Alarmsignale von sich gab, war es schon zu spät. Dann half nur sofortige Einnahme von irgendetwas Nahrhaftem.
Hier kamen Leute zusammen, die sich sonst vermutlich nie über den Weg laufen würden. Eine unfreiwillige Ansammlung von unterschiedlichen Schichten. Woanders sorgten Stil und Preis für das entsprechende Publikum. Hier war es anders: Es gab keine Wahl. Wer auf der Autobahn fuhr und etwas futtern wollte, der musste hier halten.
Çelik schaute sich um. Hinten am Fenster eine gepflegte Kleinfamilie. Die Mutter achtete peinlich genau darauf, dass die perfekt dressierte Tochter nichts von dem Kakao auf ihr Rüschenkleid

kleckste. Der Vater kaute unbeteiligt auf einem Salatblatt herum, starrte dabei auf einen Fernsehbildschirm, der an der Wand hing. Ein paar Tische weiter eine Familie mit zwei Kopftuchmädchen und einem kleinen, pummeligen Jungen. Vermutlich Türken, dachte Çelik. Zaghaft tunkten die Kinder ihre Pommes-Stäbchen in Ketchup, während ihre Mutter den Saal beäugte. Direkt neben dem Ausgang ein Paar, das stumm an kleinen Espressotassen nippte. Gruppiert um den Aufgang zum Sanitärbereich eine Horde von Senioren, die sich schlüpfrige Witze zujohlten und jedes Mal kollektiv in gewittrige Lachsalven ausbrachen.
Endlich reichte die Bedienstete Çelik den Teller über die Glastheke. Das weiße Papierhäubchen hielt ihre borstigen, blonden Strähnen kaum zusammen. Çelik stellte den Teller auf sein Tablett, ging weiter zur Kasse.
Als er an den Tisch trat, schaute Pelzer auf. Sie bedankte sich mit einem Murmeln, nahm sich eine der Tassen mit dem heißen Kaffee. Danach schwieg sie wieder und vertiefte sich in die Unterlagen, die sie auf dem Tisch ausgebreitet hatte.
Çelik war das ganz recht. Einen Moment der Ruhe konnte er jetzt gut gebrauchen. Auch die Autobahnraststätte versetzte ihn zurück in seine Kindheit. Viele Male war er mit seinen Eltern nach langen Fahrten in solchen Raststätten eingekehrt. Es schien Çelik, als hätten sie pausenlos über Politik diskutiert; so leidenschaftlich, dass das Essen nicht selten im Streit geendet hatte.
Die einzige Frage, die ihn damals beschäftigt hatte, war die, wie wohl die Wiener Schnitzel schmeckten, die sich die meisten Gäste auf ihre Tabletts packten. Seine Eltern waren nie gläubig gewesen oder religiös, aber eine tief verankerte Stimme schien sie vom Schnitzel abzuhalten. Es gab wenige Tabus, der Verzehr von Schweinefleisch war eines von ihnen.
Çelik betrachtete den Teller vor sich. Wie konnte es sein, dass in einem aufgeklärten Zeitalter ein religiöses Dogma auch von radikalen Atheisten so strikt befolgt wurde? Über dreißig Jahre hatte er gebraucht – jetzt schob er sich endlich ein Stück Schweinefleisch zwischen die Zähne. Und es schmeckte.
»Wollen sie ein Stück?«

Çelik hielt Pelzer die Gabel hin.
»Ich esse kein Fleisch«, antwortete Pelzer, ohne ihren Kopf zu heben.
»Was glauben Sie, Çelik, weiß die Scholz wirklich von nichts?« Pelzer schaute ihm unvermittelt in die Augen.
»Oder blufft sie nur?«
Çelik kaute auf einem dicken Stück Panade herum.
»Haben Sie gesehen, wie sie reagiert hat, als der Name KPD fiel? Hat sie schon vor unserem Besuch etwas gewusst?«, bohrte Pelzer weiter.
Çelik dachte nach. Statt kleiner zu werden, schien sich der fettige Klumpen in seinem Mund noch weiter aufzublähen. Çelik wälzte ihn knapp vor seiner Kehle hin und her.
»Vielleicht hat Darius sie angerufen. Um sie zu fragen, ob sie auch einen Hinweis bekommen hat.«
Glaub ich nicht, wollte Çelik antworten, aber er bekam die Worte nicht an diesem Mehlklotz vorbei.
Pelzer neigte ihren Kopf zur Seite. »Alles okay bei Ihnen?«
Endlich griff Çelik nach seinem Kaffeebecher, setzte ihn an seine Lippen und ließ seinen Kopf mit einem Ruck in den Nacken fallen. Der Batzen drückte sich durch seine Speiseröhre, plumpste in Richtung Magen. Vor seinem geistigen Auge sah er die Schlagzeile einer türkischen Boulevardzeitung: UNGLÄUBIGER EX-KOMMISSAR AN SCHNITZEL ERSTICKT!
Schlagartig ließ er seinen Kopf wieder nach vorne schnellen, atmete tief ein. Er öffnete seine Augen und blickte zu Pelzer.
»Sie ahnt etwas!«, quetschte er hervor.
Pelzer verzog ihren Mund zu einem Schmunzeln.
»Haben Sie gerade Ihre Sprache wiedergekäut, Çelik?«
Sie lachte kurz auf, wurde aber schnell wieder ernst.
»Das denke ich auch … Sie hat eine Idee, wer der Täter sein könnte, oder?«
»Ja! Wir müssen Sie noch mal in die Mangel nehmen! Aber … wir brauchen noch mehr Infos. Haben Sie über Uhlmann nachgedacht?«
»Ja, habe ich schon in die Wege geleitet!«

Çelik schaute Pelzer verdutzt an.
»Was?«
»Na, Sie wollten ihn doch füttern! Ich besorge gerade das Futter dafür.«
»Was meinen Sie damit, Pelzer?«
»Ich schicke Paul morgen mit Uhlmann ins Polizeipräsidium. Offiziell soll er sich seinen alten Arbeitsplatz noch mal anschauen. Eine Art therapeutische Maßnahme. Dabei werden die beiden ein wenig Material sichten.«
»Die bekommen doch keinen Zugang zu Protokollen!«
»Doch. Paul war schon öfter mit Uhlmann da. Die lassen ihn ins Archiv. Da steht er dann für ein, zwei Stunden alleine und genießt seine alte Arbeitsluft.«
Çelik richtete seinen Oberkörper auf.
»Paul sucht die Dossiers raus und legt sie Uhlmann zum Lesen hin?«
»Genau. Uhlmann liest mit beiden Augen gleichzeitig. Er braucht für eine Doppelseite nur fünf Sekunden.«
»Das«, sagte Çelik, »hört sich gut an.«
Er betrachtete Pelzer, die ihren Kopf in Richtung der türkischen Familie gedreht hatte und in den Saal blickte. Jetzt erst entdeckte er einige Details an ihr. Sie hatte winzige Ohren, die so elegant geschwungen waren wie kleine Muscheln. Auf den Ohrläppchen wuchs ein bezaubernder blonder Flaum. Und hinter ihrem linken Ohr verlief eine Ader, die in einem gemächlichen Rhythmus pulsierte.
Pelzers Blick war abgeschweift. Sie schaute vertieft zur türkischen Familie.
»Sagen Sie mal, Çelik, müssen eigentlich die Kinder auch Kopftücher tragen?«
Wieder wechselte sie abrupt das Thema. Wieder forderte sie ihn auf, sich zu äußern.
»Keiner *muss* ein Kopftuch tragen … Ich habe den Koran nicht gelesen, aber es ist eher eine Auslegungssache – ehrlich gesagt, interessiert es mich auch nicht.«
»Das kann Ihnen nicht egal sein, Çelik, das sind doch Kinder.«

Çelik war es nicht egal. Am liebsten hätte er allen die Tücher von den Köpfen gerissen; hätte ihnen am liebsten ins Gesicht gesagt, dass sie sich irrten. Dass man damit nicht seinen Glauben ausdrückte. Aber er hatte keine Lust dazu. Es hatte keinen Sinn.
»Statistiken besagen, dass viele Musliminnen nicht wissen, warum sie es überhaupt tragen.«
»Lassen Sie mich in Frieden mit Statistiken, Pelzer, ich pfeife auf solche Zahlen. Mich interessieren nur Einzelfälle.« Çelik wandte sich mürrisch ab. Er wollte mit ihr nicht über dieses Thema diskutieren.
Pelzer ließ nicht locker.
»Von mir aus kann auch jeder machen, was er will – aber Kinder?«
»Dann fragen Sie sie doch selbst.«
Unvermittelt stand Pelzer auf und schritt zum Tisch der Familie.
»Entschuldigen Sie«, fragte sie in einem sanften Tonfall, »ich hoffe, ich störe Sie nicht; ich möchte Ihnen auch nicht zu nahe treten, aber tragen ihre Töchter das Kopftuch freiwillig?«
Der Mann staunte mit offenem Mund. Der Junge schmatzte weiter. Die Mädchen flüsterten verlegen. Die Mutter brachte sie mit einem bösen Blick zum Schweigen.
Çelik schloss die Augen. Für einen Moment hoffte er, dass die Welt um ihn erstarrte. Dann hätte er aufstehen und sich dieses Szenario in Ruhe anschauen können. Die zusammen gekniffenen Augen der Mutter, das überraschte Gesicht des Vaters, die verschreckten Gesichter der kleinen Mädchen, den kauenden Jungen, Pelzer, die kerzengerade dastand …
Er ahnte, dass sich in Deutschland oft nur *ein* Bild aufdrängte. Das der unterdrückten Frau aus dem rückständigen Anatolien. Er wusste aus einer eigenen Erfahrung, dass die Varianten komplexer waren. Es gab sie, die so genannten *modernen*, liberalen, selbstbewussten Kopftuchträgerinnen. Çelik wusste, dass die Freiheit des Andersdenkens auch für sie galt. Gelten musste. Aber er konnte sich – wie Pelzer – nicht gegen sein Inneres wehren. Wenn auch aus anderen Gründen: Ein kleines Mädchen, das ein islamisches Kopftuch trug, bedrückte ihn. Es machte ihn

schuldig. Jeder Mann galt damit als potentieller Täter. Er wurde als lüstern eingestuft. Zum Triebgesteuerten gemacht, weil er ein Mann war. Als jemand, der mit seinem Blick auch gleich ein Begehren verband. Es raubte ihm seine Unschuld. Çelik hasste dieses Wort. Es verfolgte ihn, seitdem er bei der Polizei war. Schuldig, unschuldig ... schuldig, unschuldig. Darum ging es letztlich so selten. Es interessierte auch keinen. Unschuldigsein war keine Kategorie, die einem Menschen zugeordnet wurde. Das war immer das Verblüffende. Keiner stellte sich die Frage nach der Unschuld. Allein dass jemand in der Situation war, in der diese angezweifelt wurde, machte schon seine Schuld aus.

Çelik öffnete seine Augen. Er stand auf und eilte zum anderen Tisch.

»Sie machen das aus eigenen Stücken.« antwortete der Vater Pelzer gerade in akzentfreiem Deutsch. Er hatte sich aufgerichtet und sich vor ihr aufgebaut. Allerdings war er mindestens einen Kopf kleiner als sie, was seiner Äußerung nicht gerade Nachdruck verlieh.

»Aber was verbinden sie damit – in dem Alter?«, hakte Pelzer nach mit betont sachlicher Stimme.

»Lassen Sie uns in Ruhe!«, erwiderte plötzlich die Mutter. Sie bebte so sehr vor Wut, dass sie ihr eigenes Kopftuch mit beiden Händen festhalten musste.

»Beruhig dich«, sagte der Mann, »sie hat doch nur gefragt.«

Çelik erreichte den Tisch, schob Pelzer zur Seite und blickte dem Kerl ins Gesicht. Er sagte ihm auf Türkisch, dass alles in Ordnung sei.

»Was willst du denn, Bruder, wir können machen, was wir wollen. Das ist ein freies Land, oder?«

Der Typ antwortete ihm auf Deutsch, nicht einmal aggressiv, sonst hätte Çelik ihm gleich eine verpasst.

Die Frau drückte die Töchter an sich. Sie senkten ihre Blicke. Der Junge kaute immer noch.

Plötzlich war Çelik seine eigene Anspannung peinlich.

»Ja, du hast Recht«, sagte er. »Entschuldige.«

Er packte Pelzer, zog sie zur Seite und wollte zurückgehen.

Dann hielt er inne und drehte sich noch einmal um.
»Ich respektiere deinen Glauben, aber ich bin nicht dein Bruder, klar?!«

Pankewitz Da standen sie alle. Die Täter, die Opfer, die Sympathisanten, die Profiteure, die Sensationsgeilen, die Moralisten, traut vereint unter der Decke ihres falschen Mitgefühls.
Er war einer von ihnen. Dachten sie. Aber er verachtete sie. Sie waren ahnungslos. Sie hielten es noch immer für einen Selbstmord. Sie tappten völlig im Dunkeln. Sie wussten nichts. Der Unfall der Malinek war noch nicht mal in der Presse erschienen. Dilettanten. Dachten wohl, sie rast von alleine gegen den Baum. Und den Brohl? Nach dem wurde ja nicht einmal gesucht. Jedenfalls nicht offiziell. Aber er durfte nicht leichtfertig werden. Sie waren gerissen. Wollten alles steuern. Er kannte sie gut, die Leute vom Verfassungsschutz. Er ließ sie in dem Glauben, dass er mit ihnen zusammenarbeite. Er hatte alles in der Hand. Von seinem Keller ahnten sie nicht einmal etwas. Brohls Schicksal war in seiner Hand. Jahrelang war er machtlos gegen sein eigenes gewesen. Aber damit war jetzt endgültig Schluss. *Warum*, hatte Brohl geflennt. Wie ein altes Mütterchen. *Sag mir wenigstens, warum!*
Es hatte ihn angewidert. Dieser selbstgefällige Schulmeister. Und Darius? Der war tatsächlich der Alte geblieben. Zwanzig Jahre Knast hatten ihn nicht verändert. Immer noch der große Anführer. Aber auch den hatte er stumm gekriegt. Endlich. Stumm wie ein angeschwemmter Fischkadaver.
Er musste vorsichtiger sein. Auf dem Friedhof hatte er den Kerl mit der Waschmaschine gesehen, der aus Darius' Haus gekommen war. Der Ausländer. Er wusste nicht, was er mit der Sache zu tun hatte, aber das war kein Zufall. Der hielt sich für einen Profi. Bewegte sich seltsam. Als würde er im falschen Körper stecken. Aber schnell war er, für sein Alter. Augenbrauen dicht wie eine Hecke, der Blick darunter melancholisch. Und der Körper:

geübt. Eine kompakte Person, ein Bündel aus Energie. Ein Bewegungsapparat, der wirkte, als sei er bloß vorübergehend gefangen in einem Kokon der Erstarrung. Als könnte er jeden Moment explodieren.

Auf dem Foto konnte man das Kreuz an ihrem Hals erkennen. Sie hatte es von seinen Schwiegereltern geschenkt bekommen. Zu ihrem achten Geburtstag. Es war gegen ihn gerichtet. Wie oft hatten sie sich in Rage diskutiert. Über ihre Scheißreligion, über ihre Kirche, über ihre Dogmen. Sie wollten darauf bestehen, dass sie zur Kommunion geht. Aber er war dagegen. Und dann hatten sie ihr das Kreuz geschenkt. Ohne sein Wissen. Als er abends nach Hause kam, hing es um ihren Hals. *Schau mal hier, die Kette und das Kreuz*, hatte sie ihn angestrahlt, *das soll ich nie mehr ausziehen. Es ist aus Gold. Es schützt mich.* Er hätte es ihr vom Hals gerissen, wenn sich seine Frau nicht zwischen sie gestellt hätte.

Sie wollten etwas ändern. Damals. Radikal war angesagt. *Hauptsache dagegen*, meinte sein Vater, *ihr wollt einfach nur dagegen sein, gegen was auch immer.* Aber so einfach war das nicht. Er wollte seinen Anteil daran. An diesem Verändern. Am Auflehnen. Am Mutigsein. Am Nichtgefallenlassen. Und wenn man nicht mitzog, hat man sich selbst gefragt: Wie spießig bist du eigentlich? Was ist dir wirklich wichtig?

Die anderen waren immer konsequenter als er. Darius kam immer mit seiner Predigernummer. Er hörte sich manchmal an wie sein eigener Vater. *Man muss etwas tun*, schrie er. Protestantische Erziehung. Dieses Grundlegende, Rebellische, Kompromisslose. Es war wie ein Gegenbekenntnis. *Du musst töten*, hatte Darius ihnen eingeredet, *du musst dein Reden und Denken mit deinem Tun verbinden.* Er konnte es nicht. Vielleicht hatte er es nicht einmal gewollt.

Das war überhaupt das Schlimmste, diese Selbstzweifel. Er hatte eigentlich immer seine Ruhe haben wollen. Aber man konnte sich das nicht gefallen lassen. Diese dekadenten Faschistensäcke hatten sie verarscht. Waren immer noch da, überall, schalteten und walteten. Unbehelligt. Wie sollte man so was aushalten? Jemand musste etwas gegen sie tun.

Sie waren gegen die Gesetze. Aber sie hatten ihre eigenen. Verrückt war das. Er dachte oft, wie kann man gegen Autorität sein und selbst welche ausüben? Wie soll das gehen? WOZU SOLL DAS GUT SEIN?

Pelzer Was wird einmal auf meinem Grabstein stehen? Mit wem werde ich meine Gruft, meinen Urnenplatz, mein Stück Scholle im Friedwald teilen? Wer wird bei mir sein, beim Gang durch alle Ewigkeit? Meine Eltern, also: meine Pflegeltern? Oder doch jemand, dessen Blut ich teile? Darius vielleicht, in seinem Privatgrab? Oder am Ende – meine Mutter?

Ich weiß nichts über mich, zumindest nicht viel. Nichts, worauf man eine Ewigkeit aufbauen könnte. Meine Vergangenheit: Ein frühkindliches Desaster. Was war, bevor ich nach Deutschland gebracht wurde? Bevor meine Pflegeeltern meine »richtigen« Eltern wurden? Was habe ich erlebt? Wer war: ich?

Woher meine Traumatisierungen rührten, kann ich mir nur ausmalen, was genau ich vor ihrer Rettung erlebt hatte, hat niemand je erfahren. Nicht einmal ich selbst.

Gegen Friedhöfe habe ich nichts. Wir brauchen solche Orte der Stille. Der Trauer. Der Bilder, die man sich von den Gewesenen machen kann. Klar, deutsche Friedhöfe haben was ziemlich Geordnetes. Gräberfelder, Wege, Parzellen, alles rechtwinklig und gut gepflegt. Mit einem genau festgelegten Plätzchen für jeden, bis hin zur namenlosen Wasserleiche. Ich finde, es gibt Schlimmeres. Nein, im Gegenteil: Die unabänderbare, klare, rechtwinklige Gestaltung der Totenfelder ist gut. Sie vollendet das, was im Leben kaum einmal gelingen kann: Das Sein endet in einer Ordnung, in einem festgelegten System, in einem Modell des Lebens, das den Wunsch nach Klarheit, den viele Lebenden hegen, spiegelt, und zwar für immer. Ich finde das beruhigend.

Man kann sich aufgehoben fühlen, ein Teil der Gemeinschaft, ohne Wenn und Aber.

Naheliegend, dass ich Ordnungen schätze, bei meiner mir unbekannten Geschichte. Zwei Jahre Traumatherapie, und ich begann zu kommunizieren. Nicht mehr nur mit Blicken und Gesten, sondern verbal. Legte die Plastiktüte mit Krimskrams weg, die ich bis dahin unbeirrbar bei mir gehabt hatte. Entwickelte mich normal. So normal, dass ich meine ersten Jahre bald vergaß, bis auf die Erinnerungsblitze. Dass ich meine Pflegeeltern sozusagen meinerseits adoptierte, sie annahm, zu lieben begann – und die Zeit davor wie eine Zyste in meinem Körper verschloss. So dicht und exakt verschloss, dass meine Eltern mir an meinem 18. Geburtstag regelrecht mitteilen mussten, dass ich adoptiert war. Was folgte: eine Retraumatisierung. Aufregung, Ängste, Depressionen, vier Wochen Klinik. Wieder Trauma-Arbeit, monatelang. Dann fand ich meine Haltung, meine Straffheit. Fand Orte, die mir Sicherheit boten. Und bieten. Fällte die Entscheidung, den merkwürdigen Teil meiner Vergangenheit zu ignorieren. Und es ging. Fortan war ich gegen Erschütterungen resistent, ein Stehauf-Menschchen.

Die große Bewährungsprobe kam, als Çelik mich ansprach. Noch bevor er ein Wort gesagt hatte, begriff ich, dass nach diesem Gespräch nichts mehr so sein würde wie zuvor. Und als dieser fremde Mann von meinem Vater zu reden begann, von meinem wirklichen Vater, spürte ich, dass eine Entscheidung anstand: Wenn mir jemals ein Psycho-GAU drohte, dann in diesem Moment. Würde mein Über-Ich nicht stark genug sein, die Situation zu managen, mich cool reagieren zu lassen, würde alles, würde mein gesamtes Leben zusammenbrechen wie ein Kartenhaus. Dann wäre da nur noch Angst, Horror, Grauen, Verderben … vielleicht der Tod … und ich hätte mich in mir getäuscht wie niemand sonst. Würde ich dagegen gelassen, ja unberührt bleiben, dann bliebe ich Pelzer.

Unsere christlichen Beerdigungsrituale finde ich in Ordnung. Muss man wirklich den Körper eines Verstorbenen spüren, wie Çelik sagt, um richtig von ihm Abschied nehmen zu können? Wie viel ist dann überhaupt noch da von demjenigen, den man verabschiedet? Das Entscheidende ist doch längst weg, wenn die Seele dahingezwitschert ist. Kein Sein ohne Psyche. Klar, der Körper ist wichtig. Er ist die Form, die deine Existenz letztlich entwickelt hat. Deshalb ist es auch gut, ihn mit Würde zu verabschieden, indem man ihn in einem Sarg verschließt, der seinen Verfall verbirgt. Besser als ein Baumwolltuch ist das allemal. Finde ich zumindest. Die Toten spüren, so ein Quatsch. Vergangenes spürst du einzig in der Erinnerung.

Zwanzig

Hinter dem Eingangsgebäude begann eine Allee mit ehrwürdigen Platanen, von hier aus öffnete sich der Blick auf eine opulent grüne, mit ersten herbstlichen Einsprengseln durchsetzte Parklandschaft.

Noch nie hatte Çelik eine so große Gräberanlage gesehen. Dutzende Wege, riesige Bäume, eingefasste Plätze und Kreuzungen. Eine Stadt in der Stadt, eine Siedlung der Toten, und zugleich ein Park mit enormen Ausmaßen. Er sah prunkvolle Mausoleen, die von steinernen Engeln bewacht wurden, vergitterte Eingänge zu Familiengruften, kleine Kapellen, Grabsteine aller Art, einen Soldatenfriedhof, auf dem die schlichten weißen Kreuze fast dekorativ im Sonnenlicht glänzten, eine Lichtung, die nur für Urnenbegräbnisse ausgewiesen schien. Sogar einen gesonderten Bereich für muslimische Gräber meinte er zu erkennen.

Çelik hatte den Bus auf der anderen Straßenseite abgestellt, schräg gegenüber vom Friedhofseingang, hinter einem Betrieb, der Grabsteine und Blumen anbot. Er war früh dran, die Beerdigung würde erst in zwei Stunden beginnen. Pelzer hielt seine Vorsicht für übertrieben; welche Behörde sollte sich, so ihr Argument, dreißig Jahre später für einen Mitläufer der Terroristenszene interessieren, von dem jeder annahm, er habe sich umgebracht? Aber Çelik ließ sich nicht davon abbringen, die Örtlichkeiten zu überprüfen. Er wollte sicher sein, dass sie nicht wegen einer Nachlässigkeit ins Visier irgendwelcher Schnüffler vom Staatsschutz gerieten.

Der Tag war sonnig und nicht allzu kalt. Erstaunlich viele Menschen waren in dem Friedhofspark unterwegs. Vorwiegend ältere Frauen, so kam es Çelik vor; manche hatten Kittel an und Gartenwerkzeug dabei. Aber auch einige junge Paare, zum Teil mit Kinderwagen, es schien, als besuchten sie nicht Gräber, sondern einfach nur den Park. Kurz erschrak Çelik, als er eine steingraue Alte erblickte, die sich auf einen knallblauen Rollwagen stützte. Er musterte sie irritiert aus dem Augenwinkel, dann entspannte er sich: Nein, es war nicht die Frau aus Darius´ Haus.

Trotzdem: Es war gut, dass er vorsichtig war. Alte Frauen, junge Paare, sonst bloß Friedhofsarbeiter, da musste ein Exot wie Çelik auffallen. Sich zu verstecken oder untätig zwischen den Gräbern herumzulungern, war zu riskant. Die einzige Weise, wie er sich verbergen konnte: sich einpassen.

Vor Çelik tat sich ein kleiner Platz auf, von dem aus Abzweigungen zu den einzelnen Totenfeldern führten. Einem Tamilen, der dort seiner Kunden harrte, kaufte er fünf Rosen ab. Leicht gesenkten Blickes, mit gerundeten Schultern, gebeugt wie ein Trauernder ließ er sich dann durch diese Stadt der Toten driften, die, so hatte er im Eingangsbereich auf einer Tafel gelesen, über 45 000 Bewohner zählte.

Çelik hatte kein Problem, wie ein echter Trauernder zu wirken. Er trauerte seit Jahren, seit dem Erdbeben. Selbst wenn er seinen Schmerz für einen Moment vergessen hätte, ein einziger Gedanke an seine Frau und seinen Sohn genügte, um dies unermessliche Gefühl der Ohnmacht und des Verlusts erneut in seiner Brust explodieren zu lassen. Aber hier, in den Gefilden der Toten, brauchte er keine Extra-Gedanken, hier wähnte er sich den beiden sowieso näher als an jedem anderen Ort. Hier war er den beiden verbunden.

Çelik sah nichts Verdächtiges. Trotzdem ging er alle Areale ab. Dann plötzlich nahm er aus seinen Augenwinkeln einen Mann wahr, der ihm schon beim Betreten des Friedhofes aufgefallen war. Trotz seines gebückten Ganges sah Çelik ihm seine große Statur an. Unter seinem dunklen Mantel zeichneten sich kräftige Schultern ab. Seine Hände steckten tief in den Taschen, seine fahle Haut und sein schütteres Haar ließen ihn leblos erscheinen. Was für eine traurige Gestalt, hatte Çelik beim ersten Mal noch gedacht, und wie behäbig dieser Mann über den Weg schritt. Aber er schien das Gelände ähnlich zu durchmessen wie Çelik. Und plötzlich sagte ihm sein Instinkt, dass auch dessen Haltung vielleicht nur vorgetäuscht war. Vielleicht war der Mann im dunklen Mantel die Gefahr, von deren Abwesenheit Çelik sich überzeugen wollte? Dann verlor er den anderen aus den Augen. Nach einer Weile sah er ihn wieder, er hockte vor einem kleinen Grab und murmelte vor sich hin. Der Mann war, wie er da kauerte, Bild gewordene Gebrochenheit. Wieder hatte seine Paranoia Çelik einen Streich gespielt. Keine Bedrohung. Nur ein harmloser Witwer, der den Wahnsinn seines Verlustes nicht fassen konnte.

Langsam wurde es Zeit, bald würde die Zeremonie beginnen. Er musste Pelzer abholen, die bestimmt schon am Treffpunkt wartete. Çelik legte die Rosen vor einem eher ungepflegt wirkenden Grab ab. Die bemooste kleine Steinplatte besagte, dass dort eine junge Frau lag, die im Alter von dreißig Jahren gestorben war. Er blickte sich noch mal um. Niemand zu sehen.

Fünf Minuten später kam er an der Trauerhalle an, wo Pelzer von einem Bein aufs andere trat.

»Alles in Ordnung?«, fragte sie.

Çelik nickte.

»Und bei Ihnen?«

»Bei mir auch«, antwortete Pelzer, »mir geht's ganz gut. Auf Friedhöfen geht's mir sowieso immer gut.«

»Wieso?«

»Ach, auch so eine komische Geschichte. Hat mit Ordnung zu tun. Erzähle ich Ihnen ein anderes Mal. Vielleicht. Jedenfalls ist die Trauergemeinde schon in der Halle. Ich schätze mal, dass der Gottesdienst zwanzig Minuten dauern wird. In einer halben Stunde werden sich also alle am Grab versammeln …«

»Gottesdienst? War er nicht ein Linker? Ein Linksradikaler? Was hatte der mit Gott zu tun?«

»Späte Neubekehrung. Außerdem stammte er aus einer Pfarrersfamilie. Evangelisch. So was bleibt haften.«

»Sollen wir reinschauen?«

»Nein, besser nicht, das würde zu sehr auffallen.«

»Dann lassen Sie uns schon rüber gehen. Ich weiß, wo das Grab liegt. Ich habe auch schon einen Ort gefunden, von dem aus man das Ganze gut beobachten kann.«

»Woher …?«

»Ich habe mir den ganzen Friedhof angeschaut. Es gab bloß zwei frische Gräber. Und in dem einen wurde vorhin schon jemand bestattet.«

Etwas später standen die beiden hinter dem Stamm einer mächtigen Kastanie und beobachteten die Szenerie auf der anderen Seite des Weges. Um die offene Grabstelle hatten sich zwei Dutzend Trauergäste versammelt, dazu ein Redner, offensichtlich kein Geistlicher, der ein paar Worte sagte, dabei aber merklich gleichgültig blieb. Außerdem ein paar Journalisten, die meisten hatten sich distanzlos direkt neben dem offenen Grab postiert.

Die Trauergemeide war bunt gemischt: Die Fraktion der konservativ gekleideten Grauhaarigen war in der Minderheit, vermutlich handelte es sich hier größtenteils um Familienangehörige. Es überwog die Zahl derer, die Çelik sämtlich in die Kategorie buntes Völkchen eingeordnet hätte: Männer mit Rollkragenpullovern und karierten Hemden, die aussahen wie Gewerkschafter. Mehrere nicht mehr ganz junge Frauen in bunten Designer-Hippie-Klamotten. »Das sind garantiert seine Kolleginnen von der Schule«, kommentierte Pelzer. Außerdem ein paar Langhaarige, drei Männer mit Wachdienstuniformen.

»Hat er als Lehrer gearbeitet? Ich dachte, das sei den Linken verboten gewesen …«

»Früher, ja. In den Neunzigern hat die Gesellschaft sich mit ih-

nen ausgesöhnt. Manch einer ist da sogar noch in den Staatsdienst geschlüpft.«
Trotz des wolkenverhangenen Tages trug Ines Pelzer eine Sonnenbrille. Çelik bemerkte, dass einer ihrer Finger unablässig vibrierte. Er wusste, warum sie nervös war. Es konnte sein, dass unter den Menschen, die zur Beerdigung gekommen waren, auch Freunde und Bekannte von Darius, ihrem Vater, waren. Und vielleicht sogar ihre Mutter. Das war unwahrscheinlich, aber denkbar.
»Erkennen Sie jemanden?«, fragte Çelik.
Pelzer schüttelte den Kopf.
»Ich glaube nicht, dass Ihre Familie kommt«, ergänzte er nach einer längeren Pause.
Pelzer dreht ihren Kopf zu ihm und blickte Çelik ernst an. Dann verzog sie ihre Mundwinkel zu einem Lächeln.
»Ich bin sogar sicher, dass keiner kommen wird, der für mich persönlich interessant sein könnte. Trotzdem bin ich nervös. Wenn doch einer erscheinen würde, wäre es mein erstes richtiges Familienfest.«

Die Prozedur nahm ihren Lauf. Es war schließlich doch noch ein Geistlicher aufgetaucht. Er sprach ein Gebet. Eine sehr alte, sehr gebückte Dame bekam eine kleine Schaufel in die Hand gedrückt. Als sie die Erde aufnehmen wollte, sackte sie selbst zu Boden, zuckend. Ein junger Mann trat neben sie, ergriff ihren Arm, stützte sie, brachte sie zum offenen Grab.
»Ist das seine Mutter?«, fragte Çelik.
»Nehm ich an. Muss schrecklich sein, wenn man seine eigenen Kinder beerdigen muss. Vor allem in dem Alter.«
Çelik erstarrte für einen Moment. Dann fing er sich wieder.
»Sie wusste, dass es irgendwann so enden konnte. Er war Terrorist!«
»Na ja, er war kein richtiger Terrorist.«
»Wie, kein richtiger Terrorist?«
»Er war eher im Unterstützermilieu aktiv. Ist eine Zeit lang dann näher ins Zentrum gerutscht, im September und Oktober 77. Hat

sich aber bald wieder entfernt. Wegen moralischer Bedenken. War gegen Gewalt. Hat sich auch persönlich nichts zu Schulden kommen lassen.«

»Mitgefangen, mitgehangen, oder was?«

»Na klar. So war, glaube ich, damals die Gesetzeslage: Für irgendwelche Verbrechen wurde immer die ganze Gruppe angeklagt, nicht nur ein einzelner Täter. Und die Gruppe nahm auch die Verantwortung als Ganzes auf sich. Sie betrachteten sich ja nicht als Einzeltäter, sondern als eine, wie sagt man: Einheit im Krieg.«

Çelik hatte sich zu Pelzer gedreht.

»Und im Krieg ist alles erlaubt ...«

»Im Krieg gibt's Kollateralschäden, immer. Und unser Jens Meidner hier wollte das nicht in Kauf nehmen. Ein echtes Pfarrerskind ... Irgendwas hat sich damals ereignet, was ihn von den Radikalen wieder entfernt hat. Deshalb hat ihn seine Familie nicht fallen lassen.«

»Klar, für zwei Monate mal ein Arschloch sein, das andere umnietet und ausraubt, und dann wieder schön brav und pseudoradikal.«

»Glaube nicht, dass es so einfach war, Çelik. Also ich ...«

»Klar ist es so einfach, Pelzer. Entweder, du wendest Gewalt an – oder nicht. Das ist die Grenze. Eine sehr klare Grenze.«

Çelik wendete seinen Kopf zur Seite. Den letzten Satz hatte er so gesagt, als wäre damit die Diskussion beendet.

»Sehe ich nicht so«, sagte Pelzer kühl in die entstandene Pause, »da gibt es Varianten, Hintertüren und Schattierungen. Und ich persönlich kann gut nachvollziehen, was in vielen von denen früher vorgegangen ist ...«

»Ja? Mitgefühl mit Mördern?«

»Wenn Sie es so nennen wollen ...«

»Natürlich. Wie sonst?«

»Ich weiß nicht ... zum Beispiel Meidner ... der kam aus einer Pfarrersfamilie, wie gesagt ... der Onkel, auch ein Pfarrer, wurde von den Nazis ins KZ gesteckt, wo er nach zwei Monaten starb ...«

»Ja, und?«
»Dann sind ein paar Jahrzehnte später allerorten dieselben Drecksäcke an der Macht. Und diejenigen, die andere umgebracht und vergewaltigt haben, laufen frei rum. Ich finde, das ist ein hinreichender Grund, um radikal zu sein.«
»Und selbst zum Mörder zu werden, ja?«
»Nein, natürlich nicht. Aber ...«
»Ja?«
»Mir geht's darum, dass diese Typen, die damals in den Terrorzellen aktiv waren, nicht bloß als dumpfe Verbrecher hingestellt werden. Sie haben getötet, zumindest manche von ihnen, und das ist unverzeihlich. Aber sie haben sich nicht ohne Grund dahin entwickelt, wo sie schließlich landeten. Da ging es nicht bloß um Abenteuerlust und Machtgeilheit, so wie es heute meistens dargestellt wird. Ihr Impuls war ein besseres Leben für alle, eine bessere Gesellschaft!«
Eine Eruption! Solche Leidenschaft hatte Çelik bei Pelzer nicht erwartet. Insgeheim gab er ihr Recht: Sie hatte mit ihren Worten genau die Haltung beschrieben, die er als Kind im Gefolge seiner Eltern gespürt hatte: auf Demonstrationen, bei Diskussionen, beim abendlichen Essen am Küchentisch. Çelik war beeindruckt. Aber er ließ sich nichts anmerken. Weil er sich genauso gut an das andere Gefühl erinnern konnte: Dass es falsch war zu töten, auch wenn es die Richtigen traf.

Çelik deutete auf eine kleine Gruppe, die gerade in den Weg einbog, der an ihrer Kastanie vorbeiführte. Er hatte sie schon während des Gesprächs mit Pelzer wahrgenommen; etwas abseits hatten sie gestanden, keinerlei Kontakt zum Rest der Trauergäste gehabt, vermutlich eine Familie – Eltern und zwei ältere Söhne. Sie hatten sich von der Zeremonie gelöst und kamen ihnen gestikulierend entgegen. Çelik zog Pelzer am Arm.
»Entschuldigen Sie«, rief Pelzer ihnen von hinten zu, »dürfen wir Sie kurz etwas fragen?«
Die Familie drehte sich verwundert um, der Mann hob seinen Kopf. »Sind Sie von der Presse?«

»Nein«, entgegnete Pelzer und winkte dabei mit ihrer Hand ab, »nein, bloß nicht; die haben uns selbst eben befragt, lästiges Pack. Wir sind … zunächst mal mein herzliches Beileid. Mein Name ist Jutta Schmitz!«
Sie streckte der Frau ihre Hand entgegen, die sie aber völlig ignorierte. Es sah nicht so aus, als könnte sie mit dieser Anteilnahme etwas anfangen. Die Jungs schauten gelangweilt Richtung Parkplatz, der Vater kramte eine Zigarette aus seiner Tasche.
»Wir sind von der Versicherung. Herr Meidner hatte eine Lebensversicherung, wissen Sie, und wir ermitteln die Begünstigten. Das ist mein Kollege, Herr Özdemir.«
Sie schenkten ihm nicht den kleinsten Blick. Die Frau war die erste, bei der Çelik die Entwicklung der Gesichtsmuskulatur von Anspannung über Erleichterung bis hin zur Vorfreude deutlich erkennen konnte, als sie das Wort »Begünstigte« hörte. Ihr Kopf neigte sich zur Seite, als wollte sie ihr Ohr noch näher heranbringen. Ihre Augen signalisierten Bereitschaft.
»Herr Meidner hat im Todesfall ein paar Menschen bedacht, die wir zuordnen müssen. Darf ich fragen, in welchem Verhältnis Sie zu ihm standen?«
»Wir waren seine Nachbarn«, sprudelte die Frau heraus, während ihr Mann noch skeptisch seine Hände massierte. »Familie Bechler.«
Pelzer nickte.
»Ja, ihr Name taucht auf der Liste auf; Sie scheinen ja eine gute Nachbarschaft gehabt zu haben.«
»Ja, das kann man sagen«, antwortete nun der Mann, der sich anscheinend endlich entschieden hatte.
Çelik schaute sich die beiden Jungs an, die auf den Boden starrten.
»Ist Ihnen irgendetwas aufgefallen? Ich meine, bevor Herr Meidner sich …?«
»Das hat uns die Polizei auch schon gefragt«, fuhr die Frau dazwischen.
»Nö, nix!« antwortete der Mann in einem nörgeligen Ton, »wir war'n ja auch gar nicht zu Hause!«

»Ist mal der Name Jeanne gefallen?« fragte Çelik plötzlich von der Seite.
Die Frau und ihr Mann schauten überrascht, als hätten sie ihn bisher für taubstumm gehalten. Çelik nahm einen Zettel aus der Tasche, faltete ihn auseinander »Sieht geschrieben so aus.«
»Jo«, sagte jetzt einer der beiden Söhne, »das hatte jemand auf die Mülltonnen gesprüht.«
»Halt die Klappe«, keifte ihn der Vater an, »das hat doch damit nichts zu tun. Das waren irgendwelche Typen, die wie ihr sinnlos rumhängen und bloß Fürze im Kopp haben. Die Frau fragt nach Indizien.«
»Wisst ihr noch, wann das war?«, fragte Pelzer die beiden Jungen.
»Keine Ahnung. Vor zwei Wochen vielleicht? Oder drei?«
Der Vater verdrehte die Augen, seine Frau duckte sich weg, als würde sie einen Schlag erwarten.
»Mensch Junge, kannste nicht mal Klartext reden? Dieses ständige *keine Ahnung* geht mir auf den Sack! Ihr seid doch nich aus'm Ghetto!«
Der Junge grinste, guckte seinen Bruder an. Diesmal verdrehte die Mutter die Augen, der Vater guckte genervt in die Ferne. Er war machtlos, und er wusste es.
Çelik zog an Pelzers Mantel.
»Ach, oh ja, unser Termin … tut uns leid, wir müssen jetzt los. Wir melden uns dann bei Ihnen, wir haben ja ihre Angaben.«
Während sie sich entfernten, rief ihnen der Mann noch etwas zu
»Aber, zahlt denn die Versicherung bei Selbstmord überhaupt?«
»Ja, schon … in diesem Fall schon … ist eine besondere Klausel, wissen Sie …«, stammelte Pelzer, aber da drehte Çelik sie schon herum und drückte sie am Rücken den Weg zum Parkplatz zurück.

Die Trauerfeier war beendet. Die Gesellschaft schlug den Weg zum Haupttor ein. Aus den Augenwinkeln nahm Çelik wahr, wie auf dem Parkplatz eine große, schwarze Limousine auffuhr. Verdunkelte Scheiben, offensichtlich gepanzert. Das Fahrzeug eines Schutzbedürftigen. Als die Prozession das Tor erreichte, setze sich die Limousine in Bewegung und verließ den Parkplatz. Çelik blickte dem Wagen hinterher. Vom Kennzeichen konnte er nur den ersten Buchstaben erkennen. Es war ein ›W‹. Ein roter Kombi verließ ebenfalls das Gelände und fuhr dem schwarzen Fahrzeug hinterher. Çelik zuckte unwillkürlich mit den Schultern. Wahrscheinlich bloß ein Zufall.

Intermezzo Ob sie sich vorstellen könne, was das aus einem Menschen mache, fragte er sie. Ob sie nur eine Ahnung habe, wie sich das Leben dadurch ändern könne. Sie zögerte, erst dann nickte sie kurz. Gerne hätte sie ihm gesagt, dass sie Psychologin war, geschult darin, Menschen in solchen Situationen zu helfen.

Während er in ihre Augen blickte, griff er in seine Jackentasche und nahm eine zylindrische Röhre heraus. Sie erkannte den Schalldämpfer sofort. Wie seltsam, dachte sie. Eine Szene wie in einem Film. Und sie merkte, wie sie sich immer mehr von sich entfernte, um sich einen Platz vor der Leinwand zu suchen.

Bedächtig schraubte er den Schalldämpfer auf den Hals der Waffe.

Sie dachte, dass das völlig überflüssig war, bei dem Lärm, der um sie herum herrschte. Es krachte und dröhnte, als würde jemand den Boden unter ihnen umwälzen.

Einundzwanzig

Es war alles andere als gemütlich. Çelik fiel kein Wort ein, das die Einrichtung treffend hätte beschreiben können. Eigenwillig? Sachlich? Nüchtern?
Er stand in der Wohnung von Ines Pelzer und schaute sich um. Wann war er das letzte Mal alleine mit einer Frau in ihrer Wohnung gewesen, ohne einen polizeilichen Grund? Er konnte sich nicht erinnern. Vielleicht war es auch noch nie vorgekommen. So hätte er sich die Wohnung einer erfolgreichen Psychologin jedenfalls nicht vorgestellt. Diese Räume hatten etwas Unfassbares, aber er konnte noch nicht genau benennen, was es war.
Sie waren nach dem Friedhof direkt hierher gefahren. »Ich muss mich umziehen«, hatte Pelzer gesagt. Dann war eine kleine, unangenehme Pause entstanden, die sie abgebrochen hatte, ehe sie für Çelik bedrohliche Ausmaße annehmen konnte. »Wollen Sie kurz mitkommen? Dauert nicht lange.«
Sie wohnte in einem herausgeputzten Altbau, der direkt an einen Park grenzte. Auf den Etagen ragten Erker aus der Fassade heraus. Sie verliehen dem Gebäude die Ausstrahlung einer Festung. Bis in die Details hatte man sich um Restaurierung bemüht. Vom Eingangsportal glotzten die Fratzen seltsamer Wesen herunter, als würden sie den Zutritt mit ihren versteinerten Augen behüten.
Çelik hätte auch unten in seinem Bus warten können, aber er wollte unbedingt sehen, wie diese Frau hauste. Wie es in ihrem Privatleben aussah. Er war hinter Ines Pelzer die Stufen hoch geklettert. Vorbei an den Kanzleien, die die unteren Etagen einnahmen. Vorbei an prunkvollen Türen, die herrschaftliche Domizile vermuten ließen. Hoch bis unter das Dach, wo Çelik schließlich mit keuchendem Atem die letzten Stufen genommen hatte.
Pelzer war sofort in einem der Zimmer verschwunden. »Bin

gleich wieder da!«, hatte sie hinter der Tür gerufen. »Dann brühe ich uns einen Kaffee, machen Sie es sich im Sessel gemütlich.«
Eine weitere Sitzgelegenheit bot der Raum, in dem Çelik jetzt stand, sowieso nicht. Der Ledersessel hatte breite Armlehnen, war auf einen überdimensionalen Fernseher ausgerichtet, wirkte abgewetzt, schwarz, speckig. Es gab keinen Flur, die Wohnungstür führte sofort in diesen großen Salon mit den hohen Decken. Bloß ein einzelner Sessel? Pelzer schien nicht oft Besuch zu empfangen.
In einer Ecke des Zimmers stand ein Bett. Decken und Kissen waren zerwühlt, als wäre Pelzer eben erst aufgestanden. Auf der gegenüberliegenden Seite zwei überdimensionale Lautsprecher. Eine schwarz glänzende Anlage, die mit ihren Drehreglern und Anzeigen einer Kommandozentrale glich. Ein frei stehendes Regal, in dem Çelik zahlreiche DVDs und CDs ausmachen konnte; keine Bücher. Vor der großen Fensterfront hing ein Sandsack von der Decke. Als Çelik ihn anstieß, pendelte er schwerfällig hin und her.
Drei Wände waren leer und rötlich gestrichen. Die vierte Wand hinter dem Fernseher war weiß und übersät mit Fotografien. Die Aufnahmen zeigten Ines Pelzer in allen Altersstufen. Sie waren kreuz und quer angebracht, einige in mehreren Ausführungen; hier und da fanden sich Kopien von Details, Vergrößerungen, bei denen die Körnung ein Erkennen kaum noch zuließ; alles in allem eine großflächige Collage. Mittendrin hingen gerahmte Bilder, die in einer horizontalen Linie nebeneinander angebracht waren. Sie zeigten Kinderfotografien, ausnahmslos lächelnde Gesichter, zwölf Porträts, Mädchen und Jungen, viele afrikanisch aussehende, aber auch asiatische waren darunter.
»Das sind alles meine Kinder.«
Pelzer war hinter ihm in den Raum getreten, stellte sich neben ihn. Çelik schaute sie verwirrt an.
»Keine Angst, ich bin nur die Patin. Das kennen Sie doch, oder? Für einen Monatsbeitrag kann man die Patenschaft für Kindern in der Dritten Welt übernehmen.«

Çelik musterte Pelzer.
Sie schien in seinem Blick eine Frage zu erkennen.
»Ja, ich weiß, es sind viele ... Ich mache das, seitdem ich achtzehn bin; jedes Jahr kommt ein Kind dazu. Mit dem Geld haben sie eine Chance, können zur Schule gehen statt in irgendwelchen Drecksjobs zu arbeiten. Und ich bekomme ein Foto und manchmal einen netten Brief.«
Çelik schwieg. Er versuchte, diesen neuen Aspekt mit dem in Einklang zu bringen, was er schon von Pelzer wusste. Diese Frau wehrte sich verzweifelt gegen das Vergessen. Aber dieses Vergessen bezog sich auf eine Vergangenheit, die nicht ihre war. Sie wehrte sich gegen ein Paradox. Für einen Moment spürte er, wie bodenlos diese Vorstellung war. Welch tiefes, trauriges Loch sie öffnete, von dessen Schwärze man bedrohlich angezogen wurde.
»Es sind alles Waisen, oder?«
»Ja. Çelik, ich weiß, was Sie denken. Da hat die Pelzer mit achtzehn von ihren Pflegeeltern die Wahrheit erfahren und versucht seitdem, etwas zu kompensieren. Indem sie dafür sorgt, dass andere Kinder nie in so eine Situation kommen, oder? Aber glauben Sie mir, so einfach ist das nicht.«
Dass bei Pelzer nichts einfach war, hätte Çelik sofort unterschrieben. Aber er sagte erst einmal nichts. Diese Frau hatte mindestens so viele Geheimnisse wie er selbst. Und mit ihrer Art, mit ihren Worten, ihren Bewegungen, ihrer Mimik, löste sie immer wieder etwas in ihm aus, das er nicht einordnen konnte, eine irritierende, aber wohltuende Anspannung. Einfach? Was war schon einfach in diesem Leben?
»Bir gönülü yıkmak kolay, ama birini yapmak zordur.«
»Wie bitte?«
»Es ist einfach, ein Herz zu brechen, aber schwer, eines zu gewinnen. Türkisches Sprichwort.«
Pelzer lächelte.
Zum ersten Mal erkannte Çelik, was dabei mit ihrem Gesicht geschah. Um ihre Augen fächerten sich Dutzende kleine Fältchen auf; um die Spitzen ihres Mundes gruben sich kleine Vertiefungen. Und ihre Wangenknochen schoben sich nach vorne.

»Es tut mir gut, wissen Sie? Die Vorstellung, dass irgendwo ein Kind mitten auf einem Platz steht und nicht weiß, wo es hingehört, ist unerträglich für mich. Dieser Gedanke treibt mich zur Verzweiflung. Die einen betrinken sich, die anderen nehmen Drogen. Ich zahle monatlich für meine Patenkinder.«
Çelik war näher an eines der Fotos herangetreten. Es zeigte einen schwarzen Jungen. Er schaute direkt ins Objektiv, im Hintergrund konnte man unscharf eine Baracke aus Wellblech erkennen.
»Das ist Mbele. Er lebt in Ruanda. Seine Eltern sind von den Hutu umgebracht worden. Damals bei den Massakern. Er war erst zwei und musste mit ansehen, wie das gesamte Dorf niedergemetzelt wurde. Er lebt jetzt in einem Waisenhaus in der Hauptstadt Kigali.«
»Sein Blick erinnert mich an jemanden«, sagte Çelik. Er drehte sich um, nickte Pelzer zu. »Was ist jetzt mit dem Kaffee?«

Die Küche war um die Ecke. Çelik erkannte sie an den halbhoch gefliesten Wänden und einer Holzplatte, auf der eine Kaffeemaschine stand. Ansonsten deutete nichts in dem Raum auf eine klassische Küche hin. In der Mitte ein Tisch mit einem zugeklappten Notebook. An den Wänden Regale mit zahlreichen Büchern und Ordnern. Kein Herd, kein Kühlschrank. Der Raum schien Pelzers Kaffee- und Arbeitszimmer zu sein. Auch hier war eine Wand dicht gefüllt mit zahlreichen Zetteln, Fotos, Kopien, Notizen. Als Çelik herantrat, konnte er Aufnahmen von Uhlmann und den anderen Savants erkennen, Protokolle, Einladungen zu Kongressen, wissenschaftliche Artikel. Çelik trat an die Fensterfront und blickte nach draußen. Die Aussicht auf den Park von oben erzeugte einen völlig neuen Eindruck. Erst jetzt konnte er ausmachen, wie groß die grüne Fläche war. Am anderen Ende ragte der Fernsehturm einsam in die Höhe. Die Nicht-Küche hatte einen kleinen Balkon, auf dem Çelik einen Stuhl, einen runden Tisch und darauf einen Aschenbecher wahrnahm. Auch hier: Keine einzige Pflanze.
»Ich mochte Küchen noch nie.«

Pelzer hantierte an der eindrucksvollen Espressomaschine herum.

»Meine Pflegemutter verließ ihre nur zum Schlafen. Ständig hatte sie da was zu tun. Wir haben in der Küche gegessen, uns abends dort aufgehalten. In das Wohnzimmer gingen wir nur, wenn Gäste kamen. Außerdem hasse ich kochen. Ich esse immer draußen.«

In Çeliks Schweigen fauchte die zischende Dampfdüse der Kaffeemaschine.

»Ist nicht besonders groß, ich weiß. Ich habe hier schon während meines Studiums gewohnt, zusammen mit einer Freundin. Später habe ich die Wohnung gekauft und die Küche rausgeschmissen. Zucker?«

Sie gingen mit ihren Kaffeetassen zurück in den großen Raum. Çelik trat ans DVD-Regal. Die meisten Titel sagten ihm nichts.

»Haben Sie die alle schon gesehen?«

»Das sind Fernsehserien. Ich liebe Serien. Kann nicht genug davon bekommen. Komisch, oder? Natürlich habe ich mich selbst oft gefragt, warum. Es ist wohl die Illusion, dass es weitergeht, immer wieder neu. Die Hoffnung, dass es niemals enden möge. Bei meinen Pflegeeltern durfte ich nicht fernsehen. Wir hatten zwar ein Gerät, aber das stand im Wohnzimmer und wurde nur für Gäste angemacht.«

Pelzer setzte sich auf die Kante ihres Bettes. Çelik ließ sich in das frei gewordene Leder sinken.

»So, Schluss mit der Vergangenheit. Lassen Sie uns über unseren Fall sprechen. Also, wo stehen wir?«

Çelik kramte den Umschlag mit den Fotos aus seiner Jackentasche. Er breitete die Abzüge auf dem Holzboden aus. Das Gruppenfoto platzierte er in der Mitte.

»Das war die kleine Zelle der Lenin-Brüder. Eine Splittergruppe der RAF. Gegründet von Klaus-Peter Darius. Im Kern nur eine Handvoll Mitglieder, darum herum unzählige Mitläufer. Das Bild muss irgendwann Anfang 77 entstanden sein.«

»Wie kommen Sie darauf, Çelik?«

»Stand in KPDs Unterlagen. Vorher gab es die Gruppe nicht.«
Çelik machte eine kurze Pause. Er sortierte seine Gedanken, dann fuhr er fort: »Jetzt wissen wir, dass auch Jens Meidner den Hinweis bekommen hat. Ich glaube nicht an den Selbstmord.«
»Das heißt?«
»Das heißt, dass irgendjemand die Gruppe systematisch auslöscht. Und vorher ein Zeichen gibt. *Jeanne.*«
»Was kann das bedeuten?«
»Keine Ahnung. Der Deckname eines Mitglieds? Ein Codewort? Der Name einer geplanten Aktion?«
»Aber was kann der Grund für diesen Feldzug sein?«
Çelik grübelte, kaute auf seiner Unterlippe. Er fühlte sich wach wie lange nicht mehr. Der Kaffee war gut. Der dicke, schwarze Saft füllte sein Inneres mit Leben.
»Wer weiß, vielleicht ist es ein Angehöriger eines der Opfer. Einer, der es nicht ertragen kann, dass die Täter wieder frei herumlaufen?«
Beide schwiegen eine Weile, als dächten sie über das eben Gesagte nach, dann hob Pelzer ihren Kopf: »Vor kurzem habe ich einen solchen Angehörigen in einer Talkshow gesehen. Er versucht noch nach zwanzig Jahren, den Mörder seines Vaters ausfindig zu machen. Ich frage mich, warum.«
Çelik blickte von seiner Kaffeetasse auf und musterte sie skeptisch.
»Warum? Das … fragen ausgerechnet Sie?«
Beinahe hätte er Pelzer geduzt. Aber es ging nicht. Es war, als müsste er eine Hürde überspringen, die zu hoch war. Sie hatten den Moment verpasst. Der da gewesen war, mehrfach. Aber jetzt nicht mehr. Vielleicht war es auch gut so.
»Sie sind doch die Psychologin«, sagte er.
»Ja, gerade deshalb. Es wäre besser, wenn er seine Trauer einfach vergessen würde. Und plausibler.«
»Aber das ist es doch gerade. Er kann nicht vergessen, solange er es nicht genau weiß. Die Psychiater bestehen doch immer darauf, alles zu besprechen und zu klären, um es danach begraben zu können.«

Pelzer lehnte sich nach hinten und stützte sich auf ihren Armen ab.
»Nicht alle. Es gibt auch andere wissenschaftliche Meinungen dazu. Eine Studie nach den Anschlägen auf das World Trade Center kam da zu interessanten Ergebnissen. Es gab Leute, Angehörige, die bewusst auf eine psychologische Betreuung verzichtet haben, die sich für das Vergessen und Verdrängen entschieden haben. Und jetzt scheint es ihnen mental sogar besser zu gehen als denen, die ihr Problem in unzähligen Sitzungen durchgekaut haben.«
»Mag sein«, murmelte Çelik. »Aber ein Mord ist etwas anderes. Noch dazu, wenn es der Vater ist.«
Pelzer blickte ihn an. Beiden war klar, dass sie wieder bei sich gelandet waren.
»Bei mir ist es anders, Çelik. Ich suche hier nicht den Mörder. Ich bin Wissenschaftlerin, und ich hasse es, wenn ein Problem nicht gelöst wird.«
»Sie nennen das – ein Problem?«
»Ja, für uns, die wir damit beschäftigt sind, ist es einfach nur ein Problem. Wie gehen wir weiter vor?«
Çelik knetete seine Hände. Jeden einzelnen Finger walkte er durch, als gelte es, eine Antwort aus seinen Gliedern herauszuquetschen. Seine Gedanken schweiften ab.
»Wir brauchen mehr Informationen«, brummelte er schließlich. Ihre Art konnte manchmal ganz schön anstrengend sein. Ungemütlich. Çelik lehnte sich zurück, schloss die Augen und war kurz davor, sich in seine innere Abgeschiedenheit zurück zu ziehen.
Pelzer ließ es nicht zu. Sie holte ihn zurück.
»Der Anschlag auf die Scholz zeigt, dass wir richtig liegen. Also müssen wir versuchen, mehr herauszubekommen. Es sieht so aus, als hätte jemand es auf die gesamte Gruppe abgesehen. Was könnte unser nächster Schritt sein? Çelik?«
Pelzer hatte bewusst ihre Stimme angehoben. Sie wartete, bis er seine Augen öffnete und schaute ihm dann direkt in die Pupillen.
»Wir müssen die anderen Mitglieder ausfindig machen«, sagte er.

»Aber wie? Was ist mit dem Internet? In den Serien klappern die immer eine Weile auf der Tastatur herum und schon werden die gewünschten Daten ausgespuckt.«
Çelik schnaufte. »Ich habe keine Ahnung vom Internet.«
Er wusste selber nicht, warum er plötzlich so knorrig wurde. Irgendetwas missfiel ihm an dieser Situation. An ihr. Vielleicht hätte er sich mit Pelzer lieber über etwas anderes unterhalten als über die Ermittlungen. Dabei gefiel es ihm, wie klar und präzise sie ihre Gedanken vorantrieb. Nein, es war etwas anderes, was ihn störte. Es kam nicht aus seinem Kopf, es kam von weiter unten. Er musste sich wieder in den Griff kriegen. Er richtete sich auf, versuchte ein Lächeln.
»Sie arbeiten doch bestimmt oft mit dem Internet!«
»Geht so, das Nötigste finde ich. Aber das reicht nicht. Wir bräuchten jemanden, der sich da auskennt.«
»Kennen Sie keinen Jugendlichen? Die sind doch alle fit darin.«
Pelzer suchte in ihrem Gedächtnis nach passenden Kontakten.
»Ich könnte Guido mal fragen, unseren Pfleger, der hängt die ganze Zeit im Netz. Findet die verrücktesten Sachen heraus. Er hat in meinem Auftrag mal die Aussagen von Uhlmann überprüft.«
»Okay, fragen Sie den mal. Aber das wird uns nicht weiterbringen. Wir brauchen polizeiliche Daten.«
Pelzer stand auf. Sie durchschritt den Raum, stellte sich ans Fenster und schaute nach draußen. Diese fast unmerkliche räumliche Veränderung verwandelte die Situation. Der Druck bei Çelik nahm ab. Schließlich drehte sie sich langsam um und fixierte ihn mit ihren grünen Augen.
»Passen Sie auf, Çelik, ich könnte Sie mit Uhlmann ins Archiv schicken. Wir tun so, als ob sie ein Ersatz für Paul sind; man lässt Sie dann in Ruhe. Ich kenne den Vizepolizeipräsidenten ganz gut.«
»Und dann?«
»Sie können dann stöbern; die lagern doch alle Protokolle und Unterlagen im Archiv. Suchen Sie sich was raus und legen Sie es Uhlmann vor. Der bringt es in seinen Hirnwindungen mit nach

Hause … und wenn wir ihn das Richtige fragen, hat er vielleicht die passende Information für uns. Das war doch Ihre Idee, Çelik, oder?«

Zweiundzwanzig

Schlimmer konnte es kaum kommen. Ein Kellergewölbe mit schmalen Gängen, die Decke gerade mal eine Handbreit über Kopfhöhe. Stahlregale, voll bepackt mit Ordnern, Kisten, Umschlägen. Dicke Betonmauern, die jeden seiner Schritte kalt abprallen ließen. An den Wänden Neonröhren, deren Licht kaum durch die Staubschicht drang. Çelik fühlte sich unwohl. Das Blut in seinen Schläfen pochte. Was machte er hier? Er glaubte das Gewicht des Baus über sich zu spüren. Drei Stockwerke tief waren sie mit dem Aufzug gefahren. Bei jedem Meter hatten sich seine Lungen enger zusammengepresst.

Uhlmann hingegen schien aufzublühen, seit sie das Gebäude betreten hatten. Schon in der Eingangshalle hatte er zu allen Seiten hin gegrüßt und sogar vor sich hin gepfiffen. Seit zwei Jahren kam Uhlmann im Rahmen des Autisten-Projekts hierher. Sonst immer mit Paul, der ihn an einen Tisch schob, eine alte Schreibtischlampe auf ihn richtete und ihm ordnerweise Unterlagen zum Durchblättern hinlegte. Pelzer hatte durch ihre Kontakte zum Vizepolizeipräsidenten erreicht, dass Uhlmann sich ab und zu in seinem alten Arbeitsumfeld aufhalten durfte. *Um sich in seinen Erinnerungen auszuruhen*, wie sie erklärt hatte. Immerhin genoss das Projekt hohes Ansehen beim Wissenschaftsministerium, und so hatte man auf höchster Ebene zugestimmt.

Pelzer vermutete, dass sie damit auch ihre eigenen Fehler im Umgang mit Uhlmann ausgleichen wollten. Anfangs hatte Pelzer Uhlmann bei seinen Ausflügen in die Archiv-Unterwelt noch begleitet, ihn beobachtet, sich Notizen gemacht. Aber es hatte sich als wissenschaftlich zu wenig auswertbar erwiesen.

Diesmal war Çelik als Ersatz für Paul angemeldet worden. Als begleitendes Pflegepersonal hatte er einen Tagesausweis bekommen, danach hatte sich keiner um ihn geschert. Çelik war das

recht. Er hatte schon befürchtet, dass man ihnen jemanden an die Seite geben würde. Aber der Beamte am Eingang hatte ihnen nur zugenickt: »Na, Uhlmann, du weißt ja, wo du lang musst!« Er hatte den Alten in seinem Rollstuhl durch einen Tunnel geschoben, bis sie eine Art kleiner Halle erreicht hatten, von der aus mehrere Gänge mit Stahlregalen abgingen.
Uhlmann kannte seine Stelle. Zielstrebig lenkte er den Rollstuhl an einen Tisch, der in einer Nische stand. Dort platzierte er sich und bewegte sich unruhig hin und her. Er schien es nicht abwarten zu können, endlich loszulegen.
Çelik wusste nicht, wo und wie er anfangen sollte. Er hatte sich mit Pelzer besprochen, und sie hatten festgelegt, welche Daten Vorrang hatten. Er hätte sich jetzt einen ersten Einblick in die Ordnung dieses Archivs verschaffen müssen. Aber er hatte keine Lust, sich damit zu beschäftigen. Systematik gehörte nicht zu Çeliks Stärken. Außerdem war er viel zu ungeduldig. Er war es gewohnt, sich auf sein Gefühl zu verlassen.
»Los, Türke, gib mir was zu lesen!«
Uhlmann wackelte in seinem Stuhl und funkelte mit seinen Augen.
Çelik schaute in das erste Fach, das vor ihm lag. Auf einem kleinen Schild waren Zahlen aufgeführt. Çelik las das Jahr 2002 heraus. Er griff nach einem der Ordner, ging damit zurück zu Uhlmann und legte ihn ihm auf den Schoß. Der Alte beugte sich vor und blätterte in den Dokumenten.
Uhlmann schien eine Verwandlung durchzumachen. Sein Körper lockerte sich. Die ruckartigen Bewegungen hörten auf. Aus dem massigen Leib entwich die Anspannung, als hätte man ein Ventil geöffnet. Çelik beobachtete ihn eine Weile. Uhlmann genoss jede Bewegung. Er grunzte, schnalzte mit seiner Zunge, verzog einmal sogar seinen Mund zu einem Grinsen. Und er beleckte sich die Finger, als würde er den Resten einer Delikatesse nachschmecken. Er brabbelte vor sich hin. Das Tempo, in dem er die einzelnen Seiten umschlug, war verblüffend. Mit seiner unablässigen und rhythmischen Pendelbewegung erinnerte er Çelik an Gläubige beim Rezitieren von Schriften.

Dann bemerkte Çelik eine Verwandlung auch bei sich. Er schwitzte. Ein Zittern kündigte sich an. Übelkeit breitete sich in seinen Eingeweiden aus. Er spürte die Beklemmung weiter in sich herauf kriechen. Und er wusste, dass er machtlos gegen ihre Wirkung war. Er musste sich ablenken.
Çelik hastete durch einen der Gänge, der an einer Gittertüre zu einem weiteren Raum endete. Auch dieser war mit Regalsystemen voll gestellt. Im Gegensatz zu den anderen waren diese anscheinend jüngeren Datums.
Paul hatte ihm von diesem neuen, sehr ausgefeilten Archivsystem erzählt. Ganze Wände ließen sich mit Hilfe von gewaltigen Steuerrädern hin und her schieben. Sie waren auf kleinen Rollen gelagert und sobald man kurbelte, bewegte sich die gesamte Wandkonstruktion zur Seite, um einen neuen Gang frei zu geben, den man mit Hilfe der Vorrichtung in der Breite variieren konnte.
Çelik öffnete die Gittertüre mit einem der Schlüssel, die Paul ihm mitgegeben hatte. Er stellte sich vor, dass man jemanden zwischen diesen Regalwänden zerquetschen konnte wie ein Insekt. Er griff in seine Tasche und fühlte die Packung mit den Tabletten, die Wolff ihm besorgt hatte. *»Noch nicht«*, sagte er sich. *»Nicht so schnell, warte noch!«*
Er begann in den Fächern zu stöbern. In diesen Regalen waren anscheinend nur Tagesprotokolle untergebracht, säuberlich geordnet nach dem jeweiligen Datum. Er musste sich beeilen. Die ganze Aktion hatte nur Sinn, wenn er Uhlmann die richtigen Unterlagen vorlegte. Er verfolgte die Reihe bis zum Ende. Es hörte mit dem vergangenen Jahr auf. Verdammt. Natürlich hatten sie das aktuelle Jahr noch nicht hierher in den Keller geschafft. Also gab es nichts zur Haftentlassung von Darius, zum Selbstmord von Meidner oder sonstigen Auffälligkeiten in den letzten Monaten.
Çelik zog einen kleinen Block heraus. Ein paar Daten hatte er sich von Darius´ Notizen abgeschrieben. Die Gruppe hatte sich Ende 76 zusammengefunden, im Februar 1978 war Darius inhaftiert worden. Die Zeit dazwischen war wichtig. Çelik lief an den Steuerrädern entlang, bis er das richtige Jahr fand. Dann begann er zu kurbeln, bis der Spalt groß genug war. Er betrat den Gang

und fühlte sofort, wie sich sein Körper gegen die Enge auflehnte. Er musste sich überwinden.
Es gab Hauptordner und solche, die anscheinend Zusatzmaterial enthielten. Er hätte eine gezielte Auswahl treffen müssen. Aber Çelik hatte keinen Anhaltspunkt. In dem Zeitraum war viel passiert. Er erinnerte sich an die Entführung und Ermordung von Hanns Martin Schleyer. Unauslöschlich hatten sich selbst ihm die Bilder eingeprägt. Und dafür war dieses Präsidium hier zuständig gewesen. Aber vermutlich wurden die Akten im Zusammenhang mit der RAF woanders aufbewahrt. Bei der politischen Polizei. Oder doch nicht? Çelik schwitzte noch stärker. Die einzige Systematik bestand darin, vorne anzufangen. Es hatte keinen Sinn, vorzusortieren. Er hatte keine Ahnung, welche der Akten ihnen etwas nützen würden. Es gab nur die Hoffnung, dass der Wissende irgendwo in der Masse der Daten irgendetwas finden würde. Er schnappte sich die ersten Ordner und lief die Gänge zurück zu Uhlmann.
Der Alte hatte schon einen Großteil seiner ersten Lektüre hinter sich gebracht. Er war mittlerweile gänzlich versunken, bestand nur noch aus der Bewegung des pendelnden Oberkörpers, der blätternden Finger und der Augäpfel, die die Seiten abtasteten. Çelik zog sich einen Stuhl heran. Er musste sich setzen. Es war, als würde sich mit der Beklemmung ein massives Gewicht in ihm ausdehnen. Er schloss die Augen und versuchte, tief ein- und auszuatmen. Eine Zigarette wäre jetzt genau das Richtige gewesen.
Çelik fragte sich, was früher in diesen Gewölben vor sich gegangen sein mochte. Das Präsidium war in einem alten Gebäude untergebracht. Paul hatte ihm erzählt, dass hier schon vor dem Ersten Weltkrieg die Polizei ihren Hauptsitz gehabt hatte.
Er musste an die Türkei denken, an Istanbul, an die dortige Polizeizentrale. Sie lag im Fatih-Viertel auf der europäischen Seite der Stadt. Çeliks Abteilung war dort untergebracht gewesen. Er kannte die Kellerräume, die Durchgänge, die Zellen, in denen Verdächtige ohne Haftbefehle über Nacht festgehalten wurden. Es war lange her.

Jeder Staat hatte diese Verliese, in denen er Menschen unter Druck setzte, die ihm gefährlich wurden. Vielleicht war es in Deutschland anders. Mittlerweile. Vielleicht gab es in diesem Land keinerlei zweifelhafte Methoden oder geheimnisvolle Aktionen mehr, um Verdächtige aus dem Verkehr zu ziehen. Vielleicht hatte genügend Blut die Keller und Kerker getränkt. Vielleicht.

Als sich Çelik bei dieser naiven Illusion ertappte, versetzte ihm der Gedanke zusätzlich zu seinem Unbehagen einen Schlag in die Magengrube. Es gab auch in diesem Land Strukturen, die niemals zulassen würden, dass es in eine echte Gefahr geriet. Und diese Strukturen würden jeden ausfindig machen, der ihnen zu nah kam. Er versuchte die Gedanken zu verdrängen und sich auf seine eigentliche Aufgabe zu konzentrieren. Sie brauchten Informationen. Aber dies war nicht irgendein Gebäude, in dem er gefahrlos schnüffeln und Daten besorgen konnte. Es war das Polizeipräsidium.

Çelik sprang auf. Er spürte einen kalten Schweißfilm auf seinem Rücken. Er rannte in den Raum mit den Protokollen. Plötzlich ging ihm ein Datum durch den Kopf. Frühjahr 77. Ein Gang weiter. Çelik musste wieder an dem Steuerrad drehen. Er schob sich an den Regalfächern vorbei, bis er den richtigen Monat fand: April 1977. Es gab auch dazu mehrere Ordner. Erst im dritten fand er den gesuchten Tag: 5. April. Er blätterte. Nichts. Keine Hinweise. Er schaute auch die folgenden Tage durch. Fehlanzeige. Çelik schob den Ordner zurück und rieb sich die Augen. Was hatte er erwartet? Dass er dort etwas über seinen Vater finden würde? Am 5. April 1977 hatte er mit seiner Mutter Deutschland verlassen. Vielleicht war in diesen Tagen etwas passiert. Etwas, in das sein Vater verwickelt war. Oder in den Monaten danach. Vielleicht stand im nächsten Jahr etwas über ihn. Çelik rannte den Gang entlang, bis er das Jahr 78 fand. Er schnappte sich einen Ordner, riss beim Blättern fast einzelne Seiten heraus, überflog hastig die Zeilen. Nichts. Kein Ahmet Çelik, keine Hinweise. Çeliks Finger zitterten. Sein Atem ging schneller. Er musste einen Halt finden. Deshalb war er nicht hier. Er musste endlich aufhören damit. Es ging nicht um seine Vergangenheit. Noch nicht. Nicht hier.

Er stand vor dem Regal mit den Unterlagen zu März 1978. Wie ein Splitter fuhr ihm ein Gedanke in den Kopf: Der 16. März 1978. Es war der Tag gewesen, an dem in Istanbul Studenten mit Bomben beworfen worden waren. Sieben von ihnen waren dabei ums Leben gekommen. Das *Beyazit-Massaker.* Angeblich eine gemeinsame Aktion von Polizisten und rechtsradikalen Fundamentalisten gegen Linke. Die Drahtzieher wurden nie gefasst. Damals war seine Mutter nicht bei ihm gewesen. Nachdem sie ihn bei seinen Verwandten in Istanbul deponiert hatte, war sie verschwunden. Çelik hatte immer Angst gehabt, dass sie in solche Aktionen verwickelt war. Die Polizei war mit einer übertriebenen Härte vorgegangen. Hatte er gedacht, er würde hier etwas dazu finden? Demonstrationen gegen eine Aktion, die am nächsten Tag in Deutschland stattfand? Wen interessierte das, was damals in der Türkei passierte? Hier hatten sie ihre eigenen Probleme. Obwohl die Deutschen und die Türken in der Hinsicht nicht weit voneinander entfernt waren. Diese panische Angst vor dem linken Extremismus. Er hatte beide Länder bis ins Mark geprägt. Völlig unterschiedlich waren die Entwicklungen, aber es schien, als ähnelten sich die Reflexe. Çeliks Eltern hatten sich damals häufig darüber unterhalten. Sein Vater hatte dabei oft vor Wut gebebt. *Schau sie dir an,* hatte er gesagt, *hier wie da Faschisten. Die haben sich doch schon im Ersten Weltkrieg gegenseitig unterstützt. Das kannst du nicht vergleichen,* hatte seine Mutter geantwortet. Und dann war stets eine Diskussion entbrannt über die beiden Völker, ihren Nationalismus, ihre Ähnlichkeiten. Er hatte nicht alles verstanden; erst in seiner Zeit in Istanbul hatte er begriffen, was sie gemeint hatten.

Çelik trocknete sich die schweißnassen Hände. Sein Blutdruck stieg. Er fühlte, wie sich sein Herz anstrengen musste, um seine Gefäße zu versorgen. Und dann nahm er den Geruch wahr. Er war schon die ganze Zeit da, aber erst jetzt erkannte Çelik ihn. Feuchtes, verschimmeltes Papier, von der Zeit angefressene Metallstäbe, vor sich hin modernde Kartons. Ein stechender Ge-

stank nach regennasser Erde, faulig dünstendem Beton. Erinnerungen. Bilder. Eingestürzte Mauern. Schutt. Çelik taumelte. Er stützte sich an einem der Regale ab. Mit einem Mal kam ihm der Aufenthalt hier auf eine seltsame Art irreal vor. Er schaute zu Uhlmann am Ende des Ganges. Wie eine Kröte saß der Alte in seinem Rollstuhl, fuhr sich mit der Zunge über die Lippen. Çelik wurde schwindelig. Er fühlte, wie er langsam die Besinnung verlor. Er griff nach der Packung in seiner Tasche, drückte eine Tablette heraus und schob sie sich in den Mund.
Es dauerte, bis er die Brocken zerkleinert hatte und schlucken konnte. Die Regale drehten sich. Wie durch die Fenster eines langsam fahrenden Zuges sah er die Wände kreisen. Zwischendurch das Gesicht von Uhlmann. Çelik schloss die Augen, öffnete sie sofort wieder. Ein Mann stand bei Uhlmann. Redete auf ihn ein. Es gab ein Problem. Uhlmanns Gesicht verzerrte sich, er zuckte. Çelik erkannte inmitten seines eigenen Schwindels nur noch, wie dicker, blasiger Schaum aus dem Mund des zuckenden Alten quoll. Er ahnte, was das bedeutete, aber er konnte nicht rechtzeitig reagieren.

Pankewitz Wann er sich dazu entschlossen hatte? Diese Frage beschäftigte ihn immer wieder. Hatte er sich überhaupt bewusst entschieden, diesen Weg zu gehen? Oder war es nur eine unvermeidbare Konsequenz? Immerhin hatte er lange gewartet. Nein, er handelte nicht im Affekt. Keine Kurzschlussreaktion.
Darius hatte ihn das auch gefragt, als er ihm die Knarre ins Gesicht gehalten hatte. *Warum?* Nicht einmal wieder erkannt hatte er ihn. Nichts hatte Darius kapiert. Dabei hätte er im Knast genügend Zeit gehabt, es zu begreifen. Aber zu dieser Einsicht hätte die Bereitschaft gehört, Fehler einzugestehen. Und das ging nicht. Das war noch nie gegangen. Fehler machten immer nur die Anderen.
Brohl war genauso, ein elender Besserwisser, der sich selbst völlig überschätzte. Jetzt kauerte er vor seinen Füßen, blickte ihn

aus seinen trüben Augen an. Endlich reduziert zu dem, was ihm angemessen war: Eine Kellerassel, die um Gnade winselte. Wollte er etwas sagen? WOLLTE ER ETWA WIEDER ETWAS SAGEN? Konnte er aber nicht. Welch armselige Situation. Welch lächerlicher Anblick. Fette Schweißperlen auf der Stirn, gekrümmte Haltung, bestimmt hatte er die Hosen ordentlich voll. Das Klebeband schweißte seine Lippen zusammen. Die Ränder waren aufgerunzelt. Hatte er etwa versucht, es durchzuscheuern? Hatte er in seinem Schädel einen Plan ausgeheckt? Sie waren doch Meister im Plänemachen gewesen. Suchte er nach einem Ausweg?
Das Komische war nur: Keiner suchte *ihn.* Keiner vermisste ihn. Seit zwei Wochen war der Typ hier unten und niemand wunderte sich. Wie musste man sich fühlen, wenn man von keinem vermisst wurde? Einfach weg – und keinem fällt es auf. Keiner fragt. Keiner weint ihm auch nur eine einzige Träne nach. KEINE EINZIGE TRÄNE.
Er hätte Brohl die Fresse viel früher stopfen sollen. Aus dem arroganten Sack hatte er sowieso nichts rausbekommen. Sie hielten immer noch zusammen wie Pech und Schwefel. Ob er denn nicht merken würde, dass es immer noch das System sei, das es zu bekämpfen gelte. Bloß dummes Geschwätz. Wie damals schon. Zerreden, schwätzen, schwadronieren. Jetzt war er endlich still – wie wunderbar. An die fette Kapitalisten-Ratte würde er auch ohne Brohl rankommen.
Nichts zu sagen, war damals das Schlimmste gewesen. Zu allem musste man sich äußern. Es war wie ein Virus, der alle befallen hatte. Reden, diskutieren, Konsequenzen ziehen. Auch er hatte sich davon infizieren lassen. Auf alles gab es eine Antwort. Auf ALLES. Erklärungen. Positionen. Meinungen. Nie auch nur der geringste Zweifel. Der Klassenkampf ließ keine Zweifel zu. Aber er hatte Zweifel gehabt. Deshalb hatten sie sich über ihn lustig gemacht. Ihn nicht ernst genommen. Nie! Dabei war sein Zorn mindestens so groß wie ihrer. GEWALTIG. Seine Zweifel auch. Diese beschissenen Zweifel, die in seinem Kopf herumspukten. Und die sie ihm ansahen. Jetzt war da nichts mehr zu sehen. Weil

es keine Zweifel mehr gab. Jetzt war da nur noch das Eine: der Hass.
Nein, er war kein Monster, kein durchgedrehter Rächer. Auf so eine einfache Betrachtung ließ er sich nicht reduzieren. Sie hatten oft darüber diskutiert. Über Gerechtigkeit und die Freiheit des Anderen. Über eine höhere Moral, die alles in einen Kontext stellte. Im Nachhinein kam es ihm vor wie gequirlte Scheiße. Sie hatten nie zu Ende gedacht. Sie hatten ihn nicht verstanden. Aber er hatte den Spieß umgedreht. Jetzt war er an der Reihe.
Seltsam. Er hätte nicht mehr sagen können, welcher der Moment war, an dem er seine Entscheidung getroffen hatte. An jedes noch so winzige Detail konnte er sich im Laufe der Zeit immer besser erinnern: An das Wetter, das an dem Tag geherrscht hatte; an die Menschen, denen er begegnet war; an den dumpfen Laut beim Aufprall des Körpers. An all das konnte er sich erinnern, als wäre es gestern gewesen.
Aber er wusste einfach nicht mehr, wann er sich entschieden hatte, jeden einzelnen von ihnen kalt zu machen. Wann genau war dieser Moment? Er lag anscheinend immer schon in der Vergangenenheit, war immer schon gewesen. Die Entscheidung war abrufbereit. Man trug sie in sich. Wie eine kleine Flamme. Und man bemerkte nicht, wie man dieser kleinen Flamme ständig Futter gab. Sie daran hinderte zu erlöschen. Sie wuchs in einem heran bis zu dem Augenblick, in dem man ein ganzes Fass Benzin drüber schüttete. Ohne darüber nachzudenken, ohne es zu merken, ließ man sie die Gewalt über einen gewinnen. Sie breitete sich in einem aus und fraß sich in alle Zellen. Er konnte es nicht mehr ändern. Er wusste genau, dass sie auch ohne sein eigenes Zutun aufgelodert wäre, irgendwann. Gezündelt. Gefackelt. Explodiert. Der Lauf der Dinge. Abgebrannt.

Dreiundzwanzig

Guidos Finger wirbelten wie die eines ekstatisch spielenden Pianisten über die Tasten. Sie saßen in der Wohnung der *Savants* vor einem der Rechner, die den Bewohnern zu Verfügung standen. Der Bildschirm war in kleine Fenster unterteilt, in denen verschiedene Dialoge aufgeführt waren. Es schien, als würde der Junge mehrere Gespräche gleichzeitig führen. Gespräche, deren Worte aus der Tastatur des Computers flossen. Çelik konnte gar nicht so schnell schauen, wie Guido in unverständlichen Buchstabenkürzeln antwortete, Fenster verschob, Meldungen rausjagte. Er saß neben dem hageren Kerlchen und beobachtete ihn.

In der Türkei hätte man Guido als *Zigarettenpapierchen* bezeichnet. Sein Hals, seine Gliedmaßen, sein ganzer Oberkörper waren so dünn, dass man das Gefühl hatte, ein einziger Windhauch könnte ihn in die Luft heben und davonwehen. Er hatte eine spitze Nase, die so gerade nach unten geneigt war, dass sein Profil einer antiken Skulptur glich. Seine Hände waren ungewöhnlich klein, auch die Finger spindeldürr. Für sein junges Alter zeigte sich schon eine ziemlich ausgeprägte Brachfläche auf seinem Kopf, nur mehr ein kupferroter Kranz umringte den Schädel. Der Pfleger erinnerte Çelik ein wenig an einen kleinen Mönch, obwohl die in der Regel kräftiger gebaut waren. Trotz seiner schmächtigen Erscheinung strahlte Guido aber etwas aus, das ihn außergewöhnlich, auf eine eigentümliche Weise attraktiv machte. Man wollte wissen, was dieser Junge konnte, unbedingt. Vielleicht war es die Kombination: blasse Haut und tiefschwarze Kleidung; oder aber seine hellblauen Augen, die wie ein Kristallsee glitzerten.

Guido griff zur Maus und schob sie in raschen Bewegungen hin und her. Er hatte das Foto geladen, das Çelik ihm gegeben hatte. Es zeigte die Gruppe der Ex-Terroristen und nahm jetzt den gesamten Bildschirm ein. Daraus isolierte er mit einem elektronischen Schnitt die Frau, die ihnen noch unbekannt war, vergrößerte den Ausschnitt und versuchte über Kontraste und Helligkeiten die Qualität ihrer Abbildung zu verbessern.

Çelik spürte einen Körper hinter sich, er drehte sich um: Ines Pelzer. Sie war die ganze Zeit bei Uhlmann im Zimmer gewesen. Çelik hatte nicht bemerkt, dass sie zu ihnen zurückgekommen war. Sie lehnte ihre Arme auf seinen Stuhl. Çelik konnte ihren Atem in seinem Nacken fühlen.

»Und, wie geht es ihm?«, fragte er.
»Er schläft«, antwortete Pelzer. »Habe ihm noch eine Schlaftablette gegeben. Damit auch die kleinste Windung bei ihm abschaltet.«
Çelik senkte seinen Blick.
»Ist schon gut, Çelik. Sie hätten das nicht verhindern können.«
Doch, hätte er. Er war im Polizeipräsidium zu sehr mit sich selbst beschäftigt gewesen. Sonst hätte er den Mann vorher wahrgenommen, der an Uhlmann herangetreten war. Bei der Befragung stellte sich heraus, dass er neu im Haus war und im Archiv ein paar Unterlagen suchen sollte. Beim Vorbeigehen habe er Uhlmann nach der Uhrzeit gefragt, mehr nicht, beteuerte er. Einfach nur *Können Sie mir sagen, wie spät es ist.* Im selben Moment sei der Alte in seiner Bewegung erstarrt, habe vor sich hingeglotzt, sich nicht mehr bewegt. Er habe ihn dann kurz angestupst, ihn gefragt, ob alles in Ordnung sei. Und dann sei der Alte plötzlich ausgetickt. Er habe zu zucken angefangen, seine Augen hätten sich verdreht, ständig habe er irgendwelche Laute produziert. Und dann sei dieser schreckliche Schaum zwischen seinen Lippen hervorgekrochen.
»Immerhin haben Sie sich selbst ja wieder in den Griff gekriegt; sonst wäre Uhlmann vielleicht völlig kollabiert.«
Çelik konnte sich kaum erinnern. Er hatte im Archiv beinahe die Besinnung verloren. Als er Uhlmann in dem kritischen Zustand entdeckt hatte, muss es ihm einen Stoß versetzt haben, eine Art Adrenalinreflex. Plötzlich war er völlig klar gewesen, war zu Uhlmann gerannt, hatte den Mann zur Seite gestoßen, sich seine Tasche geschnappt und die Spritze herausgefischt. Pelzer hatte ihm erst einen Tag vorher die nötigen Handgriffe gezeigt. Çelik hatte sich wie in einem Film selbst dabei beobachtet, wie er die Spritze auf den zitternden Oberarm des Alten angesetzt hatte. Als würde er außerhalb seines Körpers stehen. Erst später, in seinem Wohnmobil, hatte er alles realisiert. Und dann hatte es ihn geschüttelt. So schnell konnte er gar nicht das Campingklo erreichen, wie sein Mageninhalt den Ausgang seines Rachens passierte. Vielleicht vertrug er diese verdammten Tabletten nicht.

»Was passiert da bei Uhlmann« fragte er zu Pelzer gewandt, »wenn man ihn nach der Uhrzeit fragt?«

»Ein seltsames Phänomen … Es ist eine Art Kurzschluss. Er hat mittlerweile so viele Daten abgespeichert. Vieles davon sind Uhrzeiten. Eigentlich belanglos, aber er legt es für *immer* ab. Wenn man ihn konkret nach etwas fragt, ist es kein Problem, dann kann er auch konkret suchen. Aber die einfache Frage nach der Uhrzeit lässt bei ihm anscheinend alle Leitungen heiß laufen. Ein Info-GAU.«

»Das Foto ist fertig, ich schick es jetzt raus ins Netz«, sagte Guido.

»Und das Internet antwortet darauf?« fragte Çelik.

»Das Internet? Nö … Oder: na ja, schon … Aber nicht, wie Sie denken.«

Çelik dachte gar nichts. Er kannte sich nicht im Geringsten damit aus. Er hatte es einmal in einem Internetcafé versucht, war aber kläglich gescheitert.

Guido drehte seinen Kopf zu Pelzer.

»Natürlich basiert es auf dem Internet. Aber ich bewege mich mehr in den *Social Networks*, in den Foren. Ihnen sagt das doch was, Dr. Pelzer, oder?«

»Lassen Sie den Titel weg, Guido, Sie wissen genau, dass ich den nicht habe.«

Çelik freute sich, dass die beiden sich siezten. Er hatte sich gefragt, ob sie sich im Laufe des Projekts vielleicht näher gekommen waren. Davon konnte anscheinend keine Rede sein. Allerdings war den Blicken des Pflegers anzusehen, dass er gerne mehr von Pelzer bekommen hätte. Sie hielt ihn auf Distanz.

»Also, wenn ich jetzt anfange, das zu erklären, kommen wir nicht weiter, ich mach einfach mal, okay? Vorschlag: Sie erzählen mir bei Gelegenheit, wozu Sie das alles wissen wollen; ich erkläre Ihnen dafür das Netz. Jetzt machen wir es so: Wenn Sie was wissen wollen, stelle ich die Frage einfach ins Netz; wir schauen dann mal, ob jemand was weiß. In den Foren sind jede Menge Leute unterwegs.«

»Jeder kann das sehen?« fragte Çelik misstrauisch.

»Nein, nicht jeder. Es ist in einzelne Räume eingeteilt. Da haben nur die Zugang, die sich eingetragen haben. So ähnlich wie Mitglieder in einem Club.«

»Haben die was davon, wenn sie antworten? Bekommen sie dafür Geld?«

Çelik war diese gesamte Netzwelt ein völliges Rätsel.

»Nein«, Guido lachte laut auf. »Sie haben ja anscheinend wirklich wenig Ahnung. Natürlich bekommen die kein Geld dafür.«

»Und warum machen die sich dann die Mühe? Warum antworten sie einem Menschen, den sie noch nie gesehen haben?«

Guido schaute Çelik fassungslos an. »Das ist wie eine Genossenschaft. In so einer Gemeinschaft hilft man sich gegenseitig. Uneigennützig. Wenn man einmal dazu gehört, bescheißt man sich auch nicht.«

»Okay, das ist also deine Genossenschaft, der du jetzt das Foto geschickt hast, richtig? Aber woher weißt du, ob die Antworten stimmen, die du bekommst?«

Çelik wollte nur etwas Klarheit haben. Sonst konnte er sich nicht darauf einlassen. Der Trick mit dem Duzen war alt. Man musste es einfach unvermittelt tun, dann rückten sich die Machtverhältnisse wieder gerade. Zumindest in der Türkei war es so.

»Na ja, so etwa, die Community ist natürlich riesig. So ein Netzwerk kann Zehntausende Mitglieder haben. Man kann das erweitern oder einschränken. Das ist so'n bisschen wie bei der Rasterfahndung. Sagt Ihnen das was?«

Çelik erinnerte sich dunkel, dass er kurz vor seiner Abreise aus Deutschland damals den Begriff schon mal gehört hatte.

»Die Methode, mit der sie in den Siebzigern versucht haben, die RAF-Terroristen ausfindig zu machen. Die haben einfach Gruppen rausgefiltert und so die Zahl eingeschränkt. So ähnlich mache ich das auch. Ich gebe das in Foren ein, bei denen ich weiß, dass die Leute sich dort für die RAF-Zeit interessieren. Man muss breit streuen und dann muss man schauen, welche Antworten einen weiterbringen. Dann gezielt nachfragen. Dazu gehört einfach Erfahrung.«

Der Junge hatte tatsächlich eine ordentliche Portion Selbstbewusstsein. Er benahm sich, als würde er Çelik an der Hand

durch eine Ausstellung führen und ihm wie einem Kind die Welt erklären.
»Außerdem haben diese Foren eine Art Bewertung. Da kann man Punkte vergeben, je nach Seriosität und Zuverlässigkeit und so. Irgendwann spürt man genau, was richtig ist und was nicht!«
Çelik spürte genau in diesem Moment auch etwas. Nämlich seinen Unmut über diesen arroganten Grünschnabel. Der ihn vor Pelzer zum Steinzeitmenschen degradierte. Was wusste der schon von der wirklichen Welt? Von Zuverlässigkeit und Vertrauen? Von richtig und falsch? Von Verlust und Schmerz?
»Also, was fragen wir denn jetzt genau?«
»Wer die Frau ist. Ob jemand weiß, wo sie wohnt. Genauso bei dem Typen links auf dem Foto.«
»Dem, der durchgestrichen ist? Ich dachte, ihr wisst, wer das ist?«
Jetzt wurde der Rotkranz auch noch unverschämt. Çelik hätte sein Vater sein können, und der duzte ihn einfach.
»Du sollst nicht denken«, maulte Çelik zurück. »Du sollst machen, was wir dir sagen.«
Er spürte Pelzers Hand auf seiner Schulter, besann sich.
»Tschuldigung, ich meinte natürlich, worum wir dich bitten. Du scheinst ja ziemlich fit zu sein. Ja, wir glauben zu wissen, wer das ist. Aber vielleicht erfahren wir noch mehr über ihn.«
»Und dann können Sie auch mal nach Jeanne fragen«, warf Pelzer ein. »Ob jemand von Ihren Experten den Namen im Zusammenhang mit irgendwelchen RAF-Geschichten schon mal gehört hat.«
Pelzer blieb beim Sie. Man sah Guido die Verwirrung an. Er wusste nicht mehr, was er erwidern sollte. Er drehte sich um und ließ seine Missstimmung auf die Tasten los.
Pelzer löste sich derweil wieder aus Çeliks Nähe. »Ich schau noch mal nach Uhlmann«, sagte sie und verschwand im dunklen Flur, der zu den einzelnen Zimmern führte.
Çelik lehnte sich zurück. Er starrte an die Decke, versuchte, Pelzer in seinen Gedanken zu folgen. Was wäre, wenn er jetzt einfach aufstünde und ihr nachginge? Wenn er sie in eines der Zimmer

ziehen und ihr sagen würde, dass ihre Gegenwart ihn verwirrte. Mehr noch: dass sie ihn erregte. Dass er den Wunsch verspürte, sie zu berühren? Wie würde sie reagieren? Was sollte sie schon von ihm wollen? Es gab kein Signal, das sie ausstrahlte. Keines, das dafür sprechen würde. Oder hatte er verlernt, diese Signale zu erkennen? Sein Körper zumindest reagierte. Aber das tat er auch in anderen Situationen. Allerdings merkte er einen Unterschied. Diesmal war es anders. Irgendwas schwang noch mit.

Çelik gab sich einen Ruck. Das stakkatohafte Geklapper der Tastatur verhinderte, dass er gänzlich in einen erotischen Tagtraum versank. Dafür sah er plötzlich das Gesicht seiner Frau vor sich. Ebru. Sie lächelte. Sie winkte ihn zu sich. Sie saß auf einem Bett und sie war nackt. Sie zog ihn hinunter und legte seine Hand zwischen ihre Beine. Dann drückte sie seine Hand fest gegen ihr Schambein und nahm sanft seine Unterlippe zwischen ihre Zähne. Sie ließ ihre Hüfte kreisen und drückte sie gegen seine Handfläche. Çelik liebte das. Es waren diese bekannten Rituale, diese Vertrautheit, das Gefühl, jede Reaktion zu kennen, zu ahnen. Vor allem diese Ahnung machte das Knistern aus. Jede noch so kleine Bewegung, jedes Gleiten durch eine Furche verursachte eine Gegenbewegung. Es war eine Erregung, die sich aus der Erwartung von etwas Vertrautem speiste. Er wusste genau, wohin er seine Finger führen musste, was jede seiner Bewegungen bei ihr auslöste. Er kannte die Mulden, Ritzen, Kuhlen ihres Körpers. Und er freute sich jedes Mal auf die ersten leisen Seufzer, die aus ihrem Mund kamen. Mir fremden Frauen war es anders. Es war das Neue, das Unbekannte, nicht nur der anderen, sondern in einem selbst, das die Erregung ausmachte. Plötzlich saß Pelzer neben ihnen auf dem Bett. Auch sie war nackt, schaute Çelik direkt in die Augen. Çelik wurde heiß. Er merkte, dass er sich noch nicht ausgezogen hatte. Ebru hielt ihre Augen geschlossen, sie stöhnte und rieb ihren Unterkörper immer noch kreisend gegen seine Handfläche. Langsam beugte sich Pelzer vor, so dass ihre Brustwarzen seinen Arm berührten. Sie näherte sich von der Seite seinem Kopf und fuhr mit ihrer Zunge in sein

Ohr. Mit der Zungenspitze glitt sie in seiner Ohrmuschel umher. Im selben Augenblick ließ Ebrus Druck nach. Ihr Körper wurde durchsichtiger. Sie begann sich aufzulösen.
»Ich glaube, ich hab was!«, rief Guido. »Das ist jetzt schon die vierte Antwort, die in die gleiche Richtung geht. Hier behauptet tatsächlich einer, die habe früher mal was mit der RAF zu tun gehabt, den Namen wüsste er aber nicht. Und hier bestätigt das noch einer.«
Çelik richtete sich auf.
»Habe ich geschlafen?«
»Jo, über ne Stunde. Sogar geschnarcht. Oder vielmehr geschnauft. Und hier, schauen Sie mal: Das ist eine, die sie mal in Studienzeiten kannte. Hier, nennt sich *Alpenvögelchen.* Also, auch die meint, die Alte hätte was mit der RAF gehabt. Das scheint die Frau zu sein. Und Alpenvögelchen kann sich sogar an den Namen erinnern: Beate Malinek. Hat aber seitdem nichts mehr von ihr gehört.«
Çelik schaute auf den Bildschirm. Er brauchte eine Weile, um aus dem Gewirr aus Wörtern, Zahlen und Kürzeln zu schließen, was genau gemeint war.
»Ich habe den Namen mal rumgeschickt. Ist schon einiges zurückgekommen. Interessant ist aber nur eine. Ist gerade eingetroffen. Kommt von *Holadiho*, ein ziemlich bekannter Typ in der Szene. Der behauptet, dass sie in einem kleinen Ort im Allgäu wohnt.«
Çelik hörte von der Gegend zum ersten Mal. »Wo ist der Allgäu?« fragte er.
»Äh …«, Guido schaute kurz und beißend auf, »es heißt ›das‹ … also das Allgäu, nicht der Allgäu. Liegt in Bayern, direkt an der Grenze zu Österreich.«
»Na, dauert die Lehrstunde immer noch an?«
Pelzer war wieder ins Zimmer gekommen; sie schob Uhlmann im Rollstuhl an den Tisch.
Çelik nickte ihm zu, aber der Alte schien es nicht wahrzunehmen. Bevor er Pelzer berichten konnte, was Guido herausgefunden hatte, war der Pfleger schon wieder selbst am Zug.

»Und das Beste kommt jetzt. Wir haben sogar eine Antwort zu dem anderen auf dem Foto, zu diesem Frank Brohl. Ein Typ, bei dem er sich anscheinend immer DVDs leiht, behauptet, der Brohl sei seit zwei Monaten nicht mehr aufgetaucht. Er habe noch DVDs von ihm, und wenn wir ihn träfen, dann sollten wir einen schönen Gruß bestellen und ihm in den Arsch treten.«

Vierundzwanzig

Als Çelik erwachte, badete sein Blick in Farbe. Links und rechts der Straße zog eine hügelig-sattgrüne Felderlandschaft vorbei, die weiter hinten von schroffen Bergmassiven begrenzt wurde. Dort hatte das Grün ein Ende, einzelne Gipfelareale strahlten dafür blendend weiß: erster Schnee im Herbst.

Der Himmel indes prahlte mit Blautönen, die Çelik an die türkische Mittelmeerküste erinnerten. Ägäisinseln gleich, waren wenige weiße Wolken um die Gipfel der Berge herum gruppiert, die unbewegt in der Luft standen. Sie hatten, so schien es, einzig die Aufgabe, die Strahlkraft des Blaus zu unterstreichen.

»Na, Çelik? Wieder unter den Lebenden?«

Der Motor des Busses schnurrte. Auch ohne auf den Tachometer zu blicken, wusste Çelik, dass Pelzer gute hundert fuhr. Der Wagen klang zufrieden – Çelik war alles andere als das.

»Pelzer, Sie nerven mit Ihrem Aktivismus. Wie lange habe ich geschlafen? Warum haben Sie mich nicht geweckt?«

Ines Pelzer musterte ihn mit einem kurzen, scharfen Seitenblick. Für eine Sekunde lag etwas Verächtliches darin, zumindest kam es Çelik so vor. Wie immer saß sie gerade, wirkte aufmerksam.

»Warum hätte ich Sie wecken sollen? Es gab nichts zu sehen. Bis vor einer halben Stunde, jedenfalls. Bloß Trassenrandgebiete.«

»Sie sprechen in Rätseln.«

»Gewerbekomplexe, namenlose Kleinstädte, öde Felder, hier und da eine Raststätte. Was man halt so sieht, wenn man auf der Autobahn durchs Land rauscht. Eigentlich haben Sie höchstens zwei Highlights verpasst.«

»Und zwar?«
»Die coole ICE-Station am Frankfurter Flughafen. Die sieht nicht nur aus wie ein Raumschiff, sie würde auch unter Raumschiffen noch eine gute Figur machen. Da hat einer seine kindlichen Star-Wars-Fantasien ausgelebt. Und dann der neue Lärmschutztunnel in Aschaffenburg. Auch ein Bauwerk, das es in sich hat, sogar im wahrsten Sinn des Wortes. Beides auf der A 3. Auf der A 7 gab's dann wirklich nicht mehr viel zu sehen, außer ein paar hübschen, barocken Zwiebel-Kirchtürmen. Kein Grund, Sie zu wecken.«
»Lärmschutztunnel? Wen interessiert denn so was?«
Çelik war genervt. Er hatte es noch nicht mal ganz bis ins Wachsein geschafft, und sie kam mit solchen Themen. Manchmal war ihm Pelzer unfassbar fremd.
»Zum Beispiel die Anwohner?«
»Schon klar. Aber Sie persönlich wohnen doch nicht an der A3, oder?«
»Richtig, Çelik! Gut kombiniert! Ich finde so etwas eben grundsätzlich spannend, solche Bauwerke.«
»Lärmschutztunnel …«
»Eine alte Bekannte von mir ist nach Bayern gezogen. Auf einen Bauernhof, am Rand eines Ortes namens Paunzhausen. Das liegt bei Freising. In einer extrem idyllischen Landschaft. Aber an der A 9. Das ist die Autobahn von München nach Nürnberg und Berlin. Ewiger Verkehr, ständiger Lärm.«
Ein kurzer, prüfender Blick. Sie versicherte sich, ob Çelik ihr folgte, was tatsächlich der Fall war, trotz seines reduzierten Gemütszustandes.
»Passen Sie auf, Çelik: Diese Autobahnen, die sich wie Adern durchs Land ziehen, haben eine Wirkung, die weit über ihren Anblick hinaus reicht. Sie sind präsent, 24 Stunden am Tag, und sie prägen eine ganze Gesellschaft. Ihr Fühlen. Autobahnen sind in Deutschland überall. Kein Wald ohne Schneise für die Blechlawine, kein Feld ohne das Dröhnen des Verkehrs im Hintergrund. Deshalb gibt es nie und nimmer Ruhe in diesem Land. Immer und überall rauscht der Lärm, und er rauscht direkt ins

Tiefenbewusstsein. Als ob man eine Fabrik im Kopf hätte oder ein Kraftwerk. Dagegen ist kein Kraut gewachsen, da kann selbst der beste Therapeut nichts machen. Das ist Stress pur, und im Grunde ist so kein Denken mehr möglich. Zumindest kein freies Denken, verstehen Sie? Nichts hilft, außer Lärmschutzbauwerken …«

»Und Sie wollen jetzt das ganze Land retten, indem Sie seine Autobahnen einsargen?«

»Die Römer haben es schon vor 2000 Jahren geschafft, ein europaweites Straßensystem zu bauen, das zum Teil bis heute hält. Mit ihren Mitteln und mit ein paar Sklaven. Da wird es doch wohl unserer hoch zivilisierten Gesellschaft möglich sein, ihren Lärm zu beherrschen, oder?«

»Pelzer, Sie spinnen. Lärm ist nichts, was man beherrschen kann. Und Lärm ist sowieso für jeden unterschiedlich. Fliegen Sie mal nach Istanbul! Vielleicht sind Sie und ihre Freundin die einzigen überhaupt, die die Autobahnen als Lärm empfinden …«

Çelik stoppte, als er bemerkte, dass Pelzer nicht zuhörte. Sie war ihm entglitten. Ihre Augen hatten sich geweitet. Er starrte sie an, fasziniert von ihrer Reglosigkeit. Sie zog die rechte Braue hoch und nickte nach rechts vorne. Er folgte ihrem Blick, und im nächsten Moment stockte ihm ebenfalls der Atem: Jemand hatte einen azurblauen See in das sich öffnende Grün der Landschaft gleiten lassen; die Wellen des Ovals kräuselten sich im Licht der Morgensonne. Die Ufer waren fast unbebaut, ein einziges Dorf war zu sehen, einzelne Gehöfte. Sonst bloß Wiesen, Felder, Schilf. Es war – perfekt.

Mit einem Mal fühlte Çelik sich dreckig, als klebten der Staub seiner Reise, der Schweiß der Schlaflosigkeit, die versiegenden Körperflüssigkeiten der Toten an seiner Haut. Er konnte sich nicht entsinnen, wann er das letzte Mal geduscht hatte.

»Pelzer?«

»Ja?«

»Ich …«

»Hat's Ihnen die Sprache verschlagen? Landschaft gibt's halt auch in Deutschland, nicht bloß im wilden Kurdistan …«

Das Gefühl war übermächtig. Er musste ins Wasser. In diesem See schwimmen. Schweben. Sich reinigen. Loslassen. Ankommen.
Ein Sommertag in den siebziger Jahren fiel ihm ein. Es war heiß, Çeliks Beine schmerzten. Seit Sonnenaufgang waren sie gelaufen, zügig, ohne Pause. Lange würde er nicht mehr weiter gehen können, in der letzten halben Stunde war er immer wieder ins Torkeln geraten. Plötzlich, sie waren gerade um einen Hügel herum gewandert, glänzte die Fläche des Sees vor seinen Augen. Größer, viel größer als das Wasser hier, doch ebenfalls eingerahmt von Bergen. *Lauf schon, Junge*, hatte sein Großvater gesagt, lächelnd, und Çelik war losgerannt, hatte sich das T-Shirt vom Leib gerissen, die Sandalen in den Sand geschleudert, die Kiesel unter den Füßen und zuletzt das Nass gespürt …
»Çelik? Hören Sie mir zu? Keine Chance! Wir haben einen Termin. Und wir werden pünktlich sein. Baden können Sie später immer noch. Wir müssen diesen Menschen dazu bringen, dass er uns zu dieser Beate Malinek führt. Vielleicht ist er jemand, der Wert auf Pünktlichkeit legt. Ich hab keine Lust, ihn zu vergrätzen.«
Was sind schon fünfzehn Minuten, dachte Çelik. Aber er sagte nichts, murrte nicht einmal. Pelzer wirkte unbeirrbar wie ein Fels, es hätte keinen Sinn gehabt, ihr zu widersprechen. Er würde hierher zurückkehren, nach ihrer Verabredung.

Fünf Minuten später erreichten sie eine Stadt, verließen die Schnellstraße, reihten sich ein in den morgendlichen Berufsverkehr. Die Berge waren näher gerückt; es sah aus, als wären sie bloß noch einen Steinwurf entfernt.
Sie passierten ein Gewerbegebiet und noch eines, sahen rechts eine verlassen wirkende Kaserne. Der Krieg ist hier mitten im Ort, dachte Çelik, aber in dem Moment entdeckte er ein weiteres Heeresgebäude, düster wie ein aufziehendes Gewitter blickte es von einem Hügel aus übers Gelände. Eine Burg, die schrecken wollte.
Ein paar hundert Meter hinter dem Gewerbegebiet verjüngte

sich das Tal. Die Besiedlung wurde spärlicher, und die Straße wies hinter den letzten Häusern einen Hügel hinan. Vier oder fünf Kilometer führte ihre Trasse dann von Nadelhölzern gesäumt schnurgerade an einem Fluss entlang, passierte zwei Dörfer, kreuzte den Fluss, querte einen Wald – bis sich die Landschaft wieder weitete und sie ihr Ziel erreichten: das Tal von Hinterwang.

»Und jetzt? Wie finden wir diesen Holadiho?«

Die Straße endete in einem Kreisverkehr, auf dem Rabatten von Geranien blühten. Vier Abzweigungen in verschiedene Teile des Tales waren möglich. Pelzer nahm die dritte, die ins Ortszentrum führte, vorbei an einer Siedlung neuer, aber im hölzernen Landhausstil gehaltener Häuser.

»Wir müssen direkt in den Ort. Zur Polizei.«

»Das ist jetzt nicht Ihr Ernst, oder?

»Keine Sorge, Çelik. Hier gibt es längst keine Polizei mehr. Der Typ wohnt in der ehemaligen Polizeistation. Die richtigen Bullen, sagt Guido, wurden schon vor Jahren abgezogen. Zu teuer. Wer zur Staatsmacht will, muss in die Stadt mit den Kasernen fahren.«

»Was meinen Sie mit: die *richtigen* Polizisten? Und was hat Guido damit zu tun?«

Langsam rollte der Bus durchs Dorf. Sie sahen einen Supermarkt, mehrere Restaurants, eine Bank, einen Eisenwarenhändler, ein Kino: *Kurfilmtheater*. Mitten im Ort wies ein Schild in eine Nebenstraße zur Polizei.

»Sie haben gestern irgendwie gar nichts mehr mitbekommen, oder? Gut, dass Sie jetzt endlich mal ausschlafen konnten. Also: Guido kennt diesen Holadiho. Der Mann ist im Netz 'ne große Nummer. Stammt aus dem Tal hier, ist nach Berlin gegangen, mit einer Internetfirma Millionär geworden. Nach ein paar Jahren kehrte er zurück, bezog die verlassene Polizeistation. Allein, niemand weiß, warum. Und weil er nichts verdienen muss, da das Geld für ihn arbeitet, kann der Bürgermeister es sich leisten, ihn als eine Art Hilfssheriff zu beschäftigen. Er sorgt dafür, dass alles in Ordnung ist. So lange, bis die Polizei kommt.«

»Und wieso ist er so prominent bei diesen Netzmenschen?«

»Er ist ein bekannter Blogger. Und einer der erfolgreichsten Twitterer. Zigtausend User lesen seine Sachen. Was mich erstaunt, denn der Mann schickt nichts anderes als Naturgedichte in den Äther. Er versendet Lyrik, wie Muslime beten: Fünf Mal am Tag …«

Von den drei Parkplätzen vor dem grauen, kleinen Gebäude war nur einer besetzt, mit einem eckigen, alten Geländewagen. An der Fassade hing zwar kein Polizei-Schild mehr, nur eine dunkle Wandpartie über der Eingangstür zeugte davon, dass sich hier einmal ein Posten der Staatsmacht befunden hatte. Trotzdem merkte man dem Gebäude seinen ehemaligen Status noch immer an. Es strahlte trotz seiner Geducktheit einen Hauch bedrückender Autorität aus.

Pelzer hatte kaum die Zündung des Busses ausgestellt, als sich die Holztür der ehemaligen Wache öffnete. Gefolgt von einem zotteligen Hund, trat ein bärtiger, breit gebauter Mann auf den Parkplatz. Er musterte den Bus, dann Pelzer, schließlich Çelik. Keiner sagte etwas. Dann reichte der Mann Pelzer die Hand. Çelik nickte er bloß zu. Abschätzend.

»Sie wollen also die gute Beate Malinek kennen lernen, ja? Da müssen wir ein Stück laufen. Den Berg hoch. Kommt mir entgegen, der Hund braucht Bewegung. Sind Sie gut zu Fuß?«

»Natürlich. Lassen Sie uns losgehen«, übernahm Pelzer das Kommando. Sie warf Çelik einen Blick zu, bedeutete ihm, sich zurück zu halten. Zwischen diesen beiden Männern würde nicht viel zusammen gehen außer Streit, und den konnten sie in dieser Situation nicht gebrauchen. Die beiden waren sich auf den ersten Blick spinnefeind. Aber sie waren auf Holadiho angewiesen. Zumindest bis auf weiteres.

»Wir müssen da hoch!«, sagte der Einheimische und zeigte an einer Bergflanke, die im Dorf auslief, nach oben.

Çelik und Pelzer schauten in die Richtung, in die er wies. Oben am Berg, weit jenseits der letzten Häuser Hinterwangs, war ein Weiler zu sehen, vielleicht acht oder zehn Gebäude. Während Pelzer und Çelik noch schauten, waren Mann und Hund schon losgegangen. Zügig, mit festen Schritten.

Çelik stöhnte unwillkürlich. Er war nicht fit – und immer noch müde. Bei so einem Tempo bergauf zu gehen – das würden harte dreißig Minuten werden. Aber er durfte sich keine Schwäche anmerken lassen, weder Pelzer, noch dem Mann gegenüber. Er gab sich einen Ruck, marschierte los; fest entschlossen, das Tempo zu halten.

Dass sie schwiegen, kam Çeliks Atmung entgegen. Ein, zwei Mal versuchte Pelzer, mit dem Mann aus Hinterwang ins Gespräch zu kommen. Aber der Bärtige reagierte so unwirsch, dass klar war: Er wollte nicht reden. Noch nicht. Pelzer hatte keine Wahl: Sie überließ ihm das Sagen, ohne weiteren Dialog schritten sie bergan.

Immerhin, dachte Çelik, so müssten sie auch nichts preisgeben. Nicht, warum sie gekommen waren; nicht, wonach sie suchten; nicht, was sie von Beate Malinek wollten. Besser zu wenig, als zu viel sprechen, dachte er. Sie hatten sich keine Geschichte zurecht gelegt. Çelik konnte bloß hoffen, dass Pelzer notfalls Erklärungen parat hatte. Er war für so etwas nicht der Richtige. Er hatte andere Mittel, wenn es darauf ankam.

Zehn Minuten später war jeglicher Gedanke aus Çeliks Bewusstsein gewichen, und der Grund war wieder ein Ausblick. Jenseits der Häuser, auf halber Strecke in den Weiler, hatte sich ihr Führer, der Çelik und Pelzer mit seinem Hund vorausgeeilt war, auf einer Bank niedergelassen. In seinen Händen lag ein Smartphone, das er geschickt und flink bearbeitete. Tippend bedeutete er den beiden, ebenfalls zu pausieren. Als Çelik sich niedergelassen hatte, bannte ihn das Panorama, das sich beim Aufstieg unbemerkt hinter seinem Rücken entfaltet hatte: ein Tal, das sich wie ein Nest in die schroffen Berge ringsherum einfügte; eine Siedlung, die wirkte, als habe sie niemals anders ausgesehen als in diesem Moment. Klare Luft, klare Farben. Die eng liegenden Berge dräuten und drückten nicht, zumindest nicht an diesem Sonnentag. Im Gegenteil: Sie schützten das Tal und das Dorf, sie bargen das Leben der Menschen, das sich von diesem Aussichtspunkt gesehen wie auf einer Bühne präsentierte. Am anderen Ende des Tales, über einem schimmernden Freibad, kreiste ein Adler.

Hier müsste man leben können, dachte Çelik. Und im selben Moment fiel ihm auf, warum er das dachte: Nicht die Schönheit war es, nicht die Ruhe und auch nicht die Unversehrtheit, die das Tal ausstrahlte. Es war das Gefühl von Sicherheit, das von ihm Besitz ergriffen hatte: Hier war alles felsenfest, hier würde die Erde niemals beben, hier würden alle seismischen Wellen an den natürlichen Trutzfelsen zerschellen. In diesem Tal würden keine Häuser zerbersten, würden keine Ehefrauen, würden keine Kinder, würden keine Menschen im Bauschutt ersticken und verbluten. Hier war es sicher, immer gewesen. Jedenfalls, wenn man sich nicht zu weit in die Berge hineinwagte.

Eine Viertelstunde später erreichten sie den Weiler, der genauer besehen doch ein Dorf war: In vorderster Front, an der Kante zum Aufstieg, standen die Häuser, die von unten zu sehen gewesen waren; würdige, hölzerne Villen, die, so ließ ihr Begleiter sich entlocken, bereits im 18. Jahrhundert gebaut worden waren. In der zweiten und dritten Reihe dahinter befand sich ein Dutzend modernerer Gebäude, die in der zweiten Hälfte des 20. Jahrhunderts entstanden sein mochten. In einem der alten Häuser hatte man ein Lokal mit Biergarten eingerichtet, der gerade für den Tag gerüstet wurde, als sie ihn, von unten durch einen Hohlweg ins Dorf kommend, passierten.

Ein Gebäude stach aus allem heraus, es war weder dem Alten noch dem Neuen zuzuordnen, mehr Hütte als Haus, vielleicht ein ausgebauter Stall, umgeben von einem wilden, bunten Garten, der all die gepflegten Nachbargrünflächen in den Schatten stellte.

»Das ist das Wächterhaus«, knurrte der Mann. Der Hund hockte an seiner Seite, Sabber quoll von seiner Zunge auf die Straße. Er sprang auf, als sein Herr ihm ein Zeichen gab, kaum dass er ausgesprochen hatte.

Çelik spürte, wie die Wut in ihm wuchs. Eigentlich verstand er Männer, die schwiegen. Er mochte schweigende Männer sogar. Aber dieser hier war ihm ein Rätsel. Hatte er sie sechshundert Kilometer weit her ans Ende der Welt bestellt, um ihnen jetzt die Gegend zu zeigen? Çelik blieb noch einen Moment stehen, er

musste seine Gefühle bändigen. Zu oft schon hatten solche Momente in seinem Leben zu Gewalt geführt. Das durfte ihm jetzt und hier nicht passieren.
Pelzer reagierte besser, mit ein paar schnellen Schritten holte sie ihren bärtigen Führer ein. Dieser schickte sich an, das Dorf auf der Ostseite, wo eine schmale Teerstraße den Berg hinunter führte, wieder zu verlassen.
»Entschuldigung, und was heißt das? Wo gehen wir hin? Meinen Sie nicht, Sie sollten uns mal langsam in Ihre Pläne einweihen?«
Holadiho schritt unbeirrt weiter, dabei tippte er irgendwas in sein Mobiltelefon. Bloß der Hund zögerte, er prüfte, ob seinem Herrn Gefahr drohte. Dabei schmeckte er mehr in Çeliks Richtung, der Pelzer mit ein paar Laufschritten eingeholt hatte.
»Zwei Minuten noch, dann sind wir da.«
Pelzer zuckte mit den Schultern, sah zu Çelik. Dieser nickte.
»Im Wächterhaus hat sie gewohnt«, brummte der Bärtige, nachdem sie weitere dreihundert Meter gegangen waren. Rechts tat sich wieder das Panorama des Tales auf. Links des Weges thronten auf einer Wiese, die sich sacht bergan zog, zwei Eichen. Das Erdreich davor war zerwühlt, die Grasnarbe zerstört, und an den Bäumen hatte im unteren Bereich irgendetwas große Teile der äußeren Rinde beschädigt.
»Und jetzt?«
»Immer mit der Ruhe, junge Frau. Wir haben Zeit, oder? Das Wächterhaus war früher ein Stall. Hat einer aus dem Dorf geerbt. Und ausgebaut. Zur Hippiezeit. Wächterhaus deshalb, weil sie von da aus die Nazis überwacht haben, die hierher gepilgert sind. Drüben, die Villa Nr. 6 gehört nämlich der Familie Hess. Sagt Ihnen das was? Rudolf Hess, Hitlerstellvertreter? Seine Frau hat bis vor ein paar Jahren hier gelebt, bis zu ihrem Tod. Alte Nazis sind in Heerscharen hierher gepilgert. Auch junge. Die Mali, also ihre Beate Malinek, war die letzte Wächterin. War über zwanzig Jahre hier. Ziemlich beliebt, obwohl sie eine Fremde war. Und das will schon was heißen. Ist eines Tages plötzlich aufgetaucht und hat das Haus übernommen. Hatte mit dem Wachen allerdings nicht mehr viel zu tun, seitdem die alte Hess

unter der Erde steckt. Hat sich als Waldarbeiterin durchgeschlagen. Die gute Mali. Hat ihren Mann gestanden. Und jetzt … jetzt wohnt sie auch da unten.«
Der Mann zeigte ins Tal, in Richtung des Friedhofs, der sich neben der Kirche mitten im Ort befand. Etwas passierte mit ihm, auch der Hund saß jetzt geduckt neben ihm. Er ist beim Reden geschrumpft, dachte Pelzer, es ist für ihn etwas Persönliches. Zugleich wirkte Holadihos Blick jetzt aufmerksamer, er ignorierte Çelik zwar noch immer, sah Pelzer dafür geradewegs in die Augen.
»Auf dem Friedhof? Sie ist tot?«
»Autounfall. Sie kam vom Weg ab, prallte da vorne gegen eine Eiche. Was nicht tödlich war. Gestorben ist sie, weil ihr eine der Motorsägen, die sie auf dem Rücksitz liegen hatte, ins Genick geknallt ist. Und jetzt wüsste ich gerne, warum Sie nach ihr suchen. Was wollen Sie hier?«
Plötzlich stand er gänzlich aufrecht, hielt den Hund an der kurzen Leine. Çelik machte sich bereit. Er wusste nicht, wie er beide besiegen konnte. Aber ihm war klar, dass er den Hund zuerst erledigen musste, sonst hätte er keine Chance. Alles hing davon ab, ob der Mann bewaffnet war.
Pelzer trat einen Schritt an Herrn und Hund heran. Sie schien zu spüren, dass die Situation gleich eskalieren würde. Sie öffnete die Hände, zeigte eine Geste der Machtlosigkeit, strahlte Zurückhaltung aus.
»Das – ist eine ziemlich lange Geschichte. Lassen Sie uns im Biergarten einen Kaffee trinken, dann erzähle ich sie Ihnen. Mein Kollege kann sich ja so lange hier am Unfallort umsehen.«
Holadiho blickte zu Çelik, Çelik schaute zurück. Beide wirkten jetzt angespannt, wie der Hund, der mit gestrecktem Kopf hechelnd neben seinem Herrn stand, bereit zum Angriff. Pelzer wurde ungeduldig, das war ihr deutlich anzusehen. Gerade als sie sich abwenden und losmarschieren wollte, nickte Çelik beiläufig und drehte sich in Richtung Tal. Zwar war ihm damit die Möglichkeit verwehrt, aus dem Dörfler das herauszupressen, was er herausfinden wollte. Aber es war ihm ganz recht, für ein paar

Minuten alleine an diesem Ort zu sein. Vielleicht würde Pelzer mit ihren Methoden weiter kommen als er mit seinen.

Rechts der Straße, am Panoramahang, stand ein mit frischen Blumen geschmückter Schrein, mit dem einem ans Kreuz geschlagenen, hölzernen Jesus gehuldigt wurde. Çelik setzte sich auf die Bank daneben, blickte ins Tal, versuchte zur Ruhe zu kommen. Schatten von Wolken jagten über die Erde, über Çelik hinweg. Er wollte entspannen, Adrenalin abbauen, die Spuren, falls es welche gab, nüchtern und objektiv aufnehmen.
Er gab sich einen Ruck, kehrte zurück zu den Eichen, umfasste, betastete, untersuchte sie, um schließlich auf Knien robbend die Zerfurchungen der Wiese Quadratzentimeter für Quadratzentimeter zu prüfen. Ihm war bald klar: Er würde hier nichts finden. Nicht mehr. Jemand hatte gründlich aufgeräumt. Nicht einmal ein Splitter eines Scheinwerfers war zu sehen; es war, als wäre hier nie ein Kraftfahrzeug beschädigt worden. Und es würde nicht herauszufinden sein, ob Beate Malinek tatsächlich bei einem Unfall gestorben war – oder ob jemand nachgeholfen hatte. Sie waren umsonst gekommen.
Çelik musste nachdenken. Jetzt hätte er Pelzer und ihre klaren Analysen gebraucht. Er stand auf, musterte noch einmal die Fläche, die er untersucht hatte. Dann ging er zur Aussichtsbank; entschlossen, sich von dem Panorama nicht die kühlen Gedanken rauben zu lassen. Gerade, als Çelik sich setzen wollte, streifte sein Blick die Sitzfläche, die aus vier hölzernen Dielen in verblasstem Rot bestand. Generationen von Mitteilungsbedürftigen hatten ihre Namen und Zeichen ins Holz eingeritzt; die Bank legte eine heimliche Chronik des Ortes ab. Kunstvolle Herzen waren geschnitzt worden, jemand hatte seine Geliebte mit einer Rose verewigt, ein Hakenkreuz buhlte in direkter Nachbarschaft eines Anarchie-Symbols um die Aufmerksamkeit des Betrachters. Eine Unmenge Zeichen und Verweise auf zu engem Raum, und trotzdem stach Çelik ein Name geradewegs ins Auge: *Jeanne.* Jemand hatte ihn in die Bank geritzt, ganz eindeutig.

Çelik verharrte. Ein Schmerz zuckte von seinem Magen aus durch den Oberkörper. Mit einem Mal ging nichts mehr. Er war bodenlos müde, als wollte sich die Erschöpfung aller schlaflosen Nächte der letzten Jahre ausgerechnet jetzt und hier entladen. Er strauchelte kurz, ein Schwindel erfasste seine Wahrnehmung. Er konnte seine Augen kaum mehr offen halten. Wieder nahte Bewölkung, wieder fiel ein schwerer, schwarzer Schatten auf ihn. Ein Schlag, er fühlte ihn im gesamten Körper. Çelik taumelte, ging zu Boden. Er stand auf, fiel erneut auf die Knie, spürte immer wieder den Schmerz. Wallungen von Hitze rasten durch seine Glieder, wechselten sich ab mit Schüttelfrost. Atemnot. Çelik musste weg von diesem Ort, er musste vergessen. Er schleppte sich, stolperte und kroch über die Wiese hinweg in Richtung Wald. War da jemand, der ihn malträtierte? Der ihn zog und schob und schubste? War er es selbst, der sich trotz aller Schmerzen zu weiterer Bewegung zwang? Der immer noch einen Schritt machte und noch einen und einen weiteren? Çelik wusste es nicht, sein Denken und Fühlen war ins Schwimmen geraten zwischen Bewusstsein und Bewusstlosigkeit. Er bewegte sich, wurde bewegt, bildete sich Bewegung ein. Çelik spürte Asphalt, Gras, Stein, Wurzeln, Moos, und irgendwann sank er in ein tiefes, klares Nass.

Pelzer Çelik war von Beginn an anders. Als er aufwachte, im Auto, und in diese Berge hineinsah, verwandelte sich etwas in ihm. Er wirkte so – heimisch. Als sei er zu Hause angekommen. Was ich, ehrlich gesagt, überhaupt nicht nachvollziehen kann. Natürlich sind diese Berge beeindruckend, natürlich ist das eine grandiose Landschaft. Aber da leben?
Jedenfalls kam ich aus dem Biergarten zurück – und er war ganz einfach weg. Nichts, gar nichts – Çelik war verschwunden. Aber: Ich hatte da so ein Gefühl. Da war ein Pfad, der sich rechts der Eichen über die Wiese schlängelte und später in dem angrenzenden Wald verschwand. Ein Steg führte über einen Gebirgs-

bach, dessen Verlauf talabwärts der Weg nach oben folgte. Ein paar Vögel zwitscherten, ansonsten herrschte die gedämpfte Ruhe eines Waldes, der der Mittagssonne standhält. Hier und da drangen einzelne Sonnenstrahlen durchs Geäst, verloren sich auf dem Weg zum Boden.

Klar, so was lässt einen nicht unbeeindruckt. Es war schön, aber eben auch nur ein Wald, an einem Berghang gelegen, mit Vogelgezwitscher und Sonnenstrahlen. Irgendwann hörte ich ein Plätschern, und dann stand ich plötzlich vor einem völlig überdimensionierten Wehr aus Beton. So ein Ding, das wahrscheinlich den Zweck hat, den Bach zu bremsen, wenn er zur Zeit der Schneeschmelze so anwächst, dass er Steine und Bäume mit ins Tal trägt. Irgendjemand hatte den Durchgang des Bachs durch dieses Wehr gestaut, notdürftig, mit ein paar Holzplatten, wahrscheinlich Kinder. Bloß ein Rinnsaal drang hindurch, und das Plätschern wurde lauter.

Ich dachte mir: Okay, auf das Wehr gehe ich noch. Also bin ich raufgeklettert – und entdecke dahinter einen kleinen See. Es war schon toll, zugegeben: Eine Amsel rief nicht weit entfernt, von rechts war ein Kuckuck zu hören, und mitten in dem Gumpen trieb Çelik. Er lag auf dem Rücken. Splitternackt. Er gab keine Regung von sich. Und er wirkte glücklich.

Zuerst dachte ich, das ist jetzt so eine Zuspitzung. Çelik gibt sich ja gerne als harter Hund, ist er wahrscheinlich auch irgendwie. Ich finde ja, er hat auch was von einer Drama-Queen, mit seiner Absolutheit, die er manchmal an den Tag legt. Aber er trieb nicht da im Gumpen, weil er eins werden wollte mit der Landschaft. Sondern weil er, glaube ich, bloß so diesen totalen Zusammenbruch abfedern konnte, den er erlebte. Weil das Wasser ihn so weit trug, dass sein Körper mit seinem Notprogramm es schaffte, den kleinen Rest zu übernehmen.

Einen Moment dachte ich sogar, er sei tot. Unfassbar, welch leeres Nichts da kurz in mir drohte; es war, als hätte ich ein schwarzes Loch im Herzen. Unfassbar deshalb, weil ich nicht glauben kann, wie nahe mir dieser Mensch in so kurzer Zeit gekommen ist. Als wären wir schon ewig verbunden, irgendwie. Dabei weiß

ich nicht, was er für mich ist, für mich sein kann. Ein Bruder? Ein Freund? Ein Mann?
Ich blickte auf das sich kräuselnde Wasser, auf ihn, auf seinen Körper. Ich löste die Knöpfe meiner Bluse, öffnete die Jeans, streifte mir sie mitsamt des Slips, der Socken und der Schuhe vom Körper. Lies mich ins Wasser und zu ihm gleiten. Berührte ihn in seinem Schweben, fasste seinen Brustkorb, schwang mich hoch, bestieg ihn, bettete meine Brüste auf ihm, schwebte mit ihm; für Sekunden, in Gedanken.

...

Ich weiß nichts über mich, er weiß zu wenig über sich, wir wissen nichts über uns. Im Grunde sehe ich nur eine Möglichkeit herauszufinden, welche Stricke uns verbinden: Ich muss ihn irgendwie in eine *Aufstellung* bekommen. Garantiert wird er sich nicht drauf einlassen, dass wir uns und unsere Geschichten aufstellen. Ich muss ihn dazu bringen, sich über seine Gefühle zu äußern. Notfalls, ohne dass er selbst es merkt.
Und dieser Holadiho-Twitter-Dorfpolizist: Der Typ hat Lunte gerochen. Vielleicht an mir, ich weiß nicht. Wenn es denn noch was zu finden gibt, wird er fündig werden. Bin gespannt ...

Fünfundzwanzig

Çelik fragte sich, was er hier eigentlich zu suchen hatte. Er hasste Gruppensitzungen, Abteilungstreffen und Konferenzen jeglicher Art. Schon bei der Istanbuler Polizei waren sie ihm zuwider gewesen. Man heuchelte Interesse, man beäugte sich misstrauisch. Die Vorgesetzten liebten es, einen vor versammelter Mannschaft vorzuführen. Man freute sich, wenn die Fragen an einem vorbeigingen. Und man hatte die ganze Zeit das Gefühl, seine Zeit anderswo sinnvoller verbringen zu können.
Jetzt saß er hier und betrachtete die Szenerie vor sich. Es war ein großer, kahler Raum, mehrere Stühle waren dicht an die Wände gereiht worden. Mittendrin stand eine Gruppe von Männern und Frauen, die gestikulierend debattierten. Ines Pelzer betrieb

ihre Praxis mit vier anderen Psychologen und Therapeuten. Gemeinsam teilten sie sich diesen Saal für Seminare oder irgendwelche Besprechungen. Jeder von ihnen hatte noch ein kleines Sprechzimmer für sich. Pelzers Raum befand sich am äußersten Ende der Etage. Çelik hatte einen Blick hinein geworfen: ein Schreibtisch, zwei Sessel, alles in allem schlicht und einfach gehalten. Keine Pflanze, kein Bild, keinerlei Dekoration, die etwas mehr Gemütlichkeit erzeugt hätte.
Jetzt stand sie am Fenster zusammen mit der Frau, die gerade einen Vortrag gehalten hatte: Dr. Maike Dellinger. »Eine anerkannte Expertin auf ihrem Gebiet«, hatte Pelzer gesagt. Çelik beobachtete die kleine, pummelige Frau, die er eher bei einem Seminar über ökologisch angebautes Gemüse erwartet hätte. Sie hatte große Hände mit kurzen, dicken Fingern; ihre Nase war ein einziges Knorpelgebilde, das wie eine pockige Knolle aus ihrem Gesicht wucherte. Überhaupt schien alles an ihr überdimensioniert: Ihre Beine, ihr Busen, ihr Po. Aber ihre Bewegungen waren geschmeidig, fast schon tänzerisch. Bei ihrem Vortrag hatte sie den Saal mehrfach durchquert, und Çelik schien es, als würde sie dabei an einem unsichtbaren Seil pendeln. Und dann ihre Stimme: Sobald sie zu sprechen begonnen hatte, war Çelik in eine seltsame Trance verfallen. Dellinger stammte aus Österreich, vielleicht lag es an ihrem seltsamen Dialekt, vielleicht an der melodiösen Sprechweise: Die Töne schwangen sich so sanft durch die Luft, dass sich sofort eine Wärme ausbreitete. Çelik fiel es schwer, sich zu konzentrieren.
Ines Pelzer hatte ihn darum gebeten, an dem Seminar teilzunehmen. »Wäre schön, wenn Sie dabei sind, Çelik«, hatte sie gesagt, »ich glaube, ich werde Sie brauchen.« Was hätte er erwidern sollen? Dass er keine Lust hatte? Dass er etwas anderes zu tun hatte? Was denn? Er hätte die Zeit nutzen können, weiter zu recherchieren, weiter nach Spuren zu suchen, mehr über den Namen *Jeanne* heraus zu bekommen. Stattdessen saß er hier im Gruppenraum der Praxis. Weil er ihr diesen Gefallen tun wollte. Vielleicht aber auch, weil es ihm immer schwerer fiel, allein zu sein. Am Vorabend hatte er in seinem Wohnmobil lange wach

gelegen. Der Ausflug in die Berge hatte ihm gut getan. Einmal quer durch die Republik in den Süden und zurück. Die Landschaft hatte sich tief in seine Hirnzellen gebrannt. Es war sehr lange her, dass er so viele Stunden so nah bei einem anderen Menschen verbracht und sich dabei wohl gefühlt hatte. Wieder allein in seinem Wohnmobil, war plötzlich ein Gefühl der Einsamkeit über ihn hereingebrochen, wie er es nicht kannte. Mit der Wucht einer Welle. Er hatte kurz davor gestanden, seine Sachen zu packen und sich aus dem Staub zu machen. Wie so oft in seinem Leben. Aber er ahnte, dass er all das hier vermissen würde. Er wusste, dass in Istanbul keiner auf ihn wartete. Außer seiner Mutter, die es ihm in ihrem Koma nicht zeigen konnte. Zuletzt hatte er zwei Tabletten genommen und war mit Blick auf das Ölgemälde eingeschlafen.

Dr. Maike Dellinger bildete selbst Fachleute aus und gab Einführungen in ihr Spezialgebiet: Aufstellungen. So nannten sie diese Methode. Das Prinzip hatte Pelzer ihm vorher schon erklärt. Es ging darum, Strukturen aufzudecken. Soviel hatte Çelik verstanden. Strukturen, die bestimmten Gruppenkonstellationen zugrunde lagen: Familien, Unternehmen, Teams, eigentlich jede denkbare Anordnung. Diese Gruppen wurden dann tatsächlich aufgestellt. Körperlich. Fassbar. Greifbar. Jedes Mitglied dieser Gruppe stand als Mensch aus Fleisch und Blut im Raum. Und aus dieser Anordnung entstand etwas. Dellingers Vortrag hatte sich natürlich vor allem an die Psychologen gerichtet, er war mit Fremdwörtern gespickt gewesen. *Systemdynamik, Prozessarbeit.* Çelik konnte damit nichts anfangen.

Einer von Pelzers Kollegen hatte dieses Seminar organisiert, eine Art Fortbildung. Pelzer wollte selbst mehr über die Methode lernen, um sie dann vielleicht bei ihrer Savant-Gruppe anzuwenden. Sie hatte es ihm erklärt: Autisten fiel es schwer, sich zu ihrer Gefühlswelt zu äußern. Normalerweise hatten sie keinen Zugang dazu. Aber an ihren Gesten, Reaktionen, an ihren Bewegungen konnte man erkennen, was sich womöglich in ihnen abspielte. Zumindest wenn man sie besser kannte. Pelzer überlegte sich, die Gruppe mit dieser Methode der Aufstellung in eine Anord-

nung zu bringen, in der sie rein körperlich auf Distanz und Nähe reagieren mussten.
Was Çelik verstanden hatte: Es ging darum, Prozesse, die innerhalb einer Gruppe abliefen, sichtbar zu machen. Man versprach sich dadurch Erkenntnisse über tiefere Verkettungen. Das Besondere war, dass man nicht die tatsächlichen Mitglieder der Gruppe aufstellte, sondern *Stellvertreter.* Irgendjemanden, der die Rolle eines anderen einnahm. Etwas, was Çelik nicht nachvollziehen konnte.
Pelzer löste sich von Dellinger, durchschritt in ausladenden Schritten den Raum und setzte sich neben ihn.
»Na, Dr. Murad Çelik, was halten Sie von dem Vortrag?«
Sie hatte ihn in der Runde als Kollegen aus Istanbul vorgestellt, spezialisiert auf Traumata und Panikattacken. Zum Glück hatte keiner nachgefragt. Pelzer schaute ihn an. Ihre Augen funkelten so wach und hell, dass er am liebsten in sie eingetaucht wäre. Stattdessen spannte er seinen Oberkörper an, lehnte sich zurück, verschränkte seine Arme.
»Das mit den Stellvertretern kapiere ich nicht«, grummelte er, »was soll das bringen?«
»Na ja, die echten Mitglieder kriegen Sie ja nie zusammen, Çelik. Man schaut ja auf eine Gruppe, weil es Spannungen oder Probleme in ihr gibt. Das kann man nicht mit den echten Mitgliedern machen. Wenn es um Familienstrukturen geht, sind einige ja oft schon tot.«
»Ja und? Was soll es bringen, wenn jemand meinen Vater spielt und sich im Raum aufstellt?«
»So, wie man die Mitglieder im Raum positioniert – so, wie man sich selbst dazu stellt, wie nah, wie weit entfernt, sagt es etwas aus über die Struktur, über die eigene Stellung in diesem Gefüge.«
Pelzer erklärte ihm, es hänge sehr vom geschulten Aufsteller ab, wie so eine Sitzung verlaufe. Es gehe darum, zu reden, zu hinterfragen, Antworten zu fordern. Um neue Arrangements. Um Abstände zwischen den Menschen. Um Nähe. Um Distanz. Um die Privatsphäre. Je mehr Pelzer erklärte, desto eindeutiger

fühlte Çelik sich fehl am Platz: reden, erklären, begründen, sich äußern, das waren nicht gerade seine Lieblingsbeschäftigungen.
»Es sind zwar andere Menschen, die da stehen, aber ihre physische Besetzung im Raum hat schon eine immense Wirkung. Und ihre Empfindungen innerhalb dieser Anordnung scheinen den echten sehr nahe zu kommen.«
»Das ist doch bloß Einbildung. Wie soll man einen Menschen spielen, den man nicht kennt? Und dann auch noch seine Gefühle rüber bringen?«
»Sie spielen nicht, Çelik, sie stehen nur im Raum.«
»Es bleibt trotzdem ein Spiel«, beharrte er.
»Nein, das ist kein Spiel. Das ist eine wissenschaftliche Methode.«
Çelik spürte seinen inneren Widerstand. Man verpackte etwas in eine komplizierte Theorie, das man aus dem Bauch heraus ebenso hätte erklären können.
»Aber woher wissen Sie, dass sich jemand nicht völlig verstellt?«
»Wenn er das tut, dann gehört das immerhin auch zu seiner Psychologie, oder? Man muss sich einfach mal darauf einlassen, Çelik, es mit sich geschehen lassen und beschreiben, was man dabei empfindet.«
Neben ihnen saßen Guido und Paul. Pelzer hatte auch die beiden um ihre Teilnahme gebeten, weil man für das Seminar ein paar Leute brauchte, die in die gewünschten Rollen schlüpften. Guido war sofort Feuer und Flamme für die Sache gewesen, er hatte sich vorab gründlich informiert und schien seinen Auftritt nicht abwarten zu können. Paul war schon einiges gewöhnt, deshalb brachte ihn ein solcher Termin nicht aus der Ruhe. Er grinste die ganze Zeit vor sich hin und rieb sich die Hände.

Die Pause war vorüber. Alle begaben sich auf ihre Plätze. Dellinger verkündete, man wolle nun die Familie eines anwesenden Therapeuten aufstellen. Der Mann stand auf und ging zur Mitte des Saales. Dellinger führte ein kurzes Gespräch mit ihm über die grundlegenden Aspekte seiner Angehörigen. Sie referierte, dass es darum gehen werde, das Verhältnis der einzelnen Familienmitglieder offen zu legen. Es würden nun zunächst die Stellvertreter ausgewählt. Der Mann bewegte sich durch den Raum und suchte sich diejenigen aus, die ihn und seine Familie repräsentieren sollten: seine Eltern, seine Großeltern, Geschwister. Als er vor Çelik trat, hielt der seinen Blick auf den Boden gesenkt.

Er hatte es schon befürchtet. Er war das älteste männliche Wesen in der Runde, prädestiniert für die Rolle.

»Würden sie meinen Vater spielen?«, sagte der Mann.

Çelik schaute sich um. Alle Blicke ruhten auf ihm. Obwohl es ihm widerstrebte, nickte er und stand auf. Der Mann griff seinen Arm und führt ihn durch den Raum, bis er einen Platz für ihn gefunden zu haben schien. Danach bestimmte er die Stellvertreter für seine Geschwister und seine Großeltern. Und schließlich suchte er die Vertreterin für seine Mutter aus. Seine Wahl fiel auf Pelzer. Er brauchte eine Weile, bis er die richtige Position für sie fand. Schließlich stellte er sie ganz dicht zu Çelik, Rücken an Rücken. Als Vertreter für sich selbst wählte er Guido aus. Er platzierte den Pfleger im Abstand von knapp zwei Metern seitlich von Çelik und Pelzer.

Damit war der erste Teil der Aufstellung abgeschlossen. Dellinger kommentierte, was sie sah. Sie fragte den Mann, ob er mit der Anordnung zufrieden sei, mit den Abständen, mit den Blickrichtungen. Gemeinsam begannen sie, Korrekturen vorzunehmen, wie in einer Inszenierung schoben sie wortlos die einzelnen Vertreter durch den Raum, drehten sie in andere Richtungen. Dabei drückte ihnen der Mann sanft seine Hand auf die Rücken. Çelik hatte den Eindruck, alles gehorchte einer vereinbarten Choreographie. Der Gesichtsausdruck des Mannes zeigte, dass er sich sehr konzentrierte. Alle aufgestellten Personen wurden nochmals leicht versetzt. Bloß Çelik blieb stehen, anscheinend wirkte seine innere Abwehr. Er mochte es nicht, von Fremden angefasst zu werden.

Çeliks Gedanken begannen zu kreisen. Wie hätte er seine eigene Familie aufgestellt? Seine Eltern? Wie hätte er seinen Vater und seine Mutter zueinander in Beziehung gesetzt? Und wo hätte er

sich selbst positioniert? Sicherlich näher zu seiner Mutter. Seinen Vater eher am Rand, mit dem Rücken zu ihm. Dicht bei seiner Mutter würde sein Großvater stehen. Mit ihm fühlte Çelik eine enge Verbundenheit. Seine Frau, sein Sohn? Wo hatten die ihren Platz bei ihm? Geschwister hatte er keine. Wer stand ihm sonst noch nahe? Ihm fiel niemand ein. Çelik fragte sich, ob er ein einsamer Mensch war. Seine Frau und er waren sich einig gewesen, sie wollten viele Kinder haben. Aber nach dem Jungen hatte es nie mehr geklappt, und irgendwann hatten sie ihre gesamte Sehnsucht nur noch auf ihn konzentriert.
Çelik sah, wie Dellinger bei Guido stand und ihn etwas fragte. Wie er sich in seiner Rolle empfinde? Guido zeigte auf seinen Bauch, gestikulierte, deutete an, dass ihn etwas Schweres zu Boden zöge. Natürlich, der Junge fühlte mit. Seine betretene Miene machte einem sofort klar, dass er litt. Dellinger legte ihren Arm um Guidos Schulter. Und der begann in langen Sätzen von seinen Empfindungen zu berichten.
Çelik schaltete ab. Er nahm die Personen im Raum wahr, hörte aber keinen einzigen Laut mehr. Dafür konnte er Pelzers Parfum riechen, ihr Körper drückte sich gegen seinen; er meinte sogar, ihren Herzschlag spüren zu können, kaum merklich an den Schulterblättern, die gegeneinander rieben.
Im nächsten Moment merkte er, dass alle Augen auf ihn gerichtet waren. Er schaute sich um. Paul, der am Rand saß, kicherte in sich hinein. Aus weiter Ferne drang langsam ein Laut zu ihm.
»Vater? Hallo, Vater? Hören Sie mich?«
Dellinger stand neben Çelik und sah ihm in die Augen.
»Wo sind sie? Sie müssen sich konzentrieren!«
Erst jetzt merkte er, dass sie ihn damit meinte.
»Was fühlen Sie, Vater?«
Der Satz hallte in seinem Schädel wider. Er wurde hin und her geworfen, prallte an die Innenwände und verursachte kleine Stöße. Was sollte er schon fühlen? Er stand Rücken an Rücken mit einer Frau, für die er Gefühle empfand, mit denen er nicht umgehen konnte. Ihr Geruch vernebelte seine Sinne. Was sollte er sagen? Er hatte keine Worte für so etwas. Seine Frau hatte ihn

auch oft gefragt, was er denn fühle. Er hatte sie immer angesehen und sich dann weggedreht. Was seine Gefühle anging, war er ein Meister der Sprachlosigkeit.

»Nichts«, sagte er schließlich. Es entsprach der Wahrheit. Genau in diesem Augenblick empfand Çelik nichts. Nicht einmal eine Leere.

Dellinger berührte seinen Arm.

»Sie fühlen bestimmt etwas«, sagte sie. »Geht es ihnen gut? Oder stehen sie zu nah an der Mutter?«

Es kam ihm vor wie ein Theaterstück. Kindertheater. Man schlüpfte mal eben in eine Rolle, und schon fühlte man etwas. Absurder Schwachsinn. Sie sollte ihn loslassen. Er wollte nicht von ihr angefasst werden. Çelik schüttelte den Kopf.

»Okay, Vater«, sagte Dellinger, »lassen Sie sich Zeit, wir kommen später noch mal zu Ihnen.«

Sie zog mit dem Mann, dessen Familie hier zu Leben erweckt werden sollte, weiter zu Pelzer. Damit verschwanden sie aus Çeliks Blickfeld. Hinter seinem Rücken hörte er Dellinger die gleiche Frage an Pelzer stellen. Lange kam keine Antwort, dann hörte er Pelzers kühle Stimme. Auch sie sagte: »Nichts!«

Dellinger ließ sich nicht beirren.

»Beide Eltern fühlen nichts«, schmetterte sie der Runde zu. »Na, wenn das mal nicht seltsam ist.«

Çelik schaute sich nicht um. Stattdessen sah er in Pauls Augen, der ihm von der Seite aus zuzwinkerte und seltsame Grimassen schnitt.

Vielleicht wäre es sinnvoll gewesen, ihren Fall aufzustellen. Das hätte sie wenigstens weiterbringen können. Çelik musste lächeln. Aber dazu wussten sie zu wenig. Wie standen die einzelnen Beteiligten der Geschichte zueinander in Beziehung? Und welche Schlüsse konnte man daraus auf die Motive des Täters ziehen? Motive? Das war dabei letzten Endes immer der Mittelpunkt der Frage. Was bewegte einen Täter zu solchen Taten?

Çelik war die ganze Zeit davon ausgegangen, dass es Rache sein musste. Diese Verbindung aus geballter Wut und der sachlich-kühlen Vorgehensweise sprach für jemanden, der einen klaren

Plan verfolgte und nicht ziellos durch die Gegend mordete. In ihrem Vortrag hatte Dellinger vorhin etwas Interessantes gesagt. Sie hatte über die Ursachen von tiefen Traumatisierungen gesprochen. Auf der emotionalen Seite stand da oft ein Verlust, den jemand nicht verkraften konnte. Der Schmerz, der diesen Verlust begleitete, konnte sehr tiefe Wunden verursachen. Aber noch stärker als der Schmerz, der aus einem Verlust entstünde, sei derjenige, der seinen Ursprung in einem Schuldgefühl habe. Dieser Schmerz könne zu einer völligen Selbstzerfleischung führen und sei damit eindeutig die traumatischere Form. Warum tötete Darius´ Mörder? Çelik hatte bisher immer nur an jemanden gedacht, der Rache nehmen wollte, weil er einen Verlust verschmerzen musste. Jetzt kam ihm der Gedanke, dass es etwas anderes sein konnte. Ein tief empfundener Schmerz, der mit einer eigenen Schuld zu tun haben konnte.
Çelik sah auf. Dellinger und der Mann standen jetzt am anderen Ende des Raumes bei einem Paar. Sie vertraten die Großeltern des Mannes. Çelik hatte sich gewundert, wie weit weg von all den anderen er sie platziert hatte. Sie standen da, als würden sie für ein Foto posieren. Dellinger forderte den Mann auf, seinen Stellvertreter Guido hinter die beiden zu stellen. Nach einer Weile schaute Guidos Kopf zwischen dem Paar hindurch.
In diesem Augenblick kam Çelik ein Gedanke. Sie waren so dumm gewesen! Verdammt! Sie hatten sich bei dem Gruppenbild von Darius bloß auf die Sichtbaren konzentriert. Als wäre es ein Pressefoto oder irgendein Schnappschuss. Aber die Gruppe agierte im Untergrund, niemals hätten sie einen Fremden an sich heran gelassen. Außerdem schien die Stimmung sehr ausgelassen gewesen zu sein. Es gehörte also noch jemand zum inneren Kreis. Derjenige, der das Foto gemacht hatte! Jemand, der der Gruppe so nah gewesen war, dass er die gute Laune nicht störte. Einer von ihnen.

Sechsundzwanzig Der alte Mann im Rollstuhl war nicht zu beirren. *Pizza, Türke! Pizza!* Immer wieder stieß Uhlmann diese Worte aus, fordernd, als erteile er einen Befehl. Çelik schwitzte. Die Situation war ihm unangenehm. Er fühlte sich beobachtet. Der Mann, der bloß ein Schatten sein wollte, wurde zu einer öffentlichen Person – mit Rollstuhl samt Pflegepatienten. Sie waren eine wandelnde Geschichte, auffällig wie eine Schlagzeile.

Pelzer hatte sie an der Endstation der Linie 1 abgesetzt; sie hatte wegen eines Termins zu wenig Zeit, mit dem Auto bis an die Anlegestelle am Fluss zu fahren. Obwohl ihr das, wie sie sagte, nach dem Vorfall im Polizeipräsidium eigentlich lieber gewesen wäre.

Die Bahn erreichte die Innenstadt. Seit über zwanzig Minuten war Çelik mittlerweile mit dem Alten unterwegs. Ebenso lange forderte Uhlmann mit seiner krächzenden Stimme immer wieder *Pizza, Türke! Pizza!* Çelik konnte ihn nicht einmal durch ein volles Zugeständnis dazu bewegen, endlich Ruhe zu geben.

Zuerst hatten die anderen Fahrgäste noch verständnisvoll geschaut. Schließlich handelte es sich bei Uhlmann in ihren Augen um einen Behinderten, und für Behinderte zeigte man Toleranz. Aber die Grenzen waren eng gesetzt. Schon bald, so kam es Çelik vor, waren die Menschen von ihnen abgerückt, hatte sich ein leerer Kreis um ihn und den Mann im Rollstuhl gebildet, als umströme sie eine Knoblauch- oder Schnapsfahne.

Çelik konnte es niemanden verdenken. Ein verrückter Anzugträger, der im Kommandoton Pizza forderte, dessen Rollstuhl von einem unrasierten, unwirsch wirkenden Türken mehr schlecht als recht durch die Gegend bugsiert wurde …

Pelzer hatte kurz überlegt, als Çelik sie gefragt hatte, was sie davon halte, wenn er noch einmal einen Ausflug mit Uhlmann unternehmen würde. »Warum nicht?«, hatte sie dann gesagt, nachdem sie mit einem kleinen, bitteren Lachen etwas vor sich hingemurmelt hatte, das wie *Aber diesmal bitte ohne Anfall* geklungen hatte. Çelik war das egal. Er wollte einfach nur mit Uhlmann raus. Und er wollte zum Fluss, es drängte ihn dahin.

Sie stiegen aus, querten einen Platz, erreichten die Fußgängerzone. Es war warm. Vor allem junge Mädchen waren unterwegs, viele Schwarzköpfe dabei, sie transportierten Plastiktüten, waren knapp gekleidet, zum Teil in Abendgarderobe, sahen appetitlich aus. Çelik hatte keinen Appetit. Aus manchen Läden drang laute Musik; das sind Diskotheken, Tag und Nacht verschmelzen, überlegte er. Der kurze Gedanke, sich in den Eingeweiden solch eines Gebäudes aufhalten zu müssen, verursachte ihm Übelkeit. Uhlmann wiederholte sich: *Pizza, Türke! Pizza!* Die Passanten machten einen Bogen um sie. Manche guckten angewidert, andere ängstlich. Als schiebe der Türke eine rollende Zeitbombe durch die Gefilde des schönen Scheins.

Uhlmann sah grotesk aus. Sein Kopf zuckte, seine Hände gestikulierten, sein Körper war in einen abgeschabten Breitcordanzug gezwängt, der bestimmt schon zu Çeliks Grundschulzeit mehrfach aus der Mode gewesen war. *Pizza, Türke! Pizza!*

Uhlmanns Nörgeln fuhr einem auf Dauer durch die Haut, durchs Fleisch, direkt an die Nerven. Langsam wurde Çelik klar, was Pelzer mit der Bemerkung gemeint hatte, er solle mit Uhlmann vor der Schiffstour ins Zentrum fahren. »Pizza im grünen Anzug, das ist für ihn der absolute Höhepunkt, Çelik, keiner weiß, warum. Wenn sie Punkte bei unserem Superhirn sammeln wollen, dann spendieren Sie ihm ein Stück Pizza, das wird er Ihnen nicht vergessen …«

In der Altstadt wurde es schlagartig besser. Granitplatten, Teer und Kopfsteinpflaster wechselten sich ab, und mit jedem Ruckler, der den Rollstuhl erschütterte, wurde Uhlmann ruhiger. Ein Lächeln schlich sich in seine Mundwinkel, wie schon bei dem Ausflug ein paar Tage zuvor. Derselbe Effekt wie am Weiher, dachte Çelik, die kleinen Schläge sind ihm eine Erinnerung im Kurzzeitgedächtnis, ein Ausflug ins Hier und Jetzt. Uhlmann war also durchaus in der Lage, präsent zu sein, mit seinen Gedanken in die Gegenwart zu gleiten, zumindest für Augenblicke. Jedenfalls war Çelik erleichtert, dass der Alte endlich schwieg, gezielt schob er ihn über Unebenheiten, suchte nach gepflasterten Wegstrecken. Vorbei am Rathaus, an einer archäologischen Ausgrabung und einem Steakhouse bewegten sie sich in Richtung des Flusses.

Die Pizzabude befand sich jenseits des alten Marktplatzes in einer engen Gasse. Ein gelangweilter Schwarzer nahm ihre Bestellung entgegen. Çelik orderte zwei Stücke mit Thunfisch und Zwiebeln. Ein ganzes Blech war kurz zuvor aus dem Ofen gekommen, sie brauchten nicht zu warten. Uhlmann sabberte verlangend, streckte seine Hände in Çeliks Richtung. Aber der blieb unnachgiebig. Er drehte das Gefährt seines Begleiters, bewegte es nach draußen und schob es vollends zum Fluss hinunter.
Schließlich platzierte er Uhlmann in der Nähe einer Stahlbrücke so bei einer kleinen Mauer, dass sie nebeneinander sitzen und ihr Mahl zu sich nehmen konnten. Uhlmann aß gierig, er stopfte sein Pizzastück binnen Sekunden in sich hinein. Er genoss anscheinend auf die schnelle Art und Weise. Dann rülpste er und legte seine Hand zufrieden auf Çeliks Unterarm. »Gut, Türke, sehr gut«, zischte er mit halblauter Stimme, und für einen Moment verstärkte sich der Druck auf Çeliks Arm.
Zum Anleger waren es nur wenige Meter. Das Wasser schob grau flussabwärts, man sah kein Schäumen, kein Glitzern des Nass in der Spätsommersonne. Gruppen von Touristen schlenderten die Promenade entlang. Viele wirkten, als suchten sie etwas, eine Ablenkung, ein Ziel. Aber es gab nichts, von einem einzigen Eisstand abgesehen. Keine fliegenden Händler, keine Schuhputzer, keine Zeitungsverkäufer.
Uhlmanns Hand auf seinem Arm hatte sich entspannt, der alte Mann atmete tief und gleichmäßig. Fast schien es, als würde er schlafen. Çelik blickte auf die andere Seite des Flusses. Auch da waren bloß Passanten zu entdecken, sie waren zu Fuß unterwegs, auf Inlineskates, auf Fahrrädern. Niemand verharrte, weil es keinen Grund zum Verharren gab. Schon merkwürdig, diese Deutschen, dachte Çelik – und wunderte sich zugleich doch über sich selbst: Er hatte eine Aufgabe, er hatte sogar Freunde gefunden – wenn man so wollte, zumindest. Doch – wohin gehörte er selbst? Çelik dachte an seine Mutter, in ihrem Krankenbett in Istanbul. Schlechtes Gewissen überfiel ihn. Sie war aus seinen Gedanken verschwunden gewesen, für Tage. Er hätte längst schon seinen Cousin anrufen müssen, um sich nach ihrem Befinden zu er-

kundigen. Andererseits kannte er die Antwort auf die nicht gestellte Frage nur allzu genau. An ihrem Zustand würde sich so bald nichts ändern. Vielleicht nie. Und was schuldete er ihr überhaupt? So viel hatte sie ihm vorenthalten. Er wusste nicht, warum sie damals so überstürzt in die Türkei gereist waren. Nicht, was mit seinem Vater war. Nicht, welche Bande zwischen Darius und ihr bestanden hatten. Und vor allem wusste er eines nicht: woher dieses Gefühl kam, dass die beiden und ihn und Pelzer etwas verband. Es war zu früh für diesen Gedanken. Vielleicht würde seine Zeit auch niemals kommen.

Çelik schreckte auf, als er einen Pfiff hörte. Josie und Wolff grüßten vom Deck eines Ausflugsschiffes, das am Anleger festgemacht hatte. Die Sonnenstrahlen spielten mit Josies blonden Locken, die um ihren Kopf zu tanzen schienen. Wolff sagte etwas zu ihr, zeigte nach hinten aufs Deck des Schiffes; Josie lachte laut und herzlich. Sie trug wieder das Dirndl, diesmal ohne Bluse unter dem Oberteil. Ärmellos. Es war ein letzter, geschenkter Sommertag. Sie sah toll aus. Jetzt bekam Çelik Appetit. Schnell schüttelte er den Gedanken weg, stand auf. Die beiden winkten synchron, sie mahnten ihn mit drängenden Bewegungen zur Eile. Çelik klopfte Uhlmann sacht auf die Schulter, griff den Rollstuhl, schob ihn zum Anleger. Der Matrose, der dort den Einlass kontrollierte, winkte die beiden durch.

Im Empfangsbereich des Schiffes schwirrten Stimmen und Klirrgeräusche, die vom Deck nach unten drangen. Außerdem war ein merkwürdiges, dunkles, rhythmisches Brummen mehr zu spüren als zu hören. Uhlmann runzelte die Stirn, selbst er schien sich zu fragen, was da oben passierte.

Als Çelik seinen Schützling samt seines Vehikels an Deck gebracht hatte, fanden sie sich inmitten einer Hochzeitsgesellschaft wieder. Die Gäste, drei oder vier Dutzend Menschen aller Altersklassen, waren das, was man wohl ein buntes Völkchen nannte: Bloß zwei, drei Schlipsträger waren dabei. Die meisten waren formlos gekleidet, wirkten eigentlich ganz alltäglich, so als begingen sie einen Tag wie jeden anderen.

»Hey, wer seid Ihr denn? Willkommen!«

Die Braut war von rechts auf Çelik und Uhlmann zugekommen. Sie war Mitte vierzig, trug ein weißes Brautkleid im Stil der zwanziger Jahre, samt Schleier und Hut, der ihre dunkle Mähne kaum bändigen konnte. Sie sah – echt aus. Sie bewegte sich im Rhythmus der elektronischen Musik, die das vibrierende Wummern verursachte. Und sie lachte so herzlich, dass man kaum anders konnte, als mitzulachen.
Çelik stockte. Er hatte das Gefühl, rot anzulaufen.
»Wir haben die beiden eingeladen. Alte Bekannte …«
Wolff rettete die Situation. Çeliks Körperhaltung lockerte sich. Der Autohändler stellte ihn und Uhlmann vor. Çelik reichte der Braut die Hand, gratulierte.
»Hey, danke, und ich bin Clementine. Klausi und ich, wir haben heute spontan geheiratet. Und alle eingeladen, die wir kennen. Auch die, denen wir unterwegs begegnet sind, und die nett aussahen. Ihr braucht euch also nichts denken. Hier kennt fast keiner die anderen. Fühlt euch also ganz wie zu Hause.«
Sie sprach perfektes Deutsch, aber mit englischem Akzent. Und sie bemerkte Çeliks fragenden Blick.
»Ich komme aus Kanada. Bin aber Armenierin. Und du? Çelik hört sich Türkisch an …«
»Ist es auch. Ich lebe in der Türkei. Eigentlich.«
»Eigentlich?«
»Jetzt bin ich hier. In Deutschland. Und die Türkei ist gerade ziemlich weit weg.«
»Tja, dann fühlt euch mal richtig wohl auf meiner Hochzeit! Toll jedenfalls, dass Ihr da seid! Nachher stoßen wir an! Auf die Freundschaft der Völker …«
Sie flatterte davon wie ein Schmetterling. Çelik war froh, dass sie sich einer anderen Gruppe von Gästen zuwandte, wo jemand Tequila ausschenkte. Johlend ließ die Runde die Gläser klirren. Eigentlich war Çelik verärgert, dass Wolff ihn ohne Vorwarnung an Bord gelotst hatte. Doch beim Anblick dieser flatterhaften Braut und ihrer Freunde wurde ihm plötzlich licht zumute. Çelik bekam gute Laune, er spürte regelrecht, wie die Verspannung seiner Glieder nachließ. Trotzdem fragte er nach.

»Sag mal, was hast du dir eigentlich dabei gedacht?«
»Hä?«
»Na, Uhlmann und mich auf diese Hochzeit zu locken ... Was haben wir hier zu suchen? ... Ich mag es nicht, auf Festen zu sein, zu denen ich nicht eingeladen bin. Und für Uhlmann ist das alles hier viel zu viel Trubel ...«
»Mal halblang, Alter! Ihr packt das schon. Jetzt komm erst mal mit, zu Josie rüber. Dann reden wir weiter.«
Çelik blieb nichts anderes übrig, als ihm zu folgen, denn Wolff hatte Uhlmann und schob ihn übers Schiff. Der Alte war zufrieden – Çelik sah ihm an, dass er Wolff mochte. Josephine saß auf einer Holzbank am Heck des Schiffes, von der aus man einen unverstellten Blick auf den Fluss und beide Ufer hatte. Ihre Beine lagen auf einer Verstrebung der Reling. Sie hatte die Schuhe ausgezogen. Zwei Leberflecken auf dem Spann ihres linken Fußes stachen Çelik ins Auge. Zu lange konnte er seinen Blick nicht abwenden. Sie lächelte, wissend. Er fühlte sich ertappt.
»Na, *Einfach-Bloß-Çelik*, alles klar? Was macht der Bus?«
Ihre Stimme legte in ihm einen Schalter um, und da war es wieder: Ein Brausen hatte Çeliks Körper ergriffen, von einem Moment zum nächsten verlor er die Fassung. Çelik hätte sich am liebsten auf den Boden geworfen, diesen Fuß von der Reling gezogen, ihn gepackt, umfasst, gestreichelt, geküsst ...
»Der Bus ... äh, alles bestens ...«
Çelik schluckte. Errötete. Verfluchte sich und seine Unfähigkeit, souverän zu bleiben, wenn es darauf ankam. Und wieder durfte er erleichtert sein, dass Wolff im richtigen Moment einschritt.
»So, jetzt wird erst einmal angestoßen!«
Er reichte jedem ein Glas, auch Uhlmann. Çelik war nicht sicher, ob der Alte trinken durfte. Ein Glas würde nicht schaden, entschied er. Trotzdem war er irritiert.
»Anstoßen – ohne die Braut? Sollen wir sie nicht herholen?«
»Wir stoßen aufs Geburtstagskind an«, entgegnete Wolff und nickte Josie zu.
Çelik fühlte sich sofort noch tumber, errötete erneut, entschuldigte sich – fragte sich aber im selben Moment, wofür er sich

überhaupt entschuldigte, schließlich hatte er ja nicht wissen können, dass Josie Geburtstag hatte, was seine Unsicherheit noch verstärkte.

»Mach dir keine Gedanken, *Einfach-Bloß-Çelik*. Ist nicht so wichtig. Hauptsache, ihr seid hier.«

»Mag schon sein. Aber ich hätte dir doch gerne etwas geschenkt …«

»Keine Sorge, Çelik. Nicht so wichtig. Ich sorg schon für meine Geschenke …«

Sie ließen die Gläser klirren, nippten an ihren Getränken, plauderten Belanglosigkeiten. Josie erzählte aus ihrer Kindheit; von einem Jahr, in dem ihre Mutter mit einem Rheinschiffer zusammen gewesen war, so dass sie auf dem Schiff, einem Kohlefrachter, gelebt hatte, größtenteils zumindest. So lange, bis …

Josie unterbrach sich selbst mitten im Satz, sie glaubte, einen Bekannten entdeckt zu haben, den sie begrüßen wollte, bevor er wieder kehrt machte.

Wolff nutzte diese Gelegenheit, um zur Sache zu kommen.

»Wie geht's eigentlich deinem Onkel, Alter?«

Çelik war sofort hellwach. Wolff wusste, was es mit seinem Onkel auf sich hatte, schließlich hatte er den Leichenpräparator vermittelt.

»Ganz gut, für seine Verhältnisse. Zumindest hat er seinen Körpergeruch im Griff. Warum fragst du?«

»Sollte er nicht längst in der Türkei sein?«

Wolff guckte jetzt bemüht freundlich. Scheinheilig, dachte Çelik.

»Das dauert noch, mit der Türkei. Formalitäten. Warum fragst du?«

»Gut, dass man ihn hübsch einbalsamiert hat, oder? Muss ja ganz schön kompliziert gewesen sein, für jemand mit einem Herzinfarkt …«

Wolff wusste also von den Schusswunden. Çelik schwitzte.

»Jedenfalls, Çelik, schuldest du mir einen Gefallen. Anderthalb sogar. Und jetzt kannst du deinen Kredit abbezahlen, du weißt schon: Naturalien …«

Nein, Çelik wusste nicht, was Wolff meinte. Er schaute ihn fragend an. Wolff grinste schief, zog die Augenbrauen hoch, nickte in Richtung seiner Partnerin. Josie stand am Rand einer Fläche beim Buffet, die ein paar Feiernde von Stühlen und Tischen befreit und zur Tanzfläche deklariert hatten. Der Bekannte war nicht zu sehen, vielleicht hatte Josephine jemanden verwechselt. Die Braut flatterte aufgeregt herum; ihr Mann, ein schmaler Mittfünfziger mit lichten Haaren, versuchte ihr zu folgen. Çelik hatte mitbekommen, wie irgendjemand erwähnte, er sei Theaterschauspieler, habe gerade eine Anfrage von einem wichtigen Hauptstadttheater erhalten. Josie stand da, wippte, wartete.

»Ich hab nichts dagegen einzuwenden, Çelik«, fuhr Wolff fort. »Das ist mein Geschenk. Du bist mein Geschenk an Sie.«

Çelik brauchte einen Moment. Er war fassungslos. Überrumpelt. Für diese Situation hatte er kein Modellverhalten parat. Also reagierte er diplomatisch – und runzelte, um Zeit zu gewinnen, erst einmal bloß die Stirn, als habe er nicht genau verstanden.

»Bitte?«

»Komm schon. Du weißt genau, was ich meine. Alter, ich hab dich genau beobachtet. Dir lief doch schon das Wasser im Mund zusammen, als du unten auf der Promenade gehockt bist.«

»Wolff, du meinst nicht im Ernst, dass ich mit deiner Frau …?«

»Wer sagt dir, dass sie meine Frau ist?«

»Und wie stellst du dir das vor? Soll ich hingehen und sagen: Hier ist dein Geburtstagsgeschenk? Ein bisschen gut abgehangenes Hammelfleisch zum Einundfünfzigsten?«

»Keine Ahnung, Alter. Das wird schon. Du kriegst das hin! Ich jedenfalls dreh jetzt mit deinem genialen Opa ’ne Runde an Bord …«

Çelik setzte sich auf den Platz mit dem Rundumblick. Dieses Gespräch musste er erst einmal verdauen. Er schaute zurück, in Richtung der Stadt. Der Fluss zog sich träge hin. Rechts Felder, links verschwanden die noblen Häuser eines modernisierten Hafens aus dem Blickfeld, ganz hinten dominierte die Kathedrale auch aus dieser Entfernung die Sicht.

Çelik gab sich einen Ruck, stand auf, bewegte sich durch die Menge hindurch zur Tanzfläche. Er kannte solche Feste nicht, geschweige denn solche Musik. Andererseits war er genau in seinem Element: Da war eine Herausforderung, da war kein Plan, da war die Notwendigkeit zu handeln. Çelik ging los, verfiel auf dem Weg ins Schlendern, überließ sich der Dramaturgie der Musik, stand schließlich halb neben, halb hinter Josie. Sein Körper adaptierte den Rhythmus jetzt, war in Bewegung. Sie plauderten, kurz, über irgendetwas, dann befanden sie sich bloß noch nebeneinander, schweigend, aber im Takt der Musik. Der DJ war ein Mittvierziger mit Glatze, die Musik produzierte er mit einem tragbaren Computer und einer kastengroßen Box. Çelik staunte, er hatte so etwas noch nie gesehen. Sie bewegten sich. Sie schauten über die Tanzfläche hinweg auf die Flusslandschaft. Auen wechselten sich mit Industriebauten ab, und irgendwann drehte sich Josie vor Çelik, so dass ihr Hintern im Kreisen der Musik sacht sein Becken berührte. Seine Lust erwachte, er legt ihr kurz seine Hände auf die Hüften. Sie drehte sich, griff seine Rechte, lächelte. Dann zog sie ihn in den Rumpf des Schiffes.

Çelik war verwirrt, auf angenehmste Weise. Schon wieder hatte sein Handeln sich seiner Kontrolle entzogen, dichter Nebel waberte in seinen Gedanken, aber es war in Ordnung. Was genau sich auf der Damentoilette ereignete, war ihm selbst schon wenige Minuten später nicht mehr wirklich bewusst. Ein Schweigen, eine luftige Unklarheit hatte sich über sein Bewusstsein ausgebreitet wie ein Zwischenhoch in einer Schlechtwetterphase. Möglich, dass die beiden sich bloß küssten, ganz romantisch. Vielleicht wurde nach dem dritten Kuss auch mehr daraus, ein erotisches Abenteuer, aber in höflich, freundlich, anständiger Manier. Denkbar wäre aber auch, dass Çelik seinem ungewohnten Impuls nachkam, Josie von unten beinwärts nach oben tastend zu verführen. Mag sein, dass er dabei sich selbst und seinen ganzen Erdbebendruck vergaß, weil er in ihr versank. Vielleicht haben die beiden auch ungezwungen im Stehen gevögelt, leicht ungelenk, aber mit befriedigendem Ergebnis: Sie aufrecht vor ihm, er in ihr, aber auf Zehenspitzen. Sicher ist, dass Çelik sich, wenn denn wirklich etwas geschah, nicht schwer tat mit der nötigen Festigkeit, obwohl er seit einiger Zeit keinen Sex gehabt hatte, denn ausreichend Lust war ihm im Ringen mit dieser einzigartigen Frau gewiss. Nein, Erektionsprobleme hatte Çelik sicher nicht. Obwohl er sich vorab in der Frage nicht sicher gewesen wäre …

Klar war jedenfalls bloß eines: Çelik hatte Hunger, als er aus der Toilette in die Schiffsöffentlichkeit zurück trat. Er hauchte seiner Begleiterin eine letzte Berührung seiner Lippen in den Nacken, schob sie sanft in Richtung des Aufgangs zum Deck. Sie ließ sich schieben, schwebte dabei allerdings eher, woraus man letztlich auch Schlüsse über die Natur beider Beisammenseins ziehen konnte.

Çelik selbst ging nach vorne, in Richtung des Bistros. Er brauchte jetzt Ruhe und etwas Richtiges zu Essen.

Der große Saal im Bug des Schiffes war bis auf ein älteres Paar komplett leer. Zwei Frauen mit toupierten Haaren standen hinter einer Theke. Obwohl sich außer den beiden Alten und Çelik niemand für ihr Angebot interessierte, waren ihre weißen Kittel mit Blut und Fett versaut. Die jüngere, die gerade ein schmales Messer schliff, war richtig dick. Zwei Zentner oder mehr bei höchstens einssechzig Körpergröße, schätzte Çelik. Beeindruckend. Und die Kollegin der pummeligen Kleinen war nicht nur größer, sondern noch dicker. In ihrer Hand lag ein Fleischerbeil.

»Gute deutsche Küche, junger Mann. Damit Sie das auch mal kennen lernen, ne. Lecker Wiener Schnitzel zum Beispiel, selbst paniert, nicht so'n Industriezeug, wo mehr Semmelbrösel drauf sind als Fleisch drin ist. Mit Fritten und Gurkensalat. Currywurst gibt's auch, allerdings haben wir keine Brötchen mehr, da müssten Sie mit 'nem Toastbrot Vorlieb nehmen.«

Çelik ließ sich zwei Fleischklöße geben, dazu einen Schlag Kartoffelsalat. Ohne Mayonnaise. Die Blonde nickte, schob ihren Körper zu einer Kühlvitrine, holte die gewünschten Lebensmittel heraus, legte das Fleisch auf einen Teller. Aus ihren Mundwinkeln krochen Speichelfäden, sie wischte den Sabber mit dem Kittel weg. Die Zubereitung dauerte höchstens eine halbe Minute, der Mikrowellenherd besaß anscheinend einen Turbogang. Çelik war es recht. Die Pranken der Metzgerfrauen, die Messer und das Beil beunruhigten ihn. Er kaute schnell und schlang gierig. Dann drehte er sich um und stapfte zurück nach oben.

Siebenundzwanzig

Ein Türke in einem Auto in einer deutschen Reihenhausgegend. In den Siebzigern, dachte Çelik, wäre das nicht möglich gewesen. Sein Vater war aufgefallen, immer und beinahe überall war seine Herkunft irgendwann zum Thema des Gesprächs geworden, beim Bäcker, im Zug, auf der Straße. *Sie sprechen aber schon gut Deutsch! Was hat Sie denn zu uns, nach Mitteleuropa verschlagen? Wann wollen Sie denn zurückkehren, in Ihre Heimat?* Er war ein drahtiger Typ gewesen, schwarzhaarig, schnauzbärtig, mit Schlaghose – rein äußerlich fast eine Karikatur seiner selbst, aber seine Herkunft zugleich stolz und aufrecht repräsentierend. Seine Kultur, die in Deutschland, besonders in der Provinz, damals noch unglaublich fremd war; die meisten kannten sie bloß aus Filmen und Büchern. Oder von Vinyl-Schallplatten, so wie Çelik. Geschichten wie *Von Bagdad nach Stambul* und *Durch das wilde Kurdistan,* die Abenteuer von Kara Ben Nemsi und Hadschi Halef Omar, auch Çelik hatten sie als Kind begeistert, noch heute hatte er manchmal die Stimmen der Sprecher im Ohr. Die Schallplatten und Kassetten durfte er damals allerdings bloß hören, wenn sein Vater nicht zu Hause war, der *diesen komischen Karl May,* wie er immer sagte, viel zu kitschig und gestrig fand, um zum Geschichtenschatz eines Heranwachsenden in revolutionären Zeiten zu gehören.
Was hatte das genervt, immer diese ganz speziellen Regeln seines Vaters beachten zu müssen, die meist mit dessen Herkunft zu tun gehabt hatten. Und mit der Revolution, von der er ständig faselte. Was ging ihn das an? Er wollte einfach bloß normal sein, so wie alle anderen in der Klasse. Çelik erinnerte sich genau an den Zwiespalt, den er damals, als Zwölfjähriger, gespürt hatte: Die Angst, so ein Exot sein zu müssen wie der Vater – und zugleich

doch die Hoffnung, einmal so ein starker Außenseiter werden zu können. In guten Momenten war dieser vertraute Fremde für den kleinen Çelik – fast – so etwas wie eine Figur aus einem seiner Abenteuerromane gewesen; in schlechten einfach nur peinlich.
Ein Gefühl, für das Çelik sich später, nachdem die Mutter mit ihm in die Türkei zurückgekehrt war, jahrelang geschämt hatte. Mit Anfang zwanzig hätte Çelik alles gegeben für einen Kontakt zu seinem Vater. Aber seine Mutter hatte sich unerbittlich geweigert; sie hatte immer behauptet, sie wisse nicht, wo er zu finden sein könnte. Nie hatte sie Çelik erklärt, warum sie damals so überstürzt in die Türkei zurückgekehrt waren. Jetzt lag sie im Koma, konnte nicht mehr, vielleicht nie mehr sprechen. Und wer weiß, ob der drahtige Mann mit dem Schnauzbart wirklich sein Vater gewesen war. Oder nur in seinen Erinnerungen.
Das Klingeln des Mobiltelefons riss Çelik aus seinen Gedanken. Pelzer war dran.
»Hallo, Çelik? Alles in Ordnung bei Ihnen?«
»Ja, schon, aber ich …«
Çelik stockte, weil er glaubte, nicht richtig zu sehen: Gemächlich war ein untersetzter Schwarzer in einem ausgebeulten Blaumann aus dem Nachbargebäude von Gabriele Scholz getreten. Das geflieste Einfamilienhaus war akkurat gepflegt. Ein Jägerzaun umsäumte das Grundstück. Der Schwarze war auf die Garage zugegangen, hatte das Tor geöffnet, und kam jetzt mit einem Rasenmäher wieder heraus – offenbar, um den perfekt streichholzkurzen Rasen zu stutzen.
»Unglaublich«, murmelte Çelik in sein Telefon. Er war erschüttert.
»Was ist los, Çelik? Brauchen Sie Hilfe?«, schallte es aus dem Mobiltelefon.
»Nein, nein, keine Sorge«, beruhigte er seine Gesprächspartnerin und erklärte ihr, was er gerade sah: dass ein kugelrunder Schwarzer sein spießiges Einfamilienhäuschen pflegte, als sei es ihm eine Leidenschaft. Das war so – deutsch …
»Sie haben die Siebziger im Kopf«, antwortete Pelzer. »Aber Deutschland hat sich verändert.«

»Ach, wirklich? Würden Sie das auch so sehen, wenn ihre Haut dunkel wäre? Also: dunkler als meine? So wie die des Häuslebauers hier? Wenn die Leute Sie eine Negerin nennen würden?«
»Und wie wäre dasselbe Szenario in der Türkei? Da würden sie mich dann *Nigger* nennen, oder nicht?«
Was hat sie denn?, dachte Çelik. *Schneller auf der Palme, als die Polizei erlaubt.*
»Sagt ja keiner, dass die Türken super tolerant sind. Aber wir haben doch eigentlich gerade über die Deutschen gesprochen, oder?«
»Klar, Rassismus gibt es, aber im Großen und Ganzen hat die Gesellschaft hier sich so was von geändert seit den Siebzigern, dass man es eigentlich nicht fassen kann, und ich würde sagen …«
»Jetzt geht's los«, unterbrach Çelik, zischend.
»Was geht los?«
»Die Scholz verlässt das Haus.«
Ein kurzes Schweigen entstand. Beide hielten kurz inne. Çelik ergriff Sekundenbruchteile später als erster wieder das Wort:
»Ich muss Schluss machen.«
»Moment noch«, antwortete Pelzer. »Ich habe da noch ein paar Infos für Sie …«
»Okay, aber beeilen Sie sich!«
Gabriele Scholz war in ihr Auto gestiegen, rollte aus der Hofeinfahrt auf die Straße. Vorsichtig umkurvte sie einen rostigen Lieferwagen, der neben der Einfahrt geparkt hatte. *Mabanckous Handcraft – Garten- und Hausmeisterservice*, stand darauf. Çelik konnte sich ein Grinsen nicht verkneifen. *Ja genau, Deutschland hat sich verändert*, ging es ihm durch den Kopf. Er startete den Wagen.
»Ich habe noch mal ein bisschen überlegt und recherchiert …«
»Okay …«
»Also. Drei von den fünfen auf dem Foto sind tot: Darius, Meidner und die Malinek. Richtig?«
Çelik brummte irgendetwas Zustimmendes.

»Bleiben zwei: die Scholz und Brohl, der Verschwundene. Und dann noch der Fotograf – also drei …«
»Und?«
»Und jetzt kommt die Recherche ins Spiel. Zu Brohl. Ich hab mir seine Wohnung angesehen.«
Sofort war Çelik richtig da. Beinahe wäre er hart auf die Bremse getreten. Dass Pelzer einen eigenen Kopf hatte, war ihm klar. Aber dass sie solche Extratouren unternehmen würde, hätte er nicht erwartet.
»Wie, Sie haben sich seine Wohnung angesehen? Spinnen Sie, Pelzer? Das ist gefährlich! Hier geht's um einen Serienmörder!«
»Schon klar, Çelik. Ich bin kein kleines Mädchen.«
Çelik schwieg. Auch das noch. Er versuchte, seinen Ärger zu unterdrücken.
»Das war alles ganz einfach. Erzähle ich Ihnen später genauer. Ich musste mich nur als Psychologin ausgeben, was mir, wie Sie sich denken können, nicht allzu schwer fiel. Dieser Brohl ist seit Jahren in Intensivtherapie, zwei oder drei Mal war er sogar in einer geschlossenen Klinik. Schon zu seiner Terror-Zeit, sagt seine Mutter, hat er 'ne Schraube locker gehabt. Nicht meine Worte, sie drückt es so aus.«
»Und was haben Sie jetzt konkret herausfinden können?«
»Brohl ist verschwunden. Und er ist nicht der Täter.«
»Wieso?«
»Ich konnte ein paar Akten und Notizen von ihm studieren. Das ist niemand, der irgendetwas plant und durchzieht. Das ist ganz einfach ein armes, depressives Schwein …«
Abrupt brach die Verbindung ab. Çelik blickte auf das Display des Gerätes, kein Netz, warum auch immer. Er konzentrierte sich auf die Fahrt. Durch die umliegenden Generationen von Mehrfamilienhausarealen ging es zurück zur Hauptstraße. Links und rechts Felder, wenig Verkehr, im Hintergrund der Schlot eines Heizkraftwerkes. Diese Landschaft hatte etwas Ermüdendes, sie wirkte auf Çelik wie ein Entspannungstraining. Unvermittelt drangen ihm die Bilder seiner Reise nach Deutschland ins Bewusstsein: Wie er angekommen war, wie er Darius gefun-

den, wie er Pelzer kennen gelernt hatte. Wie er den Bus bezogen hatte, wie sie in die Berge gefahren waren. Wie er Wolff und Josephine getroffen hatte, wie sie mit Uhlmann auf dem Schiff gewesen waren. Çelik verstand nichts, aber die Bilder erfüllten ihn. Er brauchte keinen Plan, das sagte ihm sein Gefühl. Er würde sich auf sein Bauchgefühl verlassen und diese merkwürdige Geschichte am Ende auf seine Weise verstehen. Wenige Minuten später, sie waren schon in der Nähe des Autobahnkreuzes angelangt, meldete sich Pelzer erneut.
»Was habe ich noch vergessen? Ach ja, der Sechste in dieser Terrorgang. Es gab wohl mal Gerüchte, dass ein Typ namens *Vollmüller* dieser sechste Mann gewesen sein könnte. Ist aber nicht sein jetziger Name, weil der Typ irgendwann seine Identität ändern konnte. Hat irgendein Informant mal behauptet, sagt Uhlmann. Steht in einer Polizeiakte. Hat allerdings keiner ernst genommen, der Informant war ein Drogensüchtiger. Weshalb der heutige Name auch nicht bekannt ist. Jedenfalls, jetzt kommt's: Der Kerl lebt in Wuppertal. Er hat anscheinend ein gut gehendes Unternehmen, Fleischgroßhandel. So jemand müsste doch eigentlich zu finden sein, oder?«
Zu dem kommen wir vielleicht schneller, als wir denken, dachte Çelik, kaum waren Pelzers Worte verklungen. Im Schlepptau von Scholz hatte er die Autobahn erreicht. Und war jetzt unterwegs in Richtung Wuppertal.

Pankewitz Er war gut vorbereitet. Selbst wenn sie ihn überraschen würden. Sollten sie ruhig kommen, er würde ihnen einen wunderbaren Empfang bereiten. Er hatte nichts mehr zu verlieren, weil er schon alles verloren hatte. Er fühlte sich so frei wie noch nie. Wäre er früher so entschlossen gewesen, hätte sein Leben vielleicht einen anderen Lauf genommen. Jetzt war es zu spät. Aber das bedrückte ihn nicht mehr. Er kannte sein Ziel. Und er war auf dem besten Weg dorthin. Er musste nur noch an den Letzten rankommen, an die *Kapitalisten-Ratte.* Dass es so

schwer werden würde, ihn ausfindig zu machen, hatte er nicht gedacht. Aber er hatte seine Möglichkeiten.
Nach dem Friedhof war er dem schwarzen Wagen gefolgt, aber er hatte ihn an einem Bahnübergang verloren. Über das Kennzeichen war er nicht weitergekommen. Brohl hatte auch nicht geplaudert. Verblüffend, wie viel die Kellerassel ausgehalten hatte. Entweder wusste er tatsächlich nichts, oder er war ein zäher Hund.
Jetzt war die Endphase eingeläutet. Die Scholz hatte er beim ersten Mal verpasst. Um die alte Kratzbürste musste er sich später kümmern. Vorerst brauchte er sie noch. Sie war clever … und sie war mutig. War sie schon immer gewesen. Für ihn hatte sie natürlich nie einen Blick gehabt. Ein Kofferträger war er für sie gewesen, von ganz oben hatte sie auf ihn herab gesehen. Auch dafür würde sie noch bezahlen. Diesmal würde er *sie* benutzen. Er musste nur warten. Sie war der Schlüssel. Er fühlte, dass sie ihn zu der Ratte führen würde. Er musste nur warten.
Was ihm mehr Kopfzerbrechen bereitete, war der Türke. Aus dem wurde er nicht schlau. Er schien weder zur Polizei noch zum Verfassungsschutz zu gehören. Er hatte sich nach dem Mann erkundigt, aber niemand kannte ihn. Die einzige Erklärung: Er arbeitete für die Scholz, war von ihr angeheuert worden. Personenschutz. Das passte zu ihr. Pervers. Gerade sie, die früher am lautesten über die Bonzen gezetert hatte, die sich in ihren Villen verschanzten. Sie, die früher stundenlange Monologe über die dekadenten Faschistensäcke vortrug, hielt sich selbst einen Bodyguard. Jetzt hatte sie also Angst um ihr armseliges, falsches, kleines Leben. Womöglich machten sie jetzt Jagd auf ihn. Sollten sie doch kommen. Sie ahnten nicht, dass er *sie* im Blick hatte. Die ganze Zeit. Er würde sie erledigen. Alle. Mit einem Schlag.

Achtundzwanzig *Wuppertal also*, dachte Çelik. Mit seinen Eltern war er ein paar Mal in der Stadt gewesen. Sie hatten Freunde besucht, die ihre Sonntage in einer afrikanischen Freikirche verbrachten; enthusiastische Gospeldarbietungen dröhnten Çelik bei der Erinnerung in den Ohren. Sein Vater hatte sich geweigert, aber er und seine Mutter waren zwei oder drei Mal dabei gewesen. Nicht, weil sie glaubte, vermutete Çelik, sondern weil sie ihm das andere Leben der Freunde zeigen wollte. Endlos waren ihm diese Gottesdienste vorgekommen; drei, manchmal vier Stunden inbrünstigen Gesangs und leidenschaftlicher Gotteshuldigungen.

Einmal war ein Mann in der Kirche aufgetreten, vor dem die Gemeindemitglieder größten Respekt gehabt hatten: ein Prediger aus Kamerun, der als Medium Gottes galt. Ein dünner, dunkler Typ mit Oberlippenbart und Hut, der wie Sammy Davis Jr. aussah. Ihm war der Ruf gefolgt, einen Arbeiter geheilt zu haben, der nach einem Sturz von einem Baugerüst gelähmt gewesen war. Aus ganz Deutschland und auch aus den angrenzenden Ländern waren die Kranken in die Kirche geströmt. Çelik erinnerte sich an Gespräche, in denen davon die Rede gewesen war. Irgendwann, kurz vor der nächtlichen Abreise in die Türkei, hatte seine Mutter die Besuche in Wuppertal beendet. Çelik wurde der Grund nie genannt.

Kräftige schwarze Frauen in bunten Kleidern, eine opulent geschmückte Halle, in der einmal Maschinen gebaut worden waren, das waren also die Bilder, mit denen Wuppertal sich in Çeliks Gedächtnis verewigt hatte. Und die Schwebebahn, bei der er immer an den Elefanten dachte. Aus einem über den Fluss gleitenden Waggon war der ins Wasser gesprungen. Oder gefallen? Çelik wusste es nicht mehr genau; sein Vater hatte ihm die Geschichte erzählt

Er hatte im Schlepptau von Gabriele Scholz die Chemie-Stadt Leverkusen mit dem großen BAYER-Kreuz passiert, das in Çelik ungute Erinnerungen weckte, weil seine Eltern diese Firma verachteten. Er konnte sich sogar an einen Sitzstreik in Leverkusen erinnern, zu dem sie ihn mitgenommen hatten. Es war, glaubte er, um die Behandlung türkischer Arbeitnehmer gegangen, oder um die Rechte der Arbeiter überhaupt. Eine Freundin seiner Mutter hatte damals eine Zeit lang in einer der Fabriken gearbeitet; der Plan war wohl gewesen, dass einige der Intellektuellen, die von der Revolution träumten, bei den Arbeitern ihr Geld verdienen sollten, um zu versuchen, die Werktätigen von ihrer Sache zu überzeugen.

Im Bergischen Land jenseits der Chemiestadt war der Verkehr dichter und langsamer geworden, bevor er in das Nadelöhr einer Baustelle geleitet worden war: Einspurig war die Autokolonne im Schritttempo gen Norden gerollt, während links und rechts der Trasse Wälder abgeholzt und Hügel abgetragen wurden. Schilder hatten davon gekündet, dass die Autobahn für das Verkehrsaufkommen der Zukunft modernisiert werde.

Der Wagen, den Wolff ihm besorgt hatte, war in Ordnung. Klein, aber unauffällig, darauf kam es an. Çelik war die Verzögerung recht. Er hatte die Scholz gut im Blick, konnte ihr problemlos folgen, musste nicht fürchten aufzufallen. Es kam ihm so vor, als würde er zwischendurch auffällig oft einen roten Kombi im Rückspiegel wahrnehmen. Aber das konnte auch Zufall sein. Çelik drehte das Autoradio an. Der eingestellte Sender brachte Popmusik; eine Station weiter spekulierten Menschen darüber, wie Traumatisierungen aus dem Zweiten Weltkrieg über die Generationen hinweg fortwirkten. Interessant, aber auch nicht das Richtige, wenn man wach bleiben will, dachte Çelik. Er landete schließlich bei einem Kultursender, bei dem Klaviersonaten von Schubert angekündigt wurden. Kurz wurde Çelik flau ums Herz. Seine Mutter liebte Schubert, in ihrem Krankenzimmer in Istanbul lag ein CD-Spieler mit Kopfhörern; manchmal, wenn er das Gefühl hatte, es sei an der Zeit, legte ihr Çelik ihre Lieblingsmusik auf die Ohren: Schuberts *Winterreise.* Çelik fragte sich, wie es ihr ging in ihrem Koma, ob sie spürte, dass er weit weg war und mit ganz anderen Dingen beschäftigt.

Er folgte einer Frau, Frauen verfolgten ihn. Josephine kam Çelik in den Sinn. Obwohl gar nicht viel passiert war, empfand er ihr leidenschaftliches Zwischenspiel als ein Geschenk, nach all den

Jahren, in denen er seine Lust, die er eigentlich kaum mehr gespürt hatte, einfach nur abgearbeitet hatte, meist mit Prostituierten. Und Pelzer? Seine Gefühle zu ihr waren Çelik völlig unklar. Sie faszinierte ihn, er bewunderte sie. Manchmal zog sie ihn an. Ein, zwei Mal hatte da auch eine kleine, körperliche Lust mitgeschwungen, die vielleicht bei passender Gelegenheit explodieren konnte. Andererseits stand irgendetwas zwischen ihnen, das solche Ambitionen absurd erschienen ließ. Sie hatten ein Gefühl füreinander, es existierte eine gewisse, versteckte Erotik. Aber es war, irgendwie, alles so merkwürdig vertraut, eher wie – zwischen Freunden. Oder Geschwistern. Ein absurder Gedanke, den Çelik unwirsch abschüttelte.

Dann war es vorbei. Der Verkehr rollte. Zeit, wieder aufmerksam zu sein. Nach fast anderthalb Stunden auf der Autobahn hatten sie Wuppertal erreicht. Zielstrebig fuhr Gabriele Scholz am Fluss mit der schwebenden Bahn entlang, durch verschiedene Viertel, bis sie vor einer alten Fabrikantenvilla hielt. Sie ließ ihren Wagen einfach in zweiter Reihe stehen und verschwand durch das offen stehende Gartentor, bevor Çelik reagieren konnte.

Jetzt wäre er doch froh gewesen, Pelzer bei sich zu haben, zusammen hätten sie besser mit dieser Situation umgehen können. Aber es war nichts zu machen, und Pelzer hatte sich auch nicht mehr gemeldet. Hoffentlich ist sie nicht schon wieder auf irgendeiner Extratour unterwegs, dachte Çelik. Dabei bemerkte er ein seltenes Gefühl: Besorgnis.

Çelik parkte ein paar Meter weiter. Er wollte gerade aussteigen, um zum Eingang des Anwesens zu schleichen, als die Scholz wieder auf die Straße trat und zu ihrem Wagen ging. Çelik duckte sich; er hoffte, dass die Lehne des Fahrersitzes seine Anwesenheit verbergen würde. Im Rückspiegel sah er, wie Scholz einstieg und losfuhr.

Çelik tat es ihr nach, parkte aus, wendete, folgte ihr – hielt aber nach wenigen Metern wieder an. Dort, wo eben noch der Wagen der Scholz gestartet war, flatterte jetzt ein Zettel im Wind. Çelik hielt, riss die Fahrertür auf, beugte sich nach unten, griff nach dem Zettel, schloss die Tür wieder, fuhr weiter. Scholz war um

die nächste Straßenecke verschwunden. Er fluchte, haute aufs Lenkrad, blickte auf den Zettel: *Wir treffen uns im Friedenspark, Stelze, beim Heimkehrerdenkmal. Nur du und ich.*
Çelik wusste, wohin es gehen würde. Das hügelige Grün des Parks war ihm schon vorher aufgefallen. Er vertraute auf seinen Orientierungssinn, und bald hatte er die Scholz wieder. Sie schien jetzt Zeit zu haben; langsam, fast bedächtig ging es voran. Çelik hatte Sorge, dass sie ihn entdecken würde.
Vier Straßen weiter parkte sie den Wagen. Çelik wartete an der Ecke, tat es ihr dann nach. Dunkle Wolken türmten sich am Himmel; es sah aus, als würde es bald zu regnen beginnen. Eine unangenehme Kälte breitete sich aus. Im Park würde niemand mehr sein. Höchstens verspätete Hundebesitzer.
Çelik musste Abstand wahren, sonst würde Scholz ihn bemerken. Er blieb im Wagen sitzen, ließ sie ziehen. Erst, als er ihre Silhouette kaum mehr ausmachen konnte, stieg er aus und betrachte den Eingang des Parks. Die Scholz war nicht mehr zu sehen. Çelik fragte sich, in welche Richtung er gehen sollte. Dann entdeckte er ein Schild, das zu verschiedenen wichtigen Punkten wies. *Heimkehrer-Mahnmal 3 Minuten*, stand da.
Çelik wandte sich in die angegebene Richtung. Es wurde noch dunkler. Er hielt sich auf dem Rasen neben dem Weg, um keine Geräusche zu machen. Er spürte, dass es nicht mehr weit war. Nach ein paar Minuten hörte er eine kräftige Stimme.
»Dumme Fotze! Laber doch keine Scheiße!«
Vor einer Mauer standen sich Scholz und ein kräftiger Mann mit welligen, grauen Haaren gegenüber.
Das muss dieser Vollmüller sein. Çelik verbarg sich so gut wie möglich hinter einem Baum.
»Was willst du von mir, Vollmüller?«, entgegnete Scholz mit klirrender Stimme. Auch sie wirkte hektisch. »Ich hab mit der Sache nichts zu tun!«
»Ja klar! Nichts zu tun! Du hast mit nix was zu tun! Du bist doch schon immer so 'ne scheiß linke Bazille gewesen, Gabi. Stelzengabi! Ich lass mich von dir nicht verarschen.«
Der Grauhaarige wirkte jetzt, als sei er kurz vor dem Kollaps.

Die Haut seines geröteten Gesichts pulsierte. Als würde er gleich platzen.
»Ich dachte, du steckst hinter dem ganzen Quatsch«, sagte Scholz. »Du bist doch so ein Super-Organisierer. Deswegen doch auch der Treffpunkt hier. Öffentlichkeit ist das beste Versteck, deine Worte, hast du früher fünf Mal am Tag gesagt. Und genügend Hass hast du auch … und Kohle …«
»Du blöde Sau! Scheiß Terroristenbrut! Das Geld hab ich mir verdient, redlich verdient. Ich wusste, dass ihr irgendwann kommen würdet! Um mein Leben zu zerstören!«, brüllte der Mann. Plötzlich drosch er Gabriele Scholz den Knauf seiner Waffe so heftig ins Gesicht, dass sie noch nicht einmal zucken konnte, bevor sie bewusstlos zu Boden sank. Çelik schnellte hoch, sprang mit drei schnellen Sätzen auf Vollmüller zu, entriss ihm die Waffe und setzte den Rotgesichtigen seinerseits mit einem Handkantenschlag außer Gefecht. Schnell, effektiv – trocken. Jetzt lagen die beiden Ex-Terroristen nebeneinander im Gras, die Situation wirkte einträchtig.
Çelik fixierte Vollmüller mit einem Schnürsenkel der Springerstiefel, die die Scholz trug, dann zündete er sich eine Zigarette an, inhalierte tief. Gabriele Scholz würde noch ein bisschen länger bewusstlos sein.
Vollmüller erwachte nach ein paar Minuten. Er stöhnte, blinzelte, riss plötzlich die Augen auf. Kopfschüttelnd registrierte er, dass Çelik ihn gefesselt hatte.
»Was soll der Scheiß? Wer sind Sie?«, wollte er wissen.
Çelik gab keine Antwort. Er zündete sich eine weitere Zigarette an, inhalierte, schien ansonsten in sich versunken.
Dann schnellte er vor – und verabreichte Vollmüller eine Ohrfeige. Gabriele Scholz stöhnte.
Vollmüller guckte ungläubig. Seine Augen tränten.
»Sag mir, was du weißt«, herrschte Çelik den Gefesselten an und verpasste Vollmüller eine weitere Backpfeife.
Dann drückte er die Zigarette auf dem Oberarm des Gefesselten aus. Ganz langsam. Den Druck allmählich steigernd.
Vollmüller reagierte kaum, er schrie nicht einmal. Die Situation

war zu unbegreiflich für ihn. Aber in seinen Beinen breitete sich ein Zittern aus. Çelik wusste, er würde ihn bald so weit haben, dass er ihm nichts mehr verheimlichen würde.
Jetzt musste er erst einmal warten, den Schmerz wirken lassen. Er war überzeugt, ihren Mann gefunden zu haben.
Çelik langte nach seiner Zigarettenpackung. Als er sich gerade die dritte Zigarette anzünden wollte, blitzte etwas weiter hinten in einem Wäldchen – und fast im gleichen Augenblick sackte Vollmüllers zerstörter, aufgeplatzter Schädel nach vorne. Çelik sprang reflexartig auf, dann ein zweiter Blitz, die Kugel riss ein Stück Holz aus der Lehne der Parkbank. *Scheiße*, dachte Çelik. *Scheiße, der war es nicht, der Geldsack war auch bloß ein Opfer.* Er hechtete zu Gabriele Scholz und zog die Bewusstlose in Deckung. Er fühlte ihren Puls, kontrollierte die Atmung, checkte die Pupillen. Dann schaute er sich um. Niemand zu sehen, auch kein verirrter Hundebesitzer. Der Park war leer.
Er konnte es riskieren.
Çelik zog Scholz den Schuh ohne Schnürsenkel aus, ließ ihn an der Seite des Denkmals hervorgucken. Sofort ertönte ein dritter Schuss, und direkt über dem Schuh wurde eine Scharte in das steinerne Denkmal gerissen. Der Schütze hatte sie also weiterhin im Visier. Er wartete auf seine Gelegenheit.
Çelik orientierte sich. Er überlegte, wo genau er das Mündungsfeuer ausgemacht hatte. Dann ließ er sich zu Boden sinken, robbte nach hinten vom Denkmal weg in den Wald. Nach zwei oder drei Minuten war er zwischen den Bäumen. Sachte erhob er sich, spähte zwischen zwei Stämmen hindurch. Möglicherweise raschelte dort etwas in den Blättern, aber Genaues war in der Dämmerung nicht auszumachen. Çelik hatte nur eine Chance: den Nahkampf. Er musste sich seitwärts anschleichen, den Schützen überraschen und überwältigen.
Die Frage war bloß: Würde der andere diesen Plan durchschauen? Würde er gewappnet sein und Çelik möglicherweise eine Falle stellen? Egal, eine solche Chance, den Mörder zu fassen, würde es so schnell nicht mehr geben. Çelik vertraute auf seine Intuition. Und auf seinen Körper.

Der Schütze war schätzungsweise hundert Meter entfernt. Die ersten sechzig Meter waren einfach. Das Unterholz war dicht genug, um Çeliks Bemühungen zu verbergen. Dann folgte das Problem: Çelik musste eine Passage überwinden, auf der er dem anderen fast schutzlos ausgeliefert sein würde. Dort gab es kaum Bäume, bloß hohes Gras und den Schatten der Dämmerung.
Çelik verharrte. Er bemühte sich um ein Bild seiner Mutter. Vergib mir, falls ich das nicht überlebe, dachte er.
Dann ging es los. Auf allen Vieren kroch er durch das lichter werdende Gehölz, an dessen Rand er sich schließlich gänzlich auf die Erde drückte, um knapp über dem Gras robbend vorwärts zu kommen. Çelik schwitzte. Er keuchte. Es brannte in seinen Gliedern. Es fiel ihm schwer, unten zu bleiben. Dann ertönte wieder ein Schuss. Erde spritzte, direkt vor seinem Gesicht. Schwein gehabt, dachte Çelik, sprang auf und rannte weiter ins schützende Gehölz, ohne dass ein weiterer Schuss abgegeben wurde.
Kurz verharrte er. Atmete tief. Dann ging es weiter. Er brauchte jetzt nicht mehr leise zu sein. Der Täter wusste, dass er ihm auf den Fersen war. Hier, im Wald, konnte er mit seinem Gewehr nicht viel ausrichten. Çelik nahm Tempo auf. Trotzdem, er musste vorsichtig bleiben, vielleicht hatte der Typ auch andere Waffen dabei. Weiter vorne knackte es, Äste bewegten sich. Er haut ab, dachte Çelik, er hat Angst. Er verschärfte sein Tempo, blieb aber vorsichtig, hielt inne, als das Gehölz wieder lichter wurde. Er lauschte in die Bäume hinein, versuchte, der Dämmerung Geräusche und Zeichen zu entlocken. Es war nichts zu hören, noch nicht einmal ein Hauch. Dann bemerkte Çelik, dass sich vor ihm ein Weg auftat. Er zögerte. Der andere war entweder weg – oder er verhielt sich still, hatte ihm eine Falle aufgebaut. Çelik wartete. Horchte. Wartete weiter.
Dann hielt er es nicht länger aus. Presste seinen Körper aus dem Gehölz heraus auf den Weg, folgte dessen Verlauf durch die Bäume. Niemand war zu sehen. Aber da waren Geräusche: Der Lärm einer Straße, einer Autobahn vielleicht sogar, und ein Klacken. Als wäre jemandem etwas auf den Boden gefallen. Çelik

riss sich zusammen, nahm Tempo auf. Er hielt sich am Rand, direkt an den Bäumen, um wenigstens kein allzu gutes Ziel abzugeben. Nach etwa zweihundert Metern machte der Weg eine Biegung – und mündete in eine Brücke, die tatsächlich eine Autobahn überquerte. Der Schütze lag am anderen Ende der Brücke, hatte auf ihn angelegt. Çelik warf sich zu Boden und versuchte, sich aus dem Schussfeld hinter eine Parkbank zu wälzen. Ein Brennen raste über seinen Oberarm in Richtung Schulter. Die Kugel, die ihn gestreift hatte, schlug hinter ihm in einen Mülleimer ein. Çelik wartete, nichts tat sich. Er hob seinen Kopf, spähte um die Lehne der Parkbank herum über die Brücke. Nichts, der Andere war verschwunden, jenseits der Brücke, in einer Kleingartenanlage. Çelik hieb mit der Faust seines gesunden Arms auf den Boden. Zu spät, keine Chance. Er fluchte, hielt sich den Oberarm. Dann rannte er am Waldrand zurück zu Vollmüller und Scholz – bis ihn ein weiterer Schlag traf und in ein tiefes Schwarz zwang.

Neunundzwanzig

Paul war der Einzige, der sich über die Neuigkeit freute. Schmidt schaute aus dem Fenster, Uhlmann rollte seinen Wagen vor und zurück, Achsler saß mit dem Gesicht vor der Wand und zeichnete winzige Quadrate, die ineinander verschachtelt waren. Die Savants wirkten genervt. Pelzer blickte in die Runde.

»Mein Gott, Jungs, stellt euch mal nicht so an. Wir reden von ein paar Tagen, und ein wenig Weiblichkeit tut diesen heiligen Hallen mal ganz gut!«

Çelik und Pelzer waren sich sofort einig gewesen, Gabriele Scholz für eine Zeit verschwinden zu lassen. Nach längerem Hin und Her hatten sie entschieden, sie in der Autisten-WG unterzubringen. Ohne Fesseln. Die Scholz würde nicht abhauen. In ihrem eigenen Interesse. Im Keller gab es ein Gästezimmer für einen zweiten Betreuer, das nie genutzt wurde, weil über Nacht nur ein Pfleger oder Pelzer selbst anwesend waren. Niemand würde hier irgendjemanden vermuten, der nicht hierher gehörte. Und ihnen war schlicht kein anderer, halbwegs sicherer Ort eingefallen.

Paul war früher bei der Bundeswehr gewesen, Panzergrenadier. Als Pelzer ihm mit ein paar Worten den Hintergrund erklärte, staffte sich sein Körper wie eine Sehne. *Sie müssen gut auf sie aufpassen, Paul. Sie ist eine wichtige Wissenschaftlerin. Die Russen sind hinter ihr her. Ich verlasse mich auf Sie. Und stören Sie sie nicht in ihrem Zimmer!*

Die anderen waren nicht so leicht zu einer positiven Haltung zu bewegen. Unkontrollierbare Änderungen des Alltagsablaufes nervten sie wie wenig sonst. Und sie waren zu intelligent, um auf irgendwelche Tricks hereinzufallen. Weshalb Pelzer sich auf ihre Autorität als zuständige Leiterin berufen musste: »Leute, es ist jetzt so, und es ist gut so. Ihr akzeptiert das, weil es sein muss. Basta!«

Uhlmann war der Erste, der sich wieder bewegte. Er rollte zu seinem Schreibtisch und vertiefte sich in einen Aktenordner. Als wäre nichts gewesen. Die anderen taten es ihm nach. Achsler zeichnete Landschaften, Schmidt ging spülen.

Pelzer zog Çelik zur Seite. Sie beobachteten Uhlmann. Der alte Mann saß am Tisch und beugte sich über seine Aktenordner. Sein Finger glitt über die Zeilen der Protokolle, seine rissigen Lippen bewegten sich unmerklich. Sein Oberkörper pendelte hin und her. Er blätterte, ohne dabei seinen Finger zu befeuchten. Seite um Seite schien er in sich einzusaugen. Çelik dachte an den Namen, der in allen Fällen als Warnung oder als Hinweis hinterlassen worden war. *Jeanne.* Wieder einmal fragte er sich, was er für eine Bedeutung haben konnte, wieder einmal fand er keine Antwort.

Çelik ließ sich auf eines der Sofas im Gemeinschaftsraum sinken. Im Radio lief ein Kulturmagazin, gleich nach den Nachrichten würde der Philosophentalk dran sein, dem Achsler immer fasziniert lauschte, obwohl er, so glaubte Pelzer, kein Wort von dem verstand, was da gesagt wurde. Çelik streckte sich, Pelzer setzte sich auf das zweite Sofa.

Die 20-Uhr-Nachrichten begannen. Der Tod Vollmüllers war am nächsten Abend immer noch eine Meldung wert: *Wuppertal. Der Unternehmer Rudolf Ostwald wurde gestern im Friedenspark von Unbekannten erschossen. Ostwald wurde 62 Jahre alt. Er hinterlässt eine 18-jährige Tochter. Die Polizei hat eine Sonderkommission gebildet. Es gibt viele Hinweise, aber keine heiße Spur, sagte ein Polizeisprecher. Die Tat fand bei schlechtem Wetter in der Abenddämmerung statt. Anscheinend gibt es keine Zeugen. Die Tat, so Insider, weise Anzeichen eines Verbrechens der organisierten Kriminalität auf. Trotzdem ermittle man in alle Richtungen.*

»Keine Zeugen, keine Spur. Klasse, oder, Çelik? Da bleibt Ihnen die Spucke weg, was?«

»Ja, ja, schon gut. Aber mal halblang mit den Spuren: Die Polizei findet immer irgendetwas. Besonders bei so einem Massaker.«

Çelik musste zugeben, dass Pelzer richtig gehandelt hatte. Genau genommen, hatte sie ihn und ihre ganze gemeinsame Recherche vor der Entdeckung durch die Polizei gerettet.

»Sie hatten aber auch ein ganz schön dickes Brett vor dem Kopf, Çelik«, meinte Pelzer grinsend.

»Sehr lustig!«

Mit der rechten Hand drückte Çelik vorsichtig an dem Mullpflaster auf seiner Stirn herum. Er dachte an gestern, an die Verfolgungsjagd, den Schuss. Er hatte sich auf den Rückweg zur Bank gemacht – und unvermittelt einen Schlag vor den Kopf erhalten. Dunkelheit. Er wusste nicht, wie lange er an der Stelle gelegen hatte. Irgendwann hatte ihn ein Schwall Wasser ins Bewusstsein zurückgeholt. Er hatte die Augen aufgeschlagen, Pelzer war über ihm gestanden. Sie hatte die Kapuze einer Regenjacke in der Hand gehabt, offensichtlich hatte sie damit irgendwoher Wasser besorgt. Auf seine Frage, was passiert war, hatte sie bloß auf den armdicken Ast einer Eiche gezeigt, der sich in Kopfhöhe neben Çelik zunächst in Richtung Weg und dann nach oben zog. »Ich schätze, Sie haben Bekanntschaft mit dem Holz da gemacht, Çelik. Jetzt könnten Sie aber langsam aufstehen, genug geschlummert. Wir müssen hier weg, bevor jemand die Leiche entdeckt.«

»Warum sind Sie mir eigentlich gefolgt, Pelzer?«, fragte er jetzt.
»Intuition? Außerdem dachte ich mir, Sie könnten ein wenig Unterstützung brauchen. Also bin ich in einen Zug gesprungen. Ist auf der Strecke schneller als mit dem Wagen.«
»Und wie haben Sie uns gefunden?«
»Also, äh, um ehrlich zu sein: Das Handy, das ich Ihnen geliehen habe, hat ein Ortungssystem. GPS. Damit wir unsere Künstler hier wieder finden, falls sie sich mal verlaufen. Guido saß hier am Rechner und hat ihre Position gecheckt.«
Pelzer hatte reagiert wie ein Profi, das musste Çelik zugeben: Sie hatte zunächst Vollmüllers Leiche hinter das Denkmal gezogen, damit sie nicht so schnell entdeckt wurde. Sie hatte Scholz gefesselt, geknebelt und neben Vollmüller gelegt. Sie hatte Çelik gesucht, gefunden und geweckt. Zusammen hatten sie Scholz dann zu Çeliks Wagen transportiert. Pelzer war mit Scholz´ Wagen zurückgefahren, Çelik mit seinem.
Gabriele Scholz schwieg seit ihrer Ankunft in der Wohngemeinschaft. Giftige Blicke waren die einzige Art von Kommunikation, die sie Çelik und Pelzer zugestand. Jetzt saß sie im Gästezimmer auf einem Stuhl. Sie zog verächtlich die Nase hoch. Die kurzen, blonden Haare standen ihr wie Borsten einer Stahlbürste vom Schädel ab. Sie guckte, als wäre sie es, die in dieser Situation zu bestimmen hatte.
»Na, Herr Knallhart, haben wir uns am Köpfchen weh getan?«, sprach sie Çelik an und lächelte süffisant.
Pelzer verharrte.
Çelik spürte, wie die Wut in ihm hochkochte. Er trat einen Schritt vor, erhob die Hand. Pelzer fiel ihm in den Arm, drängte ihn sanft, aber bestimmt zurück.
»Sie sollten Çelik dankbar sein, Frau Scholz. Immerhin hat er Ihnen das Leben gerettet.«
Gemächlich, fast unverschämt langsam wandte die Blonde den Kopf. Noch einmal zog sie die Nase hoch. Dann schaute sie Pelzer direkt in die Augen.
»Oh, die junge Frau versucht es auf die vernünftige Tour. Das Leben gerettet, was? Habe ich ihn darum gebeten? Mensch Mä-

del, verpiss dich mit deiner Küchenpsychologie. Zu meiner Zeit haben wir solche Tusschen wie dich zum Frühstück verspeist«
Pelzer beugte sich zu ihr hinunter, gab sich unbeeindruckt. Blieb freundlich und verbindlich.
»Okay, kommen Sie. Versuchen Sie, sich zu erinnern. Wer oder was könnte mit *Jeanne* gemeint sein?«
Scholz verzog ihren Mund zu einer bitteren Grimasse. Kurz lachte sie verächtlich auf.
»Was glaubst du, Schnepfe, was ich seit Tagen mache?«
Pelzer antwortete nicht. Sie verharrte, wartete und blickte der anderen in die Augen. Die beiden starrten sich an, ihre Gesichter waren höchstens dreißig Zentimeter voneinander entfernt. Pelzer ließ sich nicht einmal zum Ansatz eines Blinzelns verlocken. Sie wartete. Und sie machte klar, dass sie länger, viel länger ausharren konnte. Das, dachte Çelik, ist das Privileg einer Therapeutin. Oder eines Polizisten.
Schließlich schlug Scholz ihren Blick nieder und fuhr fort: »Keine Ahnung. Ich hab versucht, mich zu erinnern, in den letzten Tagen. Da gab es Unterstützer, Helfer, Leute, die im Umfeld aktiv waren, nicht direkt im Kern der Gruppe …«
»Adjutanten«, murmelte Pelzer.
»Unterstützer.«
»Was waren das für Leute?«, fragte Çelik.
»Helfer eben, Fußvolk. Sie schauten zu uns auf, wollten dabei sein. Hatten aber nicht die Courage für die ganz harten Dinger. Oder waren zu jung. Oder zu sehr eingebunden, familiär. Manche waren auch einfach zu feige.«
»Was man von Ihnen sicher nicht behaupten kann, richtig?«
»In 'ne Bank reinmarschieren, mit 'ner Knarre rumfuchteln, die Leute in den Griff kriegen, notfalls einen umlegen … das ist halt nicht jedermanns Sache. Kein Job für Sesselfurzer …«
Jetzt sah sie Pelzer wieder direkt die Augen. Es war klar, wie diese Bemerkung gemeint war. Pelzer reagierte nicht. Sie lächelte weiter, blieb verbindlich. Çelik bewunderte sie. Er bekam eine Ahnung davon, wie gut sie in ihrem Job war.
»Können Sie sich an Namen erinnern?«

»Nein«, grummelte Scholz, »nicht wirklich ...«
»Und was soll das jetzt heißen? Nein – oder *nicht wirklich*?«
»Weiß nicht ...«
Sie verschloss sich aufs Neue. Çeliks Säfte kochten wieder intensiver. Erneut verspürte er Lust, Scholz eine Ohrfeige zu verpassen. Oder sie an den Haaren zu packen und ihren Kopf hin und her zu schleudern.
Pelzer blieb weiterhin ruhig und vernünftig. Was tatsächlich in ihr vorging, merkte Çelik, als er zufällig ihre Hände anschaute: Der Kugelschreiber, den sie in der Linken barg, war verbogen bis zum Anschlag. Gleich würde er brechen. Der Stift transportierte und ertrug Pelzers eigene Anspannung. Noch.
»Haben Sie mal drüber nachgedacht, Frau Scholz, dass es hier um Ihr Leben geht? Und vielleicht auch um das Ihrer Familie? Wenn wir den Typen nicht erwischen, wird er Sie irgendwann kriegen, das ist klar. Und wenn er Sie nicht bekommt, dann wird er sich an Ihre Familie halten. Auch klar, oder?«
»Schon gut, ich bin ja nicht blöd. Also: Da war so ein Apotheker, der hat uns mit Medikamenten versorgt. Edgar hieß der, glaube ich. Und dann noch so ein Buchhändler, so ein kleiner, bei dem konnte man zur Not schlafen. Außerdem hat der sich um die Plakate gekümmert.«
»Namen!«, ermahnte Pelzer.
»Keine Ahnung. Irgendwo da gab es vielleicht auch eine Jeannette oder eine Janina, oder was auch immer. Aber da waren so viele Leute, die was für uns gemacht haben. Vielleicht war das die Freundin von einem oder die Katze oder was weiß ich ... KEINE AHNUNG!«
Çelik trat von der Seite an sie heran. In der Hand hielt er das Schwarz-Weiß-Foto seines Vaters.
»Kennen Sie diesen Mann?«
Gabriele Scholz betrachtete das Foto eine Weile. Dann verzog sie ihren Mund zu einem dünnen Lächeln.
»Klar, das ist der Ahmet. Der war ab und zu bei uns.«
»Und?« Çelik verschränkte seine Arme, ließ seinen Blick aber nicht von ihr ab. »Gehörte er auch zu eurer Gruppe?«

»Der? Ach, Quatsch! Das war so'ne arme Sau. Der hat gar nicht kapiert, worum es ging … Gastarbeiter war der. Kam aus dem tiefsten Osten Anatoliens. Keine Schule. Keine Ahnung von nix. Aber dann die Arbeiter aus ihrem Elend befreien … Der war so'n typischer Gewerkschafter. Und dachte, er könnte mit uns ein bisschen Revolution spielen …«

Çelik war erstarrt. Keine einzige Faser seines Körpers konnte er bewegen.

Pelzer übernahm. »Meinen Sie, der hat irgendwas mit der Sache zu tun?«

Scholz lachte laut auf. »Der Ahmet? Nie im Leben. Das war ein Schisser. Hat immer gefaselt von seinem Befreiungskampf. Aber der hatte nicht mal Mumm genug, 'ne Spielzeugknarre zu halten. Und Grips sowieso nicht. Ich weiß nicht, wer was von uns will.«

»Sie wissen doch mehr!«, bohrte Pelzer nach.

»Und wenn schon«, antwortete Scholz. »Warum sollte ich euch etwas sagen?«

»Warum?« Aus Pelzers Gesicht wich die Farbe. Mit einem Mal schien ihr gesamter Körper zu pulsieren. Çelik beobachtete sie. Wie bei einer Steinschleuder, dachte er, wenn das Gummi gespannt ist, knistert und jeden Moment nach vorne zu schnellen droht. *Jetzt schlägt* sie *gleich zu, jede Wette.* Doch da war Pelzers Anfall schon wieder vorbei. Sie hatte zwischenzeitlich mit dem Rücken zu Scholz gestanden, jetzt drehte sie sich langsam um.

»Ihr habt euch geirrt, und Ihr habt es gewusst!«, zischte sie. »Euch war klar, dass Menschen dabei draufgehen würden. Und Ihr habt es in Kauf genommen! Und dich interessiert es jetzt noch einen Scheißdreck! Blöde Kuh!«

Aus tief gefrorenen Augen schaute Gabriele Scholz sie an. Çelik trat hinter sie. Trotz ihrer sechzig Jahre wirkte die Frau drahtig und durchtrainiert. Auch sie war jetzt gespannt wie ein Bogen. Sie konnte jeden Moment explodieren. Çeliks Hand fand sofort die richtige Stelle, den dünnen Hohlraum unter den Schulterblättern, an dem ein blanker Muskel am Knochen scheuert. Er griff zu, Scholz zuckte. Ihr Gesicht verzerrte sich, Speichel lief aus ihrem Mundwinkel. Bedächtig fast, ließ Çelik die Stelle zwi-

schen seinen Fingern kreisen. Gabriele Scholz schrie kurz auf, verbarg den Schmerz aber sofort wieder hinter ihren zusammengepressten Zähnen.
Çelik schaute in ihre Augen: »Euer Ideologie-Scheiß ist mir schon damals auf den Sack gegangen. Keine Idee entschuldigt Mord!«
Gabriele Scholz senkte ihren Kopf und sagte nichts mehr. Ihr Gesicht war verzerrt, aber sie blickte Çelik von unten in die Augen. Fordernd.
»Ihr habt keine Ahnung. Keine Vorstellung der Gesellschaft damals. Die ganze Nazischeiße, überall. Das war Krieg! Ihr versteht nicht, was uns damals bewegte. Und Ihr werdet es niemals verstehen. Ich habe nichts weiter zu sagen.«
Çelik zog seine Hand zurück, drehte sich weg, verließ den Raum. Ihm war schlecht. Auch er hatte getötet, und das noch nicht einmal für eine Ideologie, zumindest nicht seine eigene.
Pelzer folgte ihm. In der Tür drehte sie sich noch einmal um und lächelte Scholz freundlich zu.
»Wir reden später. Und ich bin sicher, Sie werden uns noch einiges zu sagen haben.«

Pelzer Wie er die Scholz angefasst hat! Genau genommen, dürfte man diesen Murad Çelik nicht unbeaufsichtigt herumlaufen lassen. Eigentlich. Der Mann brodelt, und ich möchte ihm nicht im Weg stehen, wenn der Druck sich irgendwann entlädt.
Es machte nicht den Eindruck, dass ihre Qual ihn störte. Im Gegenteil, das alles war für Çelik natürlich, selbstverständlich. Routine. Einer, der Wege zu kennen glaubt, wie man Informationen aus jemandem rauspresst.
Was weiß ich eigentlich über ihn? Was über seine Zeit bei der türkischen Polizei? Er ist als Student, während des Putsches, irgendwie im Gefängnis gelandet, sagt er. In so einer Gruppenzelle. 47 Mann in einem Raum, der für acht ausgelegt ist. Weil sie Dolmetscher brauchten, holten sie ihn nach zwei Tagen raus

aus seinem Verlies, und so landete er schließlich auf der anderen Seite, bei der Polizei. Wo er auch blieb, bis zu dem Erdbeben, bei dem seine Familie getötet wurde, so dass ein anderer Gefängnisaufenthalt für ihn begann – die Einzelzelle im eigenen Kopf. Was war dazwischen? Was hat einer auf dem Kerbholz, der so ungeniert und rapide zulangt? Çelik, bist du ein Folterer? Ein Vergewaltiger? Bist du vielleicht der Böse in diesem Spiel, der alle anderen verarscht? Bist du am Ende Darius´ Mörder?

Was will er von mir? Warum hat er mich aufgesucht? Warum hat er mich eingeweiht? Warum ist er geblieben? Hätte er sich so verhalten, wenn er der Täter wäre? Nein, wenn Çelik jemals getötet hat, so hat er das Morden jetzt verlernt. Er hat den Impuls verloren. Die Handlungsenergie, die man braucht, um Menschen ums Leben zu bringen, besitzt er nicht mehr. Nicht aktiv. Nur dann, wenn es ihm von außen aufgezwungen wird, kann dieser angeknackste Stählerne seine Kräfte noch mobilisieren. So erlebt er eine Spiegelung seiner verebbten Kräfte, die ihm vorgaukelt, das Çelik-Original zu sein. Wie früher, in seinen guten Zeiten. Wenn es die denn jemals gab. Der Anschein eines kraftvollen, unverbrauchten, ungebrochenen Murad Çelik. Deshalb ist er hier, deshalb sucht er den Mörder. Deshalb ist er bei mir.

Darius war mein Vater. Ich weiß jetzt, wie mein Vater war. Wie er gewesen sein könnte. Ich fühle ihn, indem ich spüre, wie andere auf ihn reagierten. Was fehlt, sind Informationen: über ihn, über mich. In seiner Wohnung fanden sich jede Menge Infos über mich, sagt Çelik, aber nur über das Heute, nichts über die Zeit vor der Adoption. Nichts über KPD und mich, nichts über meine Mutter, nichts über meine ersten Jahre. Als hätte es diese Jahre nie gegeben. Oder enthält Çelik mir etwas vor? Kann ich ihm trauen? Ich muss ihm trauen, ich habe keine andere Wahl. Der einzige, der noch etwas wissen könnte – ist der Mann, der meinen Vater getötet hat.

Merkwürdig, dass die Scholz so lange stur geblieben ist. Beeindruckend. Ihren Schmerz und ihre Angst hat sie hinter dieser fiesen Rotzigkeit verborgen. Ob Çelik davon etwas mitbekommen hat? Sie tut alles, um ihre neue, ihre zweite Identität zu wahren; sie will die Kleinbürgerin bleiben, zu der man sie gemacht hat, nie mehr Outsider sein. Weil sie eben so noch mal davon gekommen ist, in den Schoß der Gesellschaft zurückkehren durfte. Wo man sich letzten Endes halt doch am wohlsten fühlt. Nur deshalb ist sie zu Vollmüller gefahren: um sich und ihre Identität – also ihre Familie – zu schützen. Nach dem Motto: Angriff ist die beste Verteidigung.
Dieser Weg, den die Scholz gewählt hat, könnte im Prinzip auch meiner sein: Einen Punkt setzen. Alles, was davor war, vergessen und beenden. Neu anfangen. Eine Identität, ein Leben beschließen. Bis dahin bin ich sowieso dabei. Aber dann: Auf dem Punkt eine Dynastie gründen. So, dass die Kinder, Enkel und die Urenkel und deren Kinder, Enkel und Urenkel mit dem Wissen klarer, geordneter Verhältnisse leben. Sicherheit!
Bloß, dass sie weiß, was vorher war. Sie hatte also was zum Abschalten. Bei mir dagegen: nur Fragezeichen.

Kann man ein Gebäude der Sicherheit auf morastigem Grund erreichten? So, wie die Sprache ein Gerüst ist, in der Wahrnehmungs- und Datenflut des Lebens? Man kann – im Gegenteil – gar nicht anders, als auf Morast zu bauen. Ohne Erinnerung keine Sicherheit. Und Erinnerung ist immer – auch – Abgrund. Was habe ich wann, wie, wo, mit wem erlebt? Was hat mich geprägt, so dass ich wurde, was ich heute bin? Aber eine wirkliche, komplette, umfassende Erinnerung ist unmöglich, dafür bräuchte es ein zweites Leben. Und da, wo das Erinnern fast unendlich zurückreicht, bis in die Steinzeit des Menschwerdens, im Traum nämlich, da dient sie doch nur dem Bann des Schreckens: die Unberechenbarkeit der Natur dadurch verarbeiten, dass man Krisensituation nachts ständig wiederholt und wiederkäut, so dass sie irgendwann Routine werden. Ich träume vom Schrecken, also lasse ich den Schrecken ein in meine Welt, in dem ich ihn zur Routine mache. Sicherheit ist also nur für einen Preis zu haben: Unsicherheit.

Dreißig

Mühsam kämpfte sich ein lang gezogener Lastenkahn gegen die Strömung. Nach einer Weile schwappte dunkle Brühe träge gegen die Kaimauer unter ihnen. Çelik zog seine Füße hoch. Meterhohe Kohlehügel schoben sich an ihnen vorbei. Das Schiff lag so tief im Fluss, dass das Wasser jeden Augenblick über seine Reling zu kippen drohte. Pelzer saß neben ihm, ließ ihre Beine an den kantigen Steinquadern herunter baumeln, aus denen die Hafenumrandung bestand. Auf der gegenüberliegenden Seite konnte man am Ufer einen groß angelegten Park ausmachen. Ein paar Kinder stocherten mit Stöcken im Morast der Böschung herum. Die untergehende Sonne tauchte ihren Anblick in warme Farben.

»Könnte fast romantisch sein, Çelik, finden Sie nicht?«

Pelzers unverwechselbare Art. Sie konnte mit ihrer glasklaren Stimme solche Augenblicke chirurgisch von der Realität abtrennen. Wie ein krankes Organ mit einem Skalpell.

»Könnte!«, murmelte Çelik. Er zündete sich eine Zigarette an. Diese Frau ertappte ihn jedes Mal genau dann, wenn er gerade etwas lockerer wurde. Ihm war nicht mehr nach Romantik zumute.

Pelzer hatte ihn an seinem Wohnmobil abgeholt. Sie müsse mit ihm sprechen, hatte sie gesagt. Schweigend waren sie an der Uferpromenade entlang gelaufen, bis sie das ehemalige Hafengelände erreicht hatten.

»Hier hat die Stadt Unsummen investiert«, erklärte Pelzer, »vorher gab es keinen Grund hierher zu kommen, schon gar nicht abends.«

Und jetzt, dachte Çelik, *was gibt es jetzt für Gründe?* Er schaute sich um: Die gesamte Anlage präsentierte sich wie aus dem Ei gepellt. Ein Ensemble aus restaurierten Giebelhäusern, aufgemotzten Lagerschuppen und neuen Gebäuden, die nach Architektenkunst aussahen. Alles wirkte komponiert bis ins Detail. In verglasten Fassaden spiegelten sich Stahlkonstruktionen, auf dem polierten Kopfsteinpflaster die raffinierten Lichtinstallationen. Selbst das ehemalige Hafenbecken, in dem früher die Boote repariert wurden, glich eher einer luxuriösen Wellness-Anlage. Auf Çelik wirkte alles wie eine Attrappe. Am Reißbrett entworfen und dieser Gegend wie eine Glocke übergestülpt.

Bilder aus Istanbul fluteten seine Gedanken. Schmierig schmuddelige Gassen, der Geruch von Motoröl und abgestandenem Fisch, heruntergekommene Hafenkneipen, denen die verblassten Farben von den Wänden blätterten. Ein eigentümliches Gemisch, ein zäher Brei, stinkend, gärend, aber immerhin: lebendig. Natürlich zog auch dort die Modernisierung ein. Hier allerdings übertrieben sie. Alles wirkte wie in einem Designer-Laden: stilvoll, schick, steril.

»Und jetzt?«, sagte Çelik, »was gibt es jetzt für Gründe?«

»Na ja, es gibt nette Restaurants, Galerien, kleine Boutiquen siedeln sich hier an. Es braucht halt noch eine Weile, bis hier Leben einkehrt.«

Çelik schüttelte seinen Kopf.

»Hier wird nie Leben einkehren.«

»Çelik, Sie Oberpessimist, Sie müssen mal von ihrem Nostalgie-Trip runterkommen. Wollen Sie, dass die Zeit stehen bleibt und alles vergammelt?«

»Nein, es muss nichts stehen bleiben, aber es ist ein Trugschluss, eine Illusion, dass hier irgendwann Leben einkehren könnte; ich meine *echtes* Leben. Wie soll das gehen? Wie soll irgendwo Leben existieren, wenn man den Tod nicht zulässt, die Vergänglichkeit?«

»Werden wir jetzt metaphysisch, Çelik?«

»Nennen Sie es, wie Sie wollen. Aus Altem kann etwas Neues entstehen, aber nur mit der Zeit.«

»Jedenfalls kommen hier jetzt viel mehr Leute her, flanieren.«

»Mag sein, aber sie gehen dann wieder. Was ich meine, ist gelebtes Leben, nicht im Schaufenster präsentiertes. Kommen Sie mal nach Istanbul, dann zeige ich Ihnen, was ich meine.«

»Auch Istanbul erneuert sich, und das wollen die Menschen auch so.«
Çelik zog an seiner Zigarette, schaute seiner eigenen Rauchwolke hinterher. »Als ich acht Jahre alt war, habe ich in den Sommerferien meinen Onkel in Istanbul besucht. Er hatte einen kleinen Laden im Hafenviertel, verkaufte Netze an die Fischer. Was ich in den Wochen gesehen, gerochen, gefühlt habe, vergesse ich bis heute nicht. Das geht nur, wenn man die Vergänglichkeit zulässt. Die Moderne überschwemmt auch die Türkei. Aber es ist falsch – es geht zu schnell.«
Eine Möwe flog dicht über ihren Köpfen hinweg. Sie drehte eine Schleife, setzte sich dann neben sie auf die Mauer.
»Worüber wollten Sie mit mir sprechen?«
»Çelik, ich habe noch mal nachgedacht. Die Polizei wird ermitteln. Sie wird Zeugen befragen. Früher oder später werden sie auf uns kommen. Wir wissen nicht, ob uns jemand beobachtet hat. Immerhin war es ein öffentlicher Park.«
»Öffentlichkeit bedeutet nichts. Vollmüller wusste das. Sie bietet manchmal mehr Schutz als eine verborgene Höhle. Ein Wunder, wenn sich einer findet, der was gesehen hat. Die einen haben Angst, in etwas reingezogen zu werden. Den anderen ist es lästig. Ich werde mich nicht verstecken. Die Scholz war dabei. Sie wird für uns aussagen.«
»Aber Sie sind illegal hier!«
Çelik musste lächeln. Aus der Innentasche seiner Jacke zog er einen dunkelroten Pass. »Wie kommen Sie darauf? Hier, ein Überbleibsel meiner Kindheit.«
»Sie sind Deutscher?«
»Der Pass ist deutsch … alles andere überlasse ich ihrer psychologischen Kompetenz.«
»Trotzdem müssen Sie hier verschwinden!«
»Die Polizei hat keinerlei Anhaltspunkte.«
»Aber der Killer könnte hinter Ihnen her sein. Immerhin waren sie dicht an ihm dran.«
»Das glaube ich nicht. Wenn er wüsste, wie er mich finden kann, hätte er mich längst kalt gestellt.«

»Die Bedingungen haben sich geändert. Er hat auf Sie geschossen. Sie haben ihm ins Handwerk gepfuscht. Sie müssen ab sofort auch auf sich aufpassen.«
Die Sonne verzog sich hinter die neuen Gebäudekomplexe. Ohne sie spürte Çelik die Kälte des Windes. Er nahm die leere Zigarettenschachtel und warf sie nach der Möwe. Für die nächste Frage musste er seinen ganzen Mut zusammennehmen.
»Aber wenn wir schon mal bei der Fast-Romantik sind. Warum haben Sie eigentlich keinen Freund?«
Pelzer schaute über den Fluss, als würde sie irgendetwas am gegenüberliegenden Ufer fixieren. Ihre Wangenknochen zitterten leicht.
»Ich komme gut alleine klar. Aber das liegt nur an einer Abmachung, die ich mit mir getroffen habe. Im Grunde habe ich Angst, alleine zu bleiben, aber noch größer ist die Angst, noch mal etwas Ähnliches zu erleben ... Ich möchte nicht, dass mich diese Angst zerfrisst, aber ich weiß, dass sie das tut ... kennen Sie dieses Gefühl?«
Çelik kannte es mehr als gut. Er lebte täglich mit diesem Dilemma, stündlich, jede Sekunde. Die Angst, sich auf etwas einzulassen. Die Angst, es nicht zu tun.
Pelzer knetete ihre Unterlippe. Plötzlich stand sie auf.
»Aber ich bin nicht unglücklich. Kommen Sie, Çelik, ich habe Lust auf ein gutes Kebab.«

Der Weg zu den besten türkischen Lokalen diesseits des Flusses führte sie am Bahnhofsviertel vorbei. Ein Spaziergang, der in extremem Kontrast stand zu dem makellosen Aussehen des neuen Hafenareals. Im Schatten der dunklen Kathedrale faulten kleine Gassen vor sich hin. Zerbröckelnde Hausfassaden, uringetränkte Wände. Kaputt, dreckig, verwelkt. Die Trassen der zuführenden Gleise sezierten das Viertel in brachliegende Ecken. Sie passierten Unterführungen, in denen sich Konzertplakate in unzähligen Schichten abschälten. Überall Zeichen des Verfalls: Ein alter Fernseher, den jemand an die Straße gestellt hatte, dessen Innenleben wie bei einem zerfledderten Aas aus dem Gehäuse klaffte;

ein mit Brettern vernagelter Hauseingang, mit Graffiti besprüht; ein verwuchertes Grundstück, in dessen Gestrüpp sich der Müll der Passanten sammelte. Viel Glanz hatte diese Gegend nicht zu bieten. Und trotzdem spürte Çelik so etwas wie: Wärme. Aus offen stehenden Fenstern hörte man Stimmen. Ein Kind schrie. Jemand sang. Er blieb dabei. Man nahm einer Stadt ihre Seele, wenn man sie desinfizierte. Wie bei einer Schönheitsoperation versuchten die Stadtoberen, sich der alten Haut zu entledigen, sie abzustreifen. Aber zu welchem Preis?
Çelik musste an seine Mutter denken. Nackt hatte er sie zum ersten Mal in seinem Leben gesehen, als sie schon im Koma lag. Ihre runzelige Haut schien so dünn wie ein Bogen Pergament. Er konnte seinen Blick nicht lösen von den Falten und Furchen. Eine alte Frau in ihrer verbrauchten Hülle. Trotzdem war sie wunderschön … Er musste sich bei ihr melden.
Sie ließen den Bahnhof hinter sich, erreichten die Straßen um das Stadttor herum. Hier hatte für Çelik diese Episode seines Lebens ihren Anfang genommen. An der nächsten Ecke hätten sie in die Straße biegen müssen, in der er sein Wohnmobil erstanden hatte. Instinktiv wechselte er die Straßenseite und schlug einen Umweg ein. Er wollte eine mögliche Begegnung mit Josie vermeiden.
»Na, Schälick, haste deine Freundin mitgebracht?«
Die Nutte vom Fenster. In rosa Plüschpantoffeln und mit einer Plastiktüte am Arm schlurfte sie über die Straße.
»Dat wird Josie aber nich gerne sehen!«
Pelzer zupfte ihn am Arm.
»Wer ist Josie?«
»Niemand«, grummelte Çelik.
Er beschleunigte seinen Schritt und zog Pelzer in die nächste Seitenstraße.
»Mein Angebot steht noch, Schälick, ich halt die Glocken für dich warm.«
Entweder hatte Pelzer das nicht mehr gehört oder sie ignorierte es. Zum Glück – Çelik hatte keinerlei Lust auf ein Gespräch über die Anziehungskraft reifer Damen.

Sie kamen an einem dieser Läden vorbei, die es überall zu geben schien. Eine abenteuerliche Mischung aus Lebensmittelgeschäft, Internet-Café und Telefoncenter. Es war noch früh genug, um in Istanbul anzurufen. Er zog Pelzer mit in den Laden.
Es wurde ein kurzes Telefonat. Sein Cousin war auch nicht der Gesprächigste. Seiner Mutter gehe es unverändert. Wie lange er denn noch bleiben wolle. Und kurz, nachdem er geflogen sei, habe jemand angerufen, sich nach ihm erkundigt, dann aber aufgelegt.
War das Darius gewesen? Oder der Mörder, der bei Darius die Nummer entdeckt hatte?
Ein paar Minuten später erreichten sie die Gasse, in der sich ein türkisches Geschäft an das andere reihte. Männer standen in kleinen Gruppen zusammen und ließen kleinkugelige Gebetskettchen durch ihre Finger gleiten. Ein paar Kinder liefen schreiend hintereinander her. Familien kamen mit Tüten beladen aus den kleinen Lebensmittelläden. Halbwüchsige lehnten an ihren Autos, debattierten lautstark oder tippten wild auf ihre Handys ein. Çelik und Pelzer ließen sich schweigend durch diese Landschaft treiben, waren voll mit sich und ihren Gedanken beschäftigt. Sie betraten ein Lokal namens *Saray* und setzten sich an einen der Tische am Fenster. Das Restaurant war gut gefüllt.
Eine halbe Stunde später legte Çelik seine Gabel zur Seite. Das Kebab war miserabel. Das Fleisch zäh. Die Auberginen triefend vor Fett. Der Reis klumpte vor sich hin.
»Kommen Sie hier öfter her?«, fragte er Pelzer, die an ihrer Suppe schlürfte.
»Ja, aber ich esse immer das Gleiche. Diese Suppe und einen Teller Adana-Kebab. Ich mag die Atmosphäre und den Blick nach draußen.«
»Darf ich mal?«
Er zeigte auf ihre Schüssel. Pelzer nickte. Nach dem zweiten Löffel ließ er seine Zungenspitze über die Lippen gleiten und schmeckte nach.
»Das ist keine Van-Suppe!«, sagte er. »Das ist alles Mögliche, aber keine Van-Suppe.«

Er hielt nach dem Kellner Ausschau und rief ihn zu sich. Der große, hagere Mann kam mit einem Lächeln zu ihnen. Er hatte beide schon am Eingang überschwänglich begrüßt, in lupenreinem Deutsch.
Çelik grummelte, ohne seinen Kopf zu heben.
»Das ist keine Van-Suppe.«
»Äh, wie bitte?«
»Ich sage: Das ist keine Van-Suppe. Da fehlt die Minze.«
»Also, ich weiß nicht so genau …«
»Hol mal den Koch!«
Es dauerte nicht lange, und aus dem Küchenbereich kam ein Mann in einem schwarzen Overall, an dem er sich die Hände abwischte. Groß. Blond. Deutsch. Çelik traute seinen Augen nicht. Er hatte ungefähr sein Alter. Seine Haarpracht erinnerte Çelik an einen alten Pavian. Ein mächtiger Pelz stand ihm nach allen Seiten des Kopfes ab. Der Kellner wies in ihre Richtung. Mit großen Schritten durchquerte der Koch den Raum.
»Ne var, beyfendi?« fragte er in einem gruselig-bruchstückhaften Türkisch. Çelik verstand die Welt nicht mehr. Beschäftigen sie hier jetzt Deutsche in der Küche und brachten ihnen noch ihre Landessprache bei?
»In eine Van-Suppe gehört Minze.« Çelik versuchte einen Tonfall, der keinerlei Antwort zulassen sollte.
»Mag sein, mein Freund« sagte der Koch in einem ruhigen, freundlichen Ton, »dass das in *deine* Van-Suppe gehört. In unsere gehört höchstens etwas Sumak … aber wenn Sie wollen, mache ich Ihnen eine mit Minze.«
Çelik winkte ab, »Tamam, tamam … kalsın!« Er hatte keine Lust auf Ärger. Nicht einmal eine einfache Suppe brachten sie hier zustande.
Pelzer grinste.
»Na, lassen wir den Stinkstiefel raushängen?«
Çelik hätte das Lokal am liebsten sofort verlassen. Ihr zuliebe blieb er sitzen.
»Ich hasse es, wenn Leute etwas imitieren.«
»Okay! Lassen Sie uns über etwas anderes sprechen. Das wird

Sie ablenken. Ich habe ein graphologisches Gutachten anfertigen lassen.«
Çelik schaute von seinem Teller auf. Er hatte gerade versucht, aus dem Reis und den Fleischstücken einen kleinen Vulkan zu modellieren.
»Sie haben was?«
»Ein Gutachten über die Handschrift unseres Täters. Mit dem Zettel, der bei Darius war. Es war ja nur das eine Wort: *Jeanne*. Aber manchmal gibt selbst das Aufschluss. Eine Bekannte von mir macht das. Ich frage sie manchmal, wenn ich mir mit einer Diagnose unsicher bin. Interessantes Ergebnis.«
Sie holte einen Umschlag aus ihrer Tasche.
»Arbeiten Sie jetzt nur noch auf eigene Faust?«
»Jetzt mosern Sie nicht schon wieder rum, Çelik. Hören Sie lieber, was da steht: *Männlich, Alter über vierzig, hoher Bildungsgrad, emotional erregt, obsessiv.*«
»Das hätte ich Ihnen auch alles sagen können.«
»Jetzt warten Sie's doch mal ab. Also, das ›J‹ ist ein sehr seltener Buchstabe im Deutschen, zumal am Wortanfang. Er muss es sehr oft geschrieben haben.«
»Na, und?«
»Aus dem Schwung, aus der Neigung, aus dem Druckverlauf kann man ablesen, dass er eine emotionale Bindung zu dem Wort hat.«
»Ich verstehe immer noch nicht.«
»Das steht nicht für ein Code-Wort der Gruppe oder so. Es muss ein Name sein. Von jemandem, der ihm sehr nahe steht.«
Çelik grübelte.
»Eifersucht ist nicht gerade ein seltenes Motiv bei einem Mord«, fuhr Pelzer fort.
»Wir reden hier von einer Gruppe, Pelzer. Warum sollte er aus Eifersucht eine ganze Gruppe eliminieren?«
»Keine Ahnung. Kollektivschuld? Vielleicht hat es etwas damit zu tun.«
»Vielleicht ist es auch einfach nur ein Verrückter. Ein durchgeknallter Typ, der sich irgendein Motiv angelesen hat.«

»Das glaube ich nicht. Die Graphologin sprach von einem besessenen, aber durchaus kühl agierenden Menschen mit einer klaren Zielvorgabe.«
»Das konnte die alles aus dem einen Wort ablesen?«
»Vermutungen, Çelik, die auf bestimmten Erfahrungen beruhen. Es kann immer ganz anders sein. Aber dass überhaupt kein Motiv da sein soll, glaube ich einfach nicht. Und außerdem hat sie noch etwas Interessantes gesagt.«
»Und zwar?«
»*Ausgeprägtes Machtempfinden* – das erkennen die tatsächlich an den Druckpunkten im Buchstabenverlauf.«
»Ein kleiner Napoleon bei seinem Feldzug gegen die Ex-RAF?«
»Ich denke eher, es ist jemand, der irgendetwas kompensiert.«
Einen Schmerz, dachte Çelik. Er musste an den Vortrag von Maike Dellinger denken. Ein Schmerz, der vielleicht von einem Schuldgefühl ausgelöst worden war. Angehörigen gegenüber, die man verloren hatte. Selbstvorwürfe. Man zerriss sich auf der Suche nach einer Antwort, die keiner geben konnte. Wäre alles anders gekommen, wenn … Çelik kannte das. Diese Frage hatte unzählige seiner schlaflosen Nächte bestimmt.
Mittlerweile standen zwei kleine Gläser mit Tee vor ihnen. Pelzer ließ ein Stück Würfelzucker in die Flüssigkeit gleiten und rührte um, ohne den Rand zu berühren.
»Haben Sie jemals getötet, Çelik?«
Sie riss ihm immer wieder den Boden unter den Füßen weg. Immer, wenn er das Gefühl hatte, ihre Gespräche zu kontrollieren, schlug sie eine neue Schneise. Sie war: gnadenlos. Und er konnte sich ihr nicht entziehen.
»Vielleicht«, sagte er.
Pelzer trank ihren Tee. Sie spitzte ihre Lippe, schloss dabei ihre Augen. Der Dampf aus dem Glas zog an ihren kleinen Nasenflügeln vorbei.
»Ich habe die Staatsmacht verkörpert. Sobald ich die Uniform anhatte, war ich wie verwandelt. Mit dieser Uniform ist man in der Türkei allmächtig.«
»Nicht nur dort.«

»Ich habe auf alles draufgehauen. Linke wie Rechte. Wir haben ihre Führungsleute ausfindig gemacht und inhaftiert. Wir haben versucht, den Keim zu ersticken. Die haben sich untereinander massakriert. Aber wir waren nicht anders. Alle gegen alle. Ein Alptraum.«
Pelzer sagte nichts. Man sah, wie es in ihr arbeitete. Wie sie sich fragte, welche Rolle Çelik genau in dem Alptraum gehabt hatte.
»Und Sie, Çelik? Auf welcher Seite haben Sie gekämpft?«
»Auf keiner. Auf meiner. Mit den Mördern. Ich war einer von ihnen …«
»Ich weiß nicht, ob Sie sich das vorwerfen sollten, Çelik. Damals mussten Sie so handeln.«
»Nein, musste ich nicht.«
»Aber Sie können sich nicht jetzt noch deswegen zerfleischen.«
»Was wollen Sie, Pelzer? Wollen Sie mich heilen?«
»Ich will Ihnen helfen.«
»Ich habe nicht darum gebeten.«
Çelik hob sein leeres Glas in die Blickrichtung des Kellners.
»Was meinten Sie mit *vielleicht*, Çelik?«
»Die Ideen waren auf beiden Seiten ähnlich. Hier die Guerilla – da die Staatsmacht. Das galt für Deutschland wie für die Türkei. Natürlich kann man es nicht vergleichen, aber die Ansätze gehen auf den gleichen Kern zurück: Gewalt. Und das ist der Irrtum. Man kann Gewalt nicht mit Gewalt beantworten. Das ist Irrsinn.«
Der Kellner kam mit zwei gefüllten Gläsern aus der Küche, blieb stehen. Er schien sich nicht an den Tisch zu trauen.
»Es war purer Zufall. Wäre ich in Deutschland geblieben, wäre ich womöglich auch bei der nächsten Generation der RAF gelandet.«
»Zwischen der Gewalt des Staates und der Gewalt der RAF würde ich aber unterscheiden.«
»Für mich gibt es da keinen Unterschied. Keine Idee ist es wert, dass dafür auch nur ein einziges Menschenleben ausgelöscht wird.«
»Doch – ein mieses schon.«

»Wollen Sie entscheiden, wer mies ist und wer gut? Sind Sie Gott?«
»Was meinten Sie mit *vielleicht*?«
Çelik blickte auf die Tischplatte, dann sprach er.
»Ich habe in den Achtzigern einen der Rädelsführer inhaftiert; wir brauchten Informationen zu den Unterstützern. Ich habe ihn mir vorgenommen. Nach drei Tagen ist er an den Verletzungen gestorben.«
Pelzer schaute ihm in die Augen. Näherte ihre Hand seinem Arm, der ausgestreckt auf dem Tisch lag.
Çelik stand auf.
»Ich habe mich danach versetzen lassen. In das Kommissariat für Morddelikte. Lassen Sie uns gehen. Hier kriegen wir keinen Tee mehr.«

Auf dem Rückweg zum Wohnmobil nahmen sie eine andere Strecke. Es war ein sternklarer Abend. Ein warmer Wind wehte, trug von irgendwoher Stimmen durch die menschenleeren Straßen. Die halbe Stunde Schweigen reichte Çelik, um all das Gesagte wieder sorgfältig zu verstauen. Er sprach nicht gerne über sich. Es strengte ihn an.
Als sie am Wohnmobil ankamen, erhob sich der Mond über dem Fluss und tauchte ihn in glänzendes Silber.
»Gibt es dafür im Türkischen nicht ein eigenes Wort? Für dieses Mondlicht auf der Wasseroberfläche?«
»Ja, *yakamoz*.«
Sie standen wie zwei Anfänger vor der Eingangstür.
Kommen Sie noch mit rein?, hätte Çelik sagen können. Aber ein Verschluss klemmte seinen Kiefer zu, presste seine Zähne aufeinander. In seinen Taschen kramte er nach Zigaretten.
Pelzer schaute an ihm vorbei. Dann drehte sich auch Çelik um und starrte auf die Seitenwand des Wohnmobils. Jemand hatte mit schwarzem Lack etwas darauf gesprüht.
JEANNE, 18. SEPTEMBER 1977.

Pankewitz Es war schlecht gelaufen. Er hatte gehofft, dass er alle gleichzeitig umlegen könnte. Aber Scholz' Wachhund war schneller, als er erwartet hatte. Danach war er mit der Krähe verschwunden. Wer weiß, was die ausheckten. Aber wenigstens hatte er ihm noch einen mitgegeben. Eigentlich hätte er dem Typen sogar dankbar sein müssen. Er hatte Darius Leiche weggeschafft. Die Spurenbeseitigung funktionierte von selbst. Natürlich im Auftrag der Scholz. Soviel Angst hatte die, ihre neue Identität könnte auffliegen, dass sie sogar Mithilfe bei einem Mord in Kauf nahm. Er hatte ihnen einen weiteren Hinweis gegeben. Sollten sie sich doch die Zähne daran ausbeißen. Den Typen musste er bald aus der Welt schaffen, er wurde ihm langsam unbequem. So wie Brohl. Dessen Zeit war auch abgelaufen. Am Ende hatte er tatsächlich noch gebettelt, er solle ihn doch laufen lassen. Er würde ein gutes Wort für ihn einlegen bei der Staatsanwaltschaft. Laufen lassen! Was für eine sarkastische Formulierung. Laufen lassen war das Letzte, was er ihm gegönnt hätte. LAUFEN LASSEN WAR NICHT DRIN. Wie der Brohl so dalag in seiner Lache, der zusammengesackte Körper in sich verdreht, sah es fast so aus, als wäre es arrangiert, wie auf dem Foto. Es lag an den aufgerissenen Augen. Auch *ihre* Augen waren geöffnet gewesen. Die ganze Zeit. Auf dem Foto konnte man es sehen. Der Typ, der es geschossen hat, sagte später, er hätte zuerst den Auslöser nicht drücken können. Weil ihre Augen offen waren und sie ihn anstarrte. Er hatte es von seinem Balkon aus gemacht. Als er den Aufprall gehört hatte, war er raus auf den Balkon. Und dann hatte er seinen Fotoapparat geholt. Später hat er das Foto an die Zeitungen verkauft. Aber zuerst konnte er nicht auf den Auslöser drücken. Weil sie ihn anstarrte. Und weil sie noch lebte. Keiner traute sich, sie zu bewegen. Sie mussten warten, bis die Sanitäter kamen. Seine Kleine war am Verrecken, und der machte ein Foto. Einer der Sanitäter sagte später der Zeitung, er habe ihr Beben gespürt. Als er sie hochheben wollte. Sie konnte nichts sagen. Aber ihr Körper hat es ihm zugeflüstert. Und ihre Augen. Sie haben gefleht. So, wie sie ihn auch immer angefleht haben, diese verfluchten Augen. DIESE SCHEISS VERFLUCHTEN AUGEN!

Sie hatte sie von ihrer Mutter. Groß. Wässrig. Leicht flackernd. Das ist bis zum Schluss geblieben. Dieses Flackern. Nichts konnte sie sonst bewegen, aber dieses Flackern hatte sie bis zum Schluss in den Augen.
Er hatte von ihr geträumt. Wie fast jede Nacht. Sie war aufgestanden und hatte ihn angelächelt. Als ob nichts geschehen wäre, und im Hintergrund brachen Sonnenstrahlen durch den Wolkenregen, im Traum ... Verdammt! Wie sollte sie denn aufstehen?! WIE HÄTTE SIE DAS TUN SOLLEN?

Einunddreißig

Es hätte ein schöner Flecken Erde sein können: umgeben von einem dichten Birkenwald, direkt am Ufer des Flusses gelegen. Der Strom zeichnete an dieser Stelle einen geschwungenen Bogen, verkroch sich im weiteren Verlauf zwischen abfallenden Talhängen. Sanft bewachsene Auen säumten seine Ränder. Von der nahe gelegenen Stadt nahm man keinerlei Anzeichen wahr. Als würde der Lauf der Dinge hier für einen Moment innehalten. Aber die Idylle war keine. Çelik hatte keine Zeit durchzuatmen. Ihre Geschichte hatte eine Wendung genommen. Er war ins Blickfeld geraten. Pelzer hatte recht gehabt, er musste vorsichtig sein. Auch hier sollte er nicht lange bleiben.
Çelik hatte sein Wohnmobil etwas abseits auf eine leichte Anhöhe gestellt. Jetzt saß er auf einem Baumstumpf davor und betrachtete den Campingplatz. Er schien hauptsächlich von Dauergästen belegt zu sein. Bei seiner Ankunft hatten sie ihn misstrauisch beäugt. Çelik staunte. Er hatte die *Gecekondu*-Viertel in Istanbul vor Augen, in denen wackelige Häuserskelette standen, die meist in nur einer Nacht zusammengezimmert worden waren. Die Menschen dort hausten zum Teil jahrelang in diesen provisorischen Gebäuden, die von der Stadtverwaltung toleriert wurden. Hier hingegen standen Zelte und Wohnwagen, die mit einem ausgeprägten Sinn für Beständigkeit installiert waren. Zäune steckten das jeweilige Areal ab. Mit zahlreichen Details schienen die Bewohner die Vergänglichkeit ihres Domizils ka-

schieren zu wollen. Einige hatten tatsächlich Blumenkästen an den Fenstern ihrer Campingwagen angebracht, andere sogar Briefkästen montiert. Auf die Dächer waren Satellitenschüsseln gepflanzt. Eine Frau kehrte mit einem Strohbesen den quadratisch geschnittenen Kunstrasen vor ihrem Zelt. Obwohl alles sehr friedlich schien, wirkte das Ordnungsbedürfnis der Bewohner inmitten der Natur auf Çelik befremdlich.

Auf eine eigentümliche Art *fremd* hatte er sich in Deutschland schon immer gefühlt. Als Teenager hatte er es für das spießigste Land der Welt gehalten. Seine Eltern hatten ihren Anteil an dieser Sicht. Sie hatten ihm als Kind immer vorgeschwärmt, wie gelassen es in der Türkei zugehe. Den Menschen hier schienen Dinge wichtig zu sein, die ihnen nicht nachvollziehbar waren. Aber wie war es tatsächlich in der Türkei? Dort schien das Zwischenmenschliche mehr im Vordergrund zu stehen. Individualität war nicht wichtig. Man definierte sich nicht durch das, was man hatte oder vorzeigen konnte. Aber es gab auch da einiges, das ihn beengt hatte. Es waren nicht die unterschiedlichen Bedürfnisse; die gab es überall. Es war die Enge, die andere Enge der Türkei. Auch dort galt es, konform zu sein; Abweichungen wurden kaum toleriert. In den letzten Jahren noch weniger als zuvor. Seit die Konservativen am Ruder waren, hatte sich etwas verlagert. Viele kleine Hilfssheriffs trauten sich plötzlich in die Öffentlichkeit. Junge Paare, die sich im Park küssten, wurden von Passanten gerügt. Wen man in der Fastenzeit beim Essen sah, der wurde als Ungläubiger beschimpft. Das war das Schlimmste: dass jeder meinte, für die allgemeine Moral verantwortlich zu sein. Es war nicht nur die Religion, die sich mehr und mehr in den Vordergrund rückte. Es war der immer präsente Nationalismus. Die allgegenwärtigen, rot-weißen Fahnen, dieser Kult um die Nation, er nahm ihm die Luft zum Atmen. Hier war es noch anders, unterschwelliger. Aber auch auf dem Campingplatz flatterte das Schwarz-Rot-Gold im Wind.

Çelik bilanzierte, was sie zuletzt in Erfahrung gebracht hatten. Gabriele Scholz hatte schließlich doch geredet – und Ihnen nichts Neues gesagt. Sie hatten ihr angemerkt, wie sehr das jahrelange Versteckspiel sie erschöpft und zermürbt hatte. Aber er glaubte ihr. Sie wusste tatsächlich nicht, was der Name *Jeanne* mit der Gruppe zu tun hatte. Irgendjemand nahm Rache. Es musste sich um jemanden handeln, der Bezug zur Gruppe gehabt hatte. Warum hatte er so viele Jahre gewartet? War er, wie Darius, in Haft gewesen und vor kurzem entlassen worden? Sie hatten sämtliche Entlassungen von Personen mit terroristischem Hintergrund durchgesehen. Es gab keine Verbindungen. Es konnte ein Angehöriger eines der Opfer sein. Aber diese kleine Splitterzelle des Terrors hatte als Gruppe keinerlei spektakuläre Aktionen unternommen, bei denen Menschen zu Schaden gekommen waren, und eigentlich kannte sie kaum jemand. Selbst bei den Banküberfällen waren, soweit Çelik wusste, keine Personen verletzt worden.

Trotzdem hatten sie jetzt einen Hinweis mehr. Der Täter hatte sie in sein Spiel miteinbezogen. Çelik schaute auf das Datum, das mit schwarzem Lack auf den Wagen gesprüht worden war: *18. September 1977*. Sie hatten recherchiert, gründlich. Sie hatten versucht, alles, was mit diesem Tag zusammenhing, in Erfahrung zu bringen. Paul hatte Uhlmann mit sämtlichen Daten gefüttert, die im Polizeiarchiv zu dem Datum zu finden waren. Pelzer hatte über ihre Kontakte die Ausgaben der wichtigsten Zeitungen für diesen und die Folgetage besorgt. Guido hatte, nachdem eine erste Internetrecherche ergebnislos geblieben war, seine Foren und Netzwerke dazu befragt. Die Resultate standen noch aus.

Irgendetwas war an diesem Tag im Herbst irgendwo passiert. Und es hatte wenigstens einen Menschen so sehr erschüttert, dass er deshalb jetzt tötete. Was konnte es sein? Der Schmerz, den es verursacht hatte, musste immens gewesen sein. Aber vielleicht war es auch ein völlig nebensächliches Ereignis, das da nur seinen Anfang genommen hatte. Es ging nicht immer um die realen Einzelheiten. Çelik hatte in seiner Laufbahn immer wieder erlebt, dass es nicht reichte, die Indizien nebeneinander auszulegen und auf die Lösung zu hoffen. Oft wollte sich einfach kein zusammenhängendes Bild ergeben. Man musste zwischen

den Zeilen lesen, an unvermuteten Orten suchen. Was hatte Darius an jenem Tag gemacht? Was hatte die Gruppe vorgehabt? Wer hatte ihre Wege gekreuzt?
Und immer wieder die Frage, die ihn seit seiner Ankunft beschäftigte: Was hatte all das mit ihm zu tun? Çelik dachte an die Worte von Darius. *Ich habe deine Mutter geliebt,* hatte der Sterbende mit seinem letzten Atemzug in das Diktiergerät geröchelt. Wie hatte er das gemeint? Waren Çeliks Mutter und er ein Paar gewesen? Hatten sich seine Eltern deshalb getrennt? Aber wegen so etwas hätte sie nicht mit ihm in die Türkei fliehen müssen. Warum waren sie im April 1977 geflohen? Wieso hatte seine Mutter ihn bei den Großeltern abgeliefert und war untergetaucht? War sie nach Deutschland zurückgekehrt? Zu Darius? Was war mit seinem Vater? Gab es eine Verbindung zwischen seinem Vater und Darius? Lebte sein Vater vielleicht noch?
Çelik hörte Stimmen. Am Ende des Wegs sah er eine Frau, die versuchte, einen Mann im Rollstuhl an der Eingangsschranke vorbei zu schieben. Çeliks Sicht wurde behindert durch ein großes Schild, das auf die strenge Mülltrennung mittels verschiedener bunter Container hinwies. Erst auf den zweiten Blick erkannte er Pelzer und Uhlmann. Sie schob den Alten über den Schotterweg, nachdem sie ihren Wagen wahrscheinlich auf dem Parkplatz vor der Schranke lassen musste.
Çelik lief zu ihnen. Der Platzwart, ein rundlicher Endfünfziger, stolperte aus seiner Baracke und fuchtelte wild mit seinen Armen: »Das geht aber überhaupt nicht. Ich habe kein Behinderten-Klo. Und das Gelände ist auch nicht rollstuhlgerecht.«
Çelik blickte ihm in die Augen.
»Die beiden sind meine Gäste«, zischte er den Mann an.
Der Betreiber ließ sich davon nicht beeindrucken.
»Das hatten wir erst letztes Jahr. Da ist so einer auf'm Platz umgekippt und meine Versicherung sollte dafür aufkommen. Kommt gar nicht in Frage.«
Çeliks Finger ballten sich zur Faust, aber er schaffte es, sich unter Kontrolle zu halten.
»Wenn Sie nicht sofort ihre Klappe halten, sorge ich dafür, dass

der Platz hier morgen aussieht wie nach einem Tornado. Die Dame und der Herr sind meine Gäste.«
Er übernahm den Rollstuhl von Uhlmann und schob ihn in Richtung Wohnmobil. Pelzer ging dicht am Platzwart vorbei, flüsterte ihm zu: »Albanische Mafia! Würde ich ernst nehmen!«
Der Typ verschwand schimpfend in seinem Verschlag.
Sie setzten sich vor Çeliks Bus.
»Ich verabscheue Campingplätze«, bemerkte Ines Pelzer. »Fast jeden Sommer in den Ferien mit meinen Eltern. Immer derselbe Campingplatz in Frankreich. Ich habe geschworen, nie mehr so Urlaub zu machen.«
»Ich mache keinen Urlaub«, antwortete Çelik.
»Trotzdem waren Sie nicht zu erreichen«, fauchte Pelzer. »Sie müssen ihr Handy anlassen, sonst kommen wir nicht weiter.«
Sie öffnete ihre Haare, die sie bis dahin zu einem Zopf gebunden hatte.
»Was ist los, Pelzer? Sind Sie schlecht gelaunt?«
»Verdammt, solche widerwärtigen Typen wie der Hausmeister eben, die ekeln mich an. Denen würd ich am liebsten ...«
Ihre Augen funkelten kurz auf, dann war die Erregung aus ihrem Gesicht verschwunden. Sie strich ihre Hände an ihrem Kleid ab, drehte sich zu Çelik. Ihre Stimme klang wieder ruhig.
»Ich glaube, wir haben Uhlmann überfordert; er brabbelt nur noch Schwachsinn, völlig durcheinander.«
Çelik schaute den alten Mann im Rollstuhl an. Obwohl er abwesend schien, strahlte Uhlmann etwas Lebendiges aus. Er saß aufrecht, seine Augen funkelten, seine Lippen waren in ständiger Bewegung.
»Er hat sich alles durchgelesen, was wir zu dem Datum beschaffen konnten: Lokalzeitungen, Protokolle, Berichte. Guido hat sogar ein paar persönliche Berichte bekommen. Von Leuten, die Tagebuch geführt hatten. Aber jetzt murmelt er nur Fetzen vor sich hin, ohne irgendeinen erkennbaren Zusammenhang. Ich weiß nicht, wie uns das weiterhelfen soll.«
Pelzers Handy klingelte. Sie ging ran, lauschte einen Moment, drehte sich um und entfernte sich.

Çelik legte dem Alten eine Hand auf die Schulter. Hier musste erstmal Ruhe einkehren. Sie mussten ihm Erholung gönnen.
»Kommen Sie, Uhlmann.«
Er schob den Rollstuhl ein paar Meter ins Gehölz, drehte seine Blickrichtung zum Fluss. Sich selbst zog er einen der Baumstümpfe heran und setzte sich neben den Alten. Der Wind strich durch das Blätterwerk und erzeugte einen angenehmen Grundton. Alles schien plötzlich an seinem richtigen Platz. Eine Atempause.
Pelzer kam angelaufen.
»Ich muss los, ein kurzfristiger Termin in der Stadt. Ich lasse Uhlmann bei Ihnen, okay?«
Çelik nickte. Pelzer wirkte ungewohnt aufgeregt.
»Alles okay bei Ihnen?«, fragt er.
»Bei mir schon! Aber Çelik, Sie sollten nicht hier bleiben. Der Typ vom Platz wird irgendwann die Polizei benachrichtigen. Sie erreichen mich auf meinem Handy. Ciao!«
»Okay«, murmelte Çelik. Er sah ihr nach, wie sie mit schnellen Schritten zum Ausgang lief.
Uhlmann war eingeschlafen. Sein Kopf war auf die Brust gesackt, sein Mund halb geöffnet. Obwohl es kühl war, trug er ein kurzärmeliges Hemd. Seine Arme lagen immer noch gerade auf den Lehnen. Ihre blonde Behaarung schimmerte im Licht der durchbrechenden Sonne. Çelik strich vorsichtig über den dichten Pelz. Es fühlte sich weich an.
Körperliche Nähe zu seinem Vater hatte er selten gehabt. Sie hatten oft herumgetollt, als Çelik klein war, aber das war mehr ein Gebaren vor der Mutter gewesen. Sein Vater hatte immer lieber reden wollen. Anders als sein Großvater … Nie wieder hatte er sich so geborgen gefühlt, wie damals in dessen Nähe.
Uhlmann öffnete seine Augen. Es schien, als ließe er den Wind bewusst durch seinen Mund einströmen. Dann schloss er ihn und drehte sich zu Çelik um.
»Na, Türke, was willste wissen?«
Çelik legte seine Hand erneut auf den Unterarm des Ex-Polizisten. Mit ruhiger Stimme, als würde er jeden einzelnen Buchsta-

ben betonen, sagte er: »18. September 1977. Uhlmann, sagen Sie mir, was Sie wissen!«
Uhlmanns Mund verzog sich zu einem Grinsen. Ein Zucken durchfuhr seinen Körper. Dann spulte er alle Daten herunter, mit denen er gefüttert worden war. Ein einziger Gedankenstrom von Informationen, ohne Pause, ohne Verbindung, ganze Protokolle von Anzeigen, Vernehmungen, Unfallmeldungen. Es war ein Schwall aus Worten und Daten. Çelik konnte kaum folgen. Nur vereinzelt verstand er, was gemeint war. Er versuchte, sich auf Geschehnisse rund um die RAF zu konzentrieren.
»18. September 1977, Nachtdienstmeldung Stammheim: Um 23.00 Uhr Medikamente an Baader durch Sani ausgehändigt. Keine Vorkommnisse. Sehr ruhig. Bewölkt, stürmisch, am Morgen vereinzelt Regen, Temperaturen um 12 Grad.«
Es folgten Meldungen über Spiele von viertklassigen Dorfvereinen, Termine von Schulveranstaltungen. Dazwischen immer wieder die politischen Ereignisse.
»Verhandlungen mit den Entführern von Schleyer … Am späten Nachmittag fliegt Staatsminister Wischnewski von Bagdad nach Aden …«
Es war zuviel. Ohne einen sinnvollen Zusammenhang konnte man mit den Daten nichts anfangen. Çelik entschied sich, einfach nur zuzuhören und sich auf sein Gefühl zu verlassen.
Nach einer Viertelstunde horchte er auf.
»Stopp! Warten Sie, Uhlmann! Wiederholen sie das noch mal!«
Uhlmann blinzelte in die Sonne.
»13:30 Uhr, Unfall Friesenplatz, Mädchen von LKW angefahren, lebensgefährlich verletzt. Name: Johanna Pankewitz.«
Çelik stutzte.
Johanna? Jeanne? Es war nur ein Gefühl – aber gab es da eine Verbindung? Çeliks Gedanken rasten. Es dauerte einen Moment, dann fiel es ihm ein: Johanna von Orleans, Jeanne d'Arc. Jeanne war die französische Variante von Johanna!
»Uhlmann, was stand da noch?«
Uhlmann wiegte seinen Kopf hin und her und lächelte. Der Ausflug begann ihm zu gefallen.

»Trümmerbruch des Nasenbeins, mehrere Rippenbrüche, Rückgrat gestaucht. Eltern: Vater Buchhändler, Pankewitz, Mutter unbekannt.«

»Gibt es zu dem Vater einen Vornamen?«

Uhlmann schien in Gedanken ein Band zurück zu spulen, dann wiederholte er:

»Vater Buchhändler, Bruno Pankewitz, Mutter unbekannt ...«

Vermutlich war da nichts. Ein simpler Verkehrsunfall, wie er jeden Tag vorkommen konnte. Ein Zufall. Trotzdem war da dieses Gefühl gewesen, das Çelik kannte. Es war eine Spur. Er schnappte sich das Handy und wählte die Nummer der Wohngemeinschaft.

»Hallo Paul, hier ist Çelik! Ich brauche Ihre Hilfe. Gehen Sie mal runter und geben Sie mir Ihren Besuch ...«

Nach einer Weile meldete sich Gabriele Scholz.

»Hören Sie, alte Revolutionärin, können Sie sich an den Namen des Buchhändlers erinnern, der mit den Plakaten und der Schlafgelegenheit?«, fragte Çelik ohne Begrüßung.

»Und deshalb reißt mir dieser Bekloppte fast das Ohr ab? Keine Ahnung ...«

»Versuchen Sie sich zu erinnern. Hieß er vielleicht Bruno Pankewitz?«

Für einen Moment verstummte Gabriele Scholz. Dann hörte Çelik ein Glucksen und schließlich wieder ihre Stimme:

»Ja, genau, der Bruno, wie konnte ich das vergessen, der hieß genauso, wie er aussah.«

Çelik begann zu schwitzen. Das war die Verbindung. Das musste sie sein!

»Geben Sie mir wieder Paul ... Paul, ja, hören Sie, rufen Sie die Auskunft an! Oder fragen Sie Guido! Finden Sie heraus, ob es in Köln einen Buchhändler namens Pankewitz gibt! Und dann rufen Sie mich sofort auf meinem Handy zurück!«

Çelik rannte zum Wohnmobil, kramte in einem Beutel nach seinem Kochmesser. Was konnte er noch gebrauchen? Der Klingelton riss ihn aus seinen Gedanken.

»Was? ... Okay, wo? ... Guido, gib mir einfach nur die Adresse durch! ... Okay, ja, hab ich verstanden. Danke!«

Çelik sprang auf. Er riss die Schiebetür seines Busses zu. »Bleibt in der WG, ich bringe euch Uhlmann zurück … Ist Eure Chefin bei euch? … Okay, nein, hier ist sie auch nicht.«

Pelzer Der Autobahnverteiler im Süden der Stadt ist der richtige Platz zum Nachdenken. Weil es an der Tankstelle einen hervorragenden Kaffee gibt. Und weil das ein Ort ist, der erdet. Ein Zuhause: Hier erreicht und verlässt man die Stadt; hier ordnet sich der Verkehr auf Fernstraßen in alle Himmelsrichtungen; hier ist der Ursprung der ersten Autobahn des Landes. Der ersten Autobahn überhaupt. In kreisenden Bewegungen kanalisiert sich der Verkehr, und die Tankstelle ruht im Auge des Orkans: Wenn die Ordnung von Bewegung Sicherheit verspricht, dann ist mir dieser Kreis mit seinen Zu- und Abflüssen, mit seiner steten, rauschenden, rollenden Bewegung: eine Heimat.

Dieser Anruf! Zittern. Unruhe. Als würde in mir ein Damm brechen, gleich, im nächsten Augenblick. Und die Kraft, die den Stein höhlt, wird dann frei sein, wird mein sein, wird mir zur Verfügung stehen. Noch halten die Verstrebungen, noch stehen die Stützpfeiler. Ich presse und drücke und stemme dagegen an, wohl wissend, dass es kein Halten geben kann. Das Gefühl, das mich treibt und, ja!, beseelt: Rache.
Ich möchte ihn töten und quälen und schänden, den Mann, der meinen Vater aus dem Leben gerissen hat! Ihn vernichten, zerstören, zu Staub zermahlen! Ich weiß nicht, woher dieses Gefühl kommt. Jetzt nimmt es all mein Empfinden ein, mit seinem Drang. Dieser Mann, der mir alles nahm, was ich je hätte haben können, er muss sterben. Er muss getötet werden. Von mir.
Pankewitz. Ein Buchhändler. Oder einer, der für eine Buchhandlung arbeitet. Holadiho ist ganz sicher. Er hat vor Ort und zugleich irgendwie über Internetverbindungen, die mit seiner Firma zu tun haben, alles doppelt und dreifach gecheckt und recherchiert, sagt er: Am Tag des »Unfalls« waren drei Wagen

aus unserer Gegend in seinem Tal unterwegs. Ein A8, ein Offroader von Mercedes und ein VW Passat. Einmal grau, einmal schwarz, einmal rot. Und der rote VW ist auf eine Buchhandlung Pankewitz zugelassen. Ist das der Mörder? Oder nur eine falsche Fährte? Manchmal wollen sie entdeckt werden …

Ganz ruhig! Will ich ihn töten? Brauche ich seinen Tod? Rache soll in manchen archaischen Gesellschaften eine juristische Funktion gehabt haben. Vielleicht war Rache sogar das erste rechtliche System überhaupt. Heute geht's um Vergeltung. Rache gilt als unzivilisiert. Wer jemanden aus Rachedurst heraus tötet, der muss sogar mit einer Mordanklage rechnen – aus niederen Beweggründen. Und in der Therapie? Dürfen Missbrauchsopfer Rache wünschen? Müssen sie nicht sogar Rache wünschen, um überhaupt gesunden zu können? Soll der Therapeut die Rachsucht fördern oder deckeln?

Rache ist Tun. Den Schmerz in seine Schranken weisen durch Gegenschmerz. Aktiv sein, um nicht zu erstarren. Ich brauche keine Rache. Ich benötige: Wissen. Wenn Tun Denken sein kann, dann ist Wissen Bewegung. Ich muss ihn sehen. Spüren. Erfassen. Ich muss wissen, warum er meinen Vater getötet hat. Und vielleicht kann ich so auf meine Weise Rache üben: indem ich ihn in den Abgrund schauen lasse, den er vor mir geöffnet hat.

Pankewitz Das Ende war in Sicht. Nur noch die Scholz und ihren Aufpasser. Dann war seine Aufgabe erledigt. Seine Mission. Beim dritten Mal würden sie ihm nicht entkommen. Der Typ war ihm egal. Er war ihm lästig, aber gegen ihn hatte er nichts. Auch nicht gegen die Andere, die aufgetaucht war. Seine Freundin vielleicht. Kein schlechter Anblick. Wäre früher sein Geschmack gewesen. Sie sollten nicht versuchen, ihn aufzuhalten. Dafür war er schon zu weit. Dafür war es schon zu spät.

Jeder von ihnen hatte auf seine Art dem Tod ins Auge geschaut. Dem Tod, den ER ihnen gebracht hatte. Sie waren sich so einig

gewesen. Als Gruppe. Als Kollektiv. Aber als sie dem Tod ins Antlitz blickten, war es ihnen klar geworden: Sie waren allein. Im Moment des Todes war jeder auf sich allein gestellt. Früher waren sie eine Einheit gewesen. Solidarisch. Geschlossen. Das war ihre Stärke. Aber in ihren letzten Sekunden waren sie allein. Mutterseelenallein. Entmachtet. Schutzlos. Schwach. Was war das für ein Gefühl, allein zu sein? Er kannte dieses Gefühl. Er kannte es sehr gut.
Die Malinek hatte ihn mit ihrem entsetzten Blick angestarrt. Er wusste, dass sie dort vorbeikommen würde. Gottverlassene Gegend im Allgäu. Er wollte sie stoppen. Ihr eine Kugel verpassen. Er hatte sich mitten auf die Fahrbahn gestellt. Sie sollte stehen bleiben. Aber die blöde Kuh riss ihre Karre herum. Donnerte gegen einen Baum. Weit und breit keine Menschenseele, zum Glück. Kein gottverdammtes Auto, das vorbeikam. Sie stand völlig unter Schock, als er sie durch das Seitenfenster ansah. Ihr Gesicht zerfetzt vom Aufprall gegen die Windschutzscheibe. Kein Gurt. Sie starrte ihn an und verstand nichts. Wie sollte sie auch? So etwas konnte man nicht verstehen. Dafür reichte nicht mal ihr gescheiter Verstand. Er wollte sie abknallen. Aber das war riskant. Dann sah er die Motorsäge auf ihren Rücksitz. Ziemlich schweres Teil. Er schmetterte sie ihr gegen den Hinterkopf. Mit Wucht. Wieder Glück. Der Wagen hatte keine Kopfstützen. Was für eine Karre! Keine Gurte, keine Kopfstützen. Das passte zur Malinek. Anarchisch. Unangepasst. Das hatte sie davon. Die Fresse in die Scheibe und die Motorsäge im Nacken. Blöde Kuh. Der Meidner? Arme Sau. War früher schon immer labil gewesen. Völlig durchgeknallter Typ. Den konnten sie damals auf alles ansetzen. Er machte alles mit. War ihnen hörig. Trotzdem: kein Mitleid. Sie wollten alle zusammen büßen? Dann sollten sie. Den Meidner wollte er auf dem Bahngelände erledigen. Aber der ist gelaufen wie ein Wiesel. Er hatte ihn unterschätzt. Wieder Glück für ihn. Der Psychopath rennt auf die Gleise und wird voll erwischt. Was für ein Getöse. Selbstmord haben sie später gesagt. Wunderbar. Das System erledigt die Arbeit. Womit hatte er so viel Glück verdient?

Und die Anderen? Brohl, die Memme. Hatte um Gnade gebettelt. Hatte versucht zu erklären, ihm sogar Geld angeboten. Welche Ironie! Kämpft gegen die dekadenten Bonzen und benutzt dann die gleichen Methoden. Er brauchte Brohls Geld nicht. Er brauchte überhaupt kein Geld mehr. Darius hatte wenigstens noch Haltung bewiesen. Anscheinend der Einzige, der sich treu geblieben war. Trotz der langen Jahre in Haft. Oder vielleicht gerade deswegen. Er hasste das System noch immer. Wie früher. So viel Verbohrtheit verdiente Respekt. Aber er war ihr Anführer gewesen. Und Vollmüller, die Ratte? Er war es gewesen, der damals den entscheidenden Satz gesagt hatte. Das Arschloch war nicht mal die Kugel wert, die in seinem Schädel steckte. Sie waren alle verantwortlich. Sie waren alle schuld. SCHULD! Was wussten sie schon von wahrer Schuld? Was zählte dieses Wort? Konnte jemand eine Schuld auf sich nehmen, ohne schuldig zu sein? Ging das überhaupt? Was war die größte Schuld, die man mit sich tragen konnte? Er hatte sie auf sich geladen. Die höchste Schuld, die überhaupt vorstellbar war. Er hatte sich jahrelang selbst verantwortlich dafür gemacht. Aber das war falsch gewesen. *Sie* waren verantwortlich gewesen. *Sie* hatten es ausgelöst. Sie wollten es so. Kollektivschuld nannten sie das. Mit Schuld kannten sie sich aus. Irgendeine Schuld reichte ihnen immer als Rechtfertigung, um einen Menschen aus dem Leben reißen zu wollen. Und dann das Schweigen. Schweigen war die Devise. Ein ewiges Gelübde. Jetzt konnten sie nichts mehr sagen. Jetzt schwiegen sie für immer.

Dreiunddreißig

Die Fahrt hatte lange gedauert. Çelik hatte kostbare Zeit verloren, weil er Uhlmann zurück zur Wohngemeinschaft gefahren hatte. Pelzer konnte er nicht erreichen. Er hatte es mehrfach auf ihrem Handy versucht, aber immer sprang nur die Mailbox an. Dann hatte er sich entschieden, ohne sie loszufahren. Im Grunde war es sogar besser so. Sollte er auf den Mörder ihres Vaters treffen, wollte er sie nicht dabei haben.

Er wusste, sie würde ihm das später vorwerfen. Aber er wusste auch, dass er ihr damit einen Gefallen tat.
Die Adresse war gut zu finden. Der Laden befand sich in einer lebhaften Geschäftsstraße. Çelik parkte den Bus in einer Gasse um die Ecke. Das Schaufenster war mit Plakaten zugeklebt, bot keinen Blick ins Innere. Die Buchhandlung war geschlossen. An der Tür war mit einer hastigen Handschrift ein Schild geschrieben worden: *Geschäftsaufgabe.* Er versuchte, durch die Scheibe zu spähen. Innen brannte Licht. Er klopfte. Es tat sich nichts.
Im Stockwerk über dem Laden öffnete sich ein Fenster. Ein alter Mann mit einem zerfransten Schal um den Hals schaute nach unten.
»Was wollen Sie denn? Sie sehen doch, das da keiner mehr ist!«
»Ich suche den Besitzer«, antwortete Çelik. Er wunderte sich über sich selbst, über seine Freundlichkeit, seine Geduld. So war er früher nicht gewesen. Sobald er früher in die letzte Phase einer Ermittlung gekommen war, hatte sein Herz angefangen zu rasen. Jetzt merkte er, dass sein Körper ruhig blieb. Obwohl er innerlich kochte. Vielleicht hatte er doch zu viele von den Beruhigungstabletten genommen.
»Sind Sie von der Bank?«, tönte es von oben herunter.
»Nein«, sagte Çelik. »Ich kenne ihn von früher.«
Er hatte immer wieder die Erfahrung gemacht, dass Nostalgie ein wichtiger Türöffner war. Gerade wenn man ältere Menschen auf vergangene Zeiten ansprach, ließen sie sich gerne darauf ein.
»Der Pankewitz musste den Laden aufgeben. Tragische Geschichte. Der kämpft schon seit Jahren gegen die Konkurrenz. Wie das halt so ist. Und dann ist seine Tochter vor ein paar Wochen gestorben. Na, Sie wissen ja, die war nach einem Unfall gelähmt. Ihr Tod hat den Armen völlig verstört.«
Çelik versuchte, die Informationen mit dem zu kombinieren, was er bisher schon wusste. Seine Tochter hatte den Unfall also überlebt. Vermutlich war ihr Tod vor kurzem der Auslöser für die Mordserie des Buchhändlers. Aber warum?
»Wissen Sie, wann er wiederkommt?« fragte Çelik.
»Erst mal gar nicht«, sagte der Alte. »Warum kommen Sie eigent-

lich alle heute? Vorhin hat mich eine junge Frau schon dasselbe gefragt.«

Çelik stockte der Atem. Pelzer! Sie war vor ihm hier gewesen. Woher wusste sie von Pankewitz? Er hatte keinem was von seinen Erkenntnissen erzählt.

»Was hat die Frau denn dann gemacht?«

»Keine Ahnung, ich habe ja was anderes zu tun, als die ganze Zeit aus dem Fenster zu schauen.«

Bestimmt hast du das!, dachte Çelik. »Danke!«, rief er nach oben. »Ich schiebe ihm einen Zettel durch die Tür.«

Als der Alte sein Fenster geschlossen hatte, machte sich Çelik ans Schloss. Er brauchte keine Minute und dann stand er in der Buchhandlung.

Çelik erkannte sofort Spuren eines Kampfes. Bücher lagen verstreut am Boden, Kartons waren durcheinander gewirbelt, ein Regal war umgekippt, darunter schaute eine grell-gelbe Tasche hervor. Sie gehörte Pelzer. Çelik wurde nervös.

Nein, nicht schon wieder zu spät kommen, schoss es ihm durch den Kopf, *nicht schon wieder jemanden verlieren.* Wenn ihr etwas zugestoßen war, dann war es seine Schuld. Er hätte schneller sein müssen. Wieso war sie vor ihm hier gewesen? Was hatte sie rausbekommen? Und warum hatte sie ihm nichts gesagt? Es gab nur eine Erklärung dafür: Sie wollte den Mord an ihrem Vater rächen. Diese Frau blieb ein Geheimnis für ihn. Rachegelüste waren das Letzte, was Çelik bei ihr vermutet hätte.

Er hastete in den hinteren Bereich des Ladens. Er musste vorsichtig sein, vielleicht waren sie noch hier. Er duckte sich hinter einem der Regale. Mit einer Hand umklammerte er sein Kochmesser, das er eingesteckt hatte. Hinter einer Tür mit der Aufschrift ›Privat‹ befand sich anscheinend das Büro. Er schlich heran. Die Tür war angelehnt. Er drückte sie langsam auf. Innen brannte Licht, niemand zu sehen. Auf den ersten Blick ein völlig normales Bürozimmer. Auf einem Schreibtisch Stapel von Zetteln, eine Pinnwand mit Rechnungen, Lieferscheine. Dann entdeckte Çelik die Tür im Hintergrund: *Lager – Zutritt verboten.* Er tastete sich vorsichtig die schmale Treppe hinunter. Stockdun-

kel. Er hielt für einen Moment inne. Horchte. Kein Laut. Seine Finger ertasteten einen Schalter an der Wand. Erst hörte er ein leises Surren, dann nahm er das Flackern war. Kurz darauf tauchten mehrere Neonröhren den Keller in gleißendes Licht.
Langsam ging Çelik die Stufen herab, ließ dabei seinen Blick durch den Raum schweifen. Auch hier ein großer Holztisch vor einer Wand, an der unzählige Papiere angebracht waren. Er entdeckte Zeitungsausschnitte und Fotos. Sie zeigten Männer und Frauen, Darius, die junge Gabriele Scholz. Und ein Foto eines Mädchens. Sie lag in einem Krankenbett, lächelte verkrampft und winkte in die Kamera.
Çelik blickte sich um. Ein kurzer Gang führte weiter nach hinten. Auch er war hell erleuchtet, so dass Çelik die Mauer am Ende gut erkennen konnte. Mehrere Stahltüren gingen links und rechts ab. Eine war angelehnt.
Çelik hielt das Messer an seinem ausgestreckten Arm nach vorne. Als er die Tür erreichte, riss er sie mit einem Ruck auf.
Vor ihm lag ein Mann. Seine Beine standen verdreht zu den Seiten ab. Sie schienen völlig zertrümmert, einzelne Knochensplitter ragten aus der Hose heraus. Die Hände waren vor der Brust gefaltet und mit einem Plastikverschluss gefesselt, wie ihn die Polizei neuerdings verwendete. Frank Brohl wahrscheinlich. Er war übel zugerichtet. Die Augen waren weit aufgerissen, der Mund mit einem Klebeband verschlossen. Der Hals war ein einziges Loch, in dem Çelik Reste des Kehlkopfes erkannte. Dann sah er das Einschussloch. Eine Hinrichtung. Warum hatte er Brohl hierher gebracht? Warum hatte er ihn erst am Leben gelassen? Er hatte Informationen gebraucht, die er sich von Brohl erhoffte.
Çelik ging zurück zu der Wand mit den Fotos. Er überflog die Kopien von Zeitungsartikeln über die RAF, über Diskussionen zur Sicherheitsverwahrung, über Amnestien. Detaillierte Informationen zu den einzelnen Gruppen-Mitgliedern. Pankewitz musste sie lange observiert haben.
Dann fiel sein Blick auf einen Artikel vom 18. September 1977. Ein Foto nahm die größte Fläche ein. Es zeigte ein Mädchen, das verrenkt auf einem Asphaltboden lag. Sie blickte direkt in die

Kamera. Çelik starrte die Überschrift an: *Mann überfährt eigene Tochter.* Er verstand nicht. Pankewitz war selbst schuld am Unfall seiner Tochter? Aber warum dann das alles? Er war davon ausgegangen, dass die Gruppe irgendeine Schuld am Tod von Jeanne trug. Aber der Vater selbst? Warum dann der Rachefeldzug?
Vielleicht hätte er die Antwort darauf hier finden können, aber er hatte keine Zeit. War Pelzer in seiner Gewalt? Was hatte er noch mit ihr vor? Die Scholz fehlte ihm noch in seiner Racheliste – versuchte er, über Pelzer zu Scholz zu kommen?
Hastig schaute Çelik sich noch mal im Raum um. In einer Ecke entdeckte er einen alten Rollstuhl. Der musste der Tochter gehört haben. Çelik durchwühlte die Stapel auf dem Tisch. Wieder spürte er die Beklemmung nahen, diesmal gepaart mit einer aufkochenden Wut. Der Wut über sich selbst. Über seine Unfähigkeit, den nächsten Schritt zu erkennen. Über seine Unlust, voraus zu denken. Über die Lähmung, die ihn langsam erfasste. Wo sollte er sie suchen?
In diesem Augenblick surrte sein Handy. Mit zitternden Händen fischte Çelik es aus seiner Jackentasche, blickte auf das Display. Eine SMS von Pelzer: *Mülheimer Wall 15.*

Pelzer Seine Kraft reicht locker, um mich zu töten. Sie wird abgespult, diese Kraft, wie ein Kinderspielzeug, das man aufgezogen hat. Irgendwann wird seine Spanne abgelaufen sein. Aber noch hat er genügend Energie auf der Rolle. Sein Feldzug ist nicht am Ende angelangt. Er wurde aufgezogen durch sein Leben und durch das seiner Tochter, und der Tod lässt ihn jetzt sein Programm abspulen. Wie am Schnürchen. Es wird nicht verebben. Er braucht noch ein wahres Opfer. Ein unschuldiges. Die Terroristen waren schuldig, sie hatten es verdient, beseitigt zu werden. Ihn wird nur eine Tote befriedigen, die absolut unverantwortlich ist für diese ganzen Prozesse. Wie die, die er rächt. Eine Unschuldige. Ich.

Ich hätte wissen müssen, dass er damit rechnet, dass ich alleine kommen würde. Er musste nur warten und mich einsammeln. Ich habe mich in seinen Plan ergeben. Warum hätte ich mich wehren sollen? Es hätte keinen Sinn gehabt. Wir müssen dahin, wo er sein Leben verloren hat, und ich muss sterben, damit er seine Freiheit finden kann. Es muss enden.

Er weiß: nichts! Nichts von meiner Geburt, nichts von meiner Mutter, nichts von ihrer Schwangerschaft. Nichts von der Existenz derer, die ich vorher war. Darius, sagt er, habe sich in Liebesdingen damals bedeckt gehalten. Was ungewöhnlich war, in diesen Zeiten. Als habe er seine Liebe verstecken müssen. Warum?, frage ich mich? Bin ich die Frucht einer verbotenen Liebe?

Merkwürdig: Ich bin ganz ruhig. Ich bin ihm dankbar. Ich spüre es, erstmals in meinem Leben: Ich bin eine Tochter. Ich hatte einen Vater! Ich durfte eine Ahnung von ihm spüren, ein Geschenk für mein Leben, auch wenn der Preis dafür sein Tod war. Ich war noch nie jemandem so nah, der meinen Vater persönlich kannte.

Er muss mich töten. Auge um Auge, Zahn um Zahn. Tochter um Tochter. Wird Çelik rechtzeitig kommen? Wird er hierher finden, ausgerechnet? Ist es aussichtslos? Nein, das ist es nie. Auch wenn alles darauf hindeutet, dass sich kein Ausweg mehr auftun wird. Alles ist drin, was denkbar ist, alles ist möglich. So ist das Leben. Deshalb bleibe ich ganz ruhig. Ich beobachte, ich schöpfe Wissen, ich lerne, ich nutze die Situation. Man weiß bis zuletzt nie, wie solche Geschichten enden. Man wartet ab. Bis zum Schluss.

Vierunddreißig

Er hatte von Beginn an gewusst, dass er diesen Ort wiedersehen würde, dass dieser Ort eine Bedeutung hatte. Auf seiner Taxifahrt vom Flughafen in die Stadt, gleich nach seiner Ankunft in Deutschland, war er genau an dieser Abbruchsiedlung vorbeigefahren. Es war kein Leben in den Straßen und Gassen, Lastwagen räumten Schutt beiseite, nur vereinzelt waren Bauarbeiter zu sehen. Irgendwo hinten wüteten die Abrissbirnen, Çelik spürte ihr Vibrieren, ohne dass er etwas sehen konnte. Manchmal war ein schriller Ton zu hören; vermutlich ein Warnton, den die Bauarbeiter erklingen ließen, bevor die tonnenschwere Birne in eine der Fassaden krachte.

Mülheimer Wall, hier war die Straße, die Çelik suchte. Nr. 15, das Eckhaus, er stand direkt vor der gesuchten Adresse. Das Haus wirkte so verlassen wie die Straßen, von Menschen keine Spur, geschweige denn von Pelzer.

Çelik las Pankewitz' Namen auf dem Klingelschild. Vorsichtig trat er in den Hausflur. Werbezeitungen auf der ersten Treppenstufe, ein Kinderwagen, kaum Staub – innen wirkte nichts so, als würde dieses Gebäude bald seinem Abriss zum Opfer fallen. Aber die Bagger in der Nachbarschaft ließen die Mauern in ihren Grundfesten erzittern. Lange, dachte Çelik, wird es nicht mehr dauern.

Aufmerksam lauschend, eng und an die Wand gedrückt, schlich er nach oben. Der Warnton der Abrissbirnen heulte wieder, ganz in der Nähe. Draußen dröhnten weiter die Bauarbeiten. Abgesehen davon war nichts zu hören. Nichts Menschliches.

Im ersten Stockwerk verschlossene Wohnungen, im zweiten eine offen stehende, die komplett leer geräumt war. Im dritten Stock wieder eine offene und eine verschlossene Wohnung.

Hier ist es, durchfuhr es Çelik. Er kannte das von früher, ein minimaler Energieschub, der in seinem Körper alle Schalter umlegte, auf komplette Konzentration. Wieder das Heulen im Hintergrund. Zu nahe, dachte Çelik, alarmiert. Aber er konnte sich damit jetzt nicht befassen.

Çelik zog vorsichtig am Knauf. Verschlossen. Er betrachtete das Schloss. Keine schwierige Sache. Aber man würde es innen hören. Aus seiner Tasche zog er sein kleines Werkzeug, wartete, lauschte dem Lärm von draußen. Als sich wieder ein Getöse anbahnte, machte er sich bereit. Mitten im Höhepunkt der Vibra-

tion schob er mit einem leisen Knacken den letzten Bolzen zur Seite, ließ die Wohnungstür gerade so weit aufgleiten, dass er hineingleiten konnte. Er durchquerte den hinter der Tür liegenden Flur, in die Richtung des Zimmers, aus dem Stimmen drangen, Pelzers Stimme, klar und sachlich. Und die Stimme eines Mannes. Auch er klang ruhig, aber so, als könne er jeden Moment explodieren.
»Ich konnte das nicht hinnehmen«, sagte er, als Çelik durch den Türspalt in den Raum blickte, in dem die beiden sich befanden. Ein ganz normales Wohnzimmer, komplett eingerichtet. Pelzer und Pankewitz saßen sich an einem runden Tisch gegenüber. Die Balkontür stand offen, dahinter befand sich nichts, der Balkon war offensichtlich schon demontiert worden.
»Es kam alles zusammen, oder?«, fragte Pelzer. »Der Tod Ihrer Tochter. Das Ende des Buchladens. Und dann wurde mit Darius auch noch der Letzte aus der Gruppe aus dem Gefängnis entlassen.«
Pankewitz antwortete nicht, er überlegte.
»Sie wollten mich ja verstehen«, presste er dann hervor, er klang dabei scharf und dünn. »Jetzt sind wir hier. Ich hätte Sie auch in der Buchhandlung abknallen können. Aber Sie haben Recht. Einer sollte es verstehen.«
Pelzer stand auf und trat zur Balkontür, sie blickte nach draußen. Geh da weg, beschwor Çelik sie innerlich, verschwinde von der Tür! Der Typ kocht, der geht gleich hoch!
»Diese verdammten Schweine haben mein Leben versaut. Und das von Jeanne sowieso.«
Zitternd presste Pankewitz die Worte hervor.
Jetzt wandte Pelzer sich von der offenen Balkontür ab.
Pankewitz blieb vor dem Fenster stehen, sprach nicht weiter.
»Was geschah am 18. September?«, fragte sie.
Er bedeutete ihr, sich wieder zu setzen. Pankewitz war sichtlich nervös, die Waffe zitterte in seiner Hand, er stand fast fühlbar unter Strom.
Çelik zuckte zusammen, aber es war zu gefährlich, er konnte nicht eingreifen.

Pankewitz sprach weiter: »Diese Scheißterroristen wollten wieder mal Gangster spielen.«
Er hatte keinerlei Kontrolle mehr über sich. Und Pelzer? Sie schien ruhig. Besonnen. Aber Çelik sah ihr an, dass sie unter Hochspannung stand. Das Pulsieren der kleinen Ader hinter ihrem linken Ohr konnte Çelik quer durch den Raum erkennen.
»Und Sie?«
»Ich? Ich gehörte damals zur Unterstützerszene. Welche Ehre für mich. Ich durfte *dabei* sein. Ich durfte für die wahren Outlaws arbeiten. Da konnte man nicht Nein sagen. Sonst galt man als Verräter. Sie hatten Macht über uns. Jetzt sprechen alle von der Ausstrahlung, von der Aura, die die Typen gehabt haben. Richtig sexy kommen sie in den Filmen rüber. Dabei hatten sie nur eines: Macht. Und sie wussten das. Sie genossen das. Der Vollmüller am meisten. Aber auch KPD und die Scholz. Sie wussten, dass viele zu ihnen aufschauten. Um ihre Anerkennung buhlten. Der Ritterschlag durch die Heroen der Anarchie. Den bekam man nur, wenn man zu allem bereit war … Ich habe für sie gearbeitet. Habe Texte geschrieben, Plakate entworfen, Flugblätter, sie drucken lassen, sie bei mir versteckt. Und dann haben sie mich und meine Tochter ins Verderben gestoßen.«
»Jeanne war der Spitzname Ihrer Tochter?«
»Dreißig Jahre lang habe ich sie gepflegt. Bis sie mir unter den Händen weg gestorben ist, vor drei Monaten.«
»Wo war Jeannes Mutter?«
Pelzer wirkte nach wie vor gelassen. Sie versuchte, die Situation zu kontrollieren.
»Ich war … allein erziehend. Jeannes Mutter ist kurz nach der Geburt verschwunden. Waren eben wilde Zeiten, Hippiezeiten …«
Pelzer blieb sitzen, Pankewitz hampelte nervös hin und her. Çelik konnte nicht eingreifen.
»Und Ihre Tochter hatte einen Unfall?«
»Sie lag sechs Monate im Krankenhaus. Und kam als Pflegefall wieder heraus. Geistig und körperlich behindert. Ein Höllen-

leben. Wissen Sie, wie dieser Vollmüller reagiert hatte, als ich ihm sagte, ich müsse Jeanne abholen?«
Pelzer schwieg, wartete. Sie spürte, wie Pankewitz sich in Rage redete.
»Er sagte wörtlich: *Wir machen hier ne Revolution – da wird deine Brut doch wohl mal ne halbe Stunde warten können.*«
Pankewitz' Augen glühten, er zitterte am ganzen Körper.
»Ich hatte ihr versprochen, sie pünktlich abzuholen, wir wollten zusammen ins Kino. Ich kam zu spät! Weil ich für die Schweine noch eine Ladung Plakate abliefern sollte, ein Paket stinkender Plakate. Und dann habe ich mich beeilt, habe den Wagen geholt, bin gefahren wie ein Berserker … es regnete, alles grau, dicht, man konnte kaum etwas sehen, ich … ich wollte nicht, dass sie da im Regen steht und enttäuscht ist …«
Mit den letzten Sätzen hatte Pankewitz sich beruhigt. Irgendwas in ihm war umgestellt worden. Wie ein Schalter. Çelik sah die Waffe in seiner Hand. Pankewitz richtete sie auf Pelzer. Seine Hand war vollkommen ruhig, zitterte nicht mehr. Çelik sah den Ausdruck seiner Augen. Ein starrer, fester Blick, der keinen Zweifel ließ.
»Ich bin nicht Schuld«, sagte Pankewitz mit einer monotonen Stimme.

Dann erklang wieder das schrille Heulen, im Hintergrund, aber auch sehr nahe. Zu nahe. Es fetzte Çelik durch die Ohren. Das Gebäude vibrierte, draußen bewegte sich etwas, das war fast körperlich zu spüren.
Çelik schwitzte. Er war im wahrsten Sinne des Wortes auf dem Sprung, er wartete auf den Moment, er fühlte ihn fast kommen – als plötzlich ein Schatten durch den Raum raste, ein Krachen ertönte. Pankewitz verschwand. Da, wo er gerade noch gestanden hatte, klaffte ein Loch in der Wand.
Inmitten des Staubes, der durch die Luft wirbelte, verharrte Pelzer wie angewurzelt. Irritiert schaute sie dahin, wo gerade noch ihr Gegenüber gewesen war. Dann richtete sie ihren Blick nach draußen. Die Abrissbirne schwang wieder zurück.

»Schnell, raus, komm!«, schrie Çelik, der ins Zimmer gerannt war.

Pelzer löste sich aus ihrer Anspannung. Sie stolperte auf Çelik zu. Er zog sie durch den Flur ins Treppenhaus. Dann hasteten sie gemeinsam die Stufen nach unten.

Epilog Ihre Hände lagen auf der weißen Bettdecke. Çelik betrachtete die grünen Adern, die sich durch die Haut spannten. Den Ring trug sie noch immer. An dem runzeligen Finger wirkte seine silberne Oberfläche sogar noch glatter. Çelik nahm ihre Hand und legte seine darunter. Mit seinem Daumen strich er sanft darüber. Seine Mutter lag so da, wie er sie verlassen hatte. Ihr Gesicht drückte eine Ruhe und Gelassenheit aus, die Çelik vermisst hatte. Er war erleichtert, weil er befürchtet hatte, irgendetwas an ihrem Ausdruck könnte sich verändert haben. Aber es war alles wie vorher: ihre behutsam aufeinander liegenden Lippen, ihre seidig glänzenden Wangen, ihre langen Wimpern. Sie atmete gleichmäßig.

Es war kalt in Istanbul – kälter als in Deutschland. Auf dem Weg vom Flughafen hatte der Wind ihm durch das offene Fenster eisig ins Gesicht geweht. Er hatte die Augen geschlossen. Pelzer hingegen hatte nach draußen gestarrt. Sie war zum ersten Mal in dieser Stadt. Es schien, als versuchte sie, jeden Eindruck mit ihren Blicken einzusaugen. Er hatte sie darum gebeten, erst alleine zu seiner Mutter ins Zimmer gehen zu können. Er brauchte etwas Zeit. Dann erst wollte er ihr Pelzer vorstellen.

Entschieden hatte er sich schon vorher. Mitten in einer der vergangenen Nächte war er aufgewacht und hatte plötzlich genau gewusst, dass er es tun musste. Jetzt. Über zehn Jahre lang hatte er sich gegen das Verlangen gewehrt. Aber jetzt war der richtige Moment. Und er wusste genau, sie würde es verstehen. Wenn sie irgendwann aus ihrem beschissenen Koma aufwachen würde, würde sie es verstehen und ihm gütig in die Augen schauen.

Çelik stand auf, ging zum Schrank, der an der Wand neben dem Bett stand. Aus dem obersten Fach nahm er den Umschlag, den seine Mutter ihm gegeben hatte. Damals, an seinem vierunddreißigsten Geburtstag. *»Mach ihn erst auf, wenn es mich nicht mehr gibt«*, hatte sie gesagt. Und Çelik hatte sich daran gehalten. Selbst als sie ins Koma gefallen war. Nun war der richtige Augenblick. Er spürte es und öffnete den Brief.

Mein lieber Sohn, mein Augapfel, mein
Ein und Alles, liebster Murad,
dich unwissend zu lassen, schmerzt mich sehr. Wenn du diese Zeilen liest, gibt es mich nicht mehr. Ich möchte, dass du weißt, warum ich dich damals allein zurücklassen musste. Damals, nachdem ich mit dir aus Deutschland geflohen bin. Ich hatte Angst, mein Sohn, große Angst. Dass dein Vater mich sucht. Dass er mir etwas antut. Dass er dir etwas antut. Ich konnte dir nichts sagen. Ich wollte nicht, dass du ein Geheimnis für dich behalten musst. Ich weiß, wie quälend das ist. Jetzt um so mehr. Ich habe einen anderen Mann geliebt. Damals. Und ich habe ein Kind von ihm erwartet. Nicht deshalb habe ich deinen Vater verlassen. Aber er hätte es nie verstanden. Dein Vater hatte sich verändert. Er machte mir Angst, deshalb habe ich mich von ihm getrennt. Ich habe mich entschieden, das Kind zu bekommen. Deshalb musste ich untertauchen. Ich habe es weggegeben. Ich konnte es dir nicht sagen. Kann es noch immer nicht. Verzeih mir diese Schwäche, Murad, mein Engel, mein Leben. Ich weiß nicht, was es mit dir macht, und der Gedanke zerbricht mir das Herz. Ich kann dir nicht ins Gesicht sehen. Es reicht nur für diese Zeilen.

Çelik betrachtete ihr Gesicht. Trotz ihrer geschlossenen Lider meinte er, ihre Augen darunter sehen zu können. Dann las er noch den letzten Satz.

»Verzeih mir, Murad, mein Alles; versprich mir, dass du mir verzeihst. Und dass du sie suchen wirst. Mein Sohn, du hast eine Schwester.«

Gänsehaut und Herzklopfen – so packend sind nur Krimihörspiele

Ulrich Noller, Gök Senin/Merle Kröger
Serie Krimi International 1 und 2
Çelik und Pelzer/Leever dood as slaav
Sprecher: Matthias Kiel, Lilia Lehner, Hilmi Sözer
2 CDs, ca. 138 Minuten
ISBN 978-3-8218-6345-0

Norbert Horst/Sabina Altermatt
Serie Krimi International 3 und 4
Tiefe Schnitte/Der Kongress
Sprecher: Matthias Kiel, Lilia Lehner, Hilmi Sözer
2 CDs, ca. 138 Minuten
ISBN 978-3-8218-6346-7

Nathan Markov/Pieke Biermann
Serie Krimi International 5 und 6
Nazischatz/Kriegskosten
Sprecher: Matthias Kiel, Lilia Lehner, Hilmi Sözer
2 CDs, ca. 138 Minuten
ISBN 978-3-8218-6347-4

Kino für die Ohren: ein Setting, sechs Hörspiele von einigen der interessantesten Kriminalschriftstellern unserer Zeit. *SKI*, das ist eine Hommage an den Krimi noir. Aber von hier und heute: knallbunt, dicht, witzig, packend. *SKI* ist Spannung, Tempo, Unterhaltung.

eichborn
www.eichborn.de